U0069184

宋朝最美的戀歌

晏小山和他的詞

余杰
Yu Jie

目錄

上卷

中卷

下卷

推薦序

字字香、篇篇舞：
我讀余杰《宋朝最美的戀歌——晏小山和他的詞》

康來新
中央大學中文系退休兼任教授
成立並主持全臺唯一的紅學研究室迄今

字字香：晏小山的詞

他將字寫在紙上，一個個墨香的字，後續爲一闋深情的詞，更被她唱成一首絕美的歌。歌聲展翅，樹花被召喚，浮雲止了步，天空瞬間魔幻起來，竟翩飛著一朵朵的紅梅，散放出一縷縷的芬芳。

他是宋朝詞人晏小山，她是他互為知音的歌者之一。魔幻天空的這首〈浣溪沙〉是為送別而寫而唱的，從「唱得紅梅字字香」到「曲終敲損燕釵樑」共六句七言，收在詞人六十歲時為自己編的《小山集》中。

小山和伊人遇合的戀歌，千年之後，原音雖杳然，詞卻留存著，而且更因今人余杰獨特的詞評，於是，字字香的古早之作活化了，成為篇篇舞的當今新文本。

篇篇舞：余杰的評

在體例上，余杰採用個案模式的詞／評，亦即一首詞一篇評。就量數言，他從二百多首現存的小山詞中選取三十首小令，平均五十字上下的詞約五千字左右的評，如是篇幅的三十詞／評，又分上中下三卷，結集成了這本書，書名《宋朝最美的戀歌》。

就性質言，我所謂的評，乃是平衡於感性欣賞和知性「徵引」的一種讀詞心得。我以為，其中的「徵引」，尤可視為余杰詞評的方法學，正是他的獨特所在。事實上，也只有才學如余杰，方有出入浩瀚文獻的「徵引」能耐。

徵引者，一種操之在我的選取，一種順應客觀存在的主觀利用。且看余杰首先「局部徵引」《小山集》，繼而每篇之評「全首徵引」特定的個案之詞。最值一提者，莫若余杰針對每一個案之詞所設計的「配套徵引」，匠心巧運下，倍增此書經典選取的含金量，至少「主要徵引」便是三十加三十，更別說「旁徵別引」於字裡行間的接二連三。

才學佘杰在炫學嗎？

嗜書佘杰在掉書袋嗎？

也是，也不是。

但覺好客主人，爲了藝術爲了愛，正殷勤辦趴，力邀了許多出色的嘉賓……他們欣然而至，又翩然而舞，姿態各異卻很搭：是美的傳遞，是情的感染，是智識的發揮，甚而，是生命與生命的對話。

篇篇翩翩舞，心心惺惺惜。

多所得：我讀這本書

對像我這樣的一個讀者，一個貪多知識又喜經典活化的女性讀者，佘杰這本並非現當代的古戀歌心得，卻使我特感親切又多所得。我似回到他早年情書集子《香草山》的自傳語境，又像重睹他民主地圖中的愛侶女影——舞者蔡瑞月、少女夏君璐。公共論題很犀利的佘杰，始終兼具琴心和劍膽，琴心之於如上異性，劍膽之於同性的「天眞自私漢」胡蘭成、「封閉情聖」唐璜、李敖。

至於我多所得者，可概要如下：

其一，「徵引」的量多利多。比方，「配套」於全書首篇〈鷓鴣天・幾番魂夢與君同〉，所徵引的是白朗寧《十四行詩》，便點睛了愛與死。又比方，該篇旁徵別引之一的查禮《榕巢詞話》，揭示了「詞」文體專擅的委婉；更有之二但丁《神曲》、之三楊愼《詞品》、之四之五之六之七……乃至近人哈耶克不足爲外人道的婚戀。凡此於我，實等同送上門的一部小百科，關乎情文本和詞史的一部小百科。

其二，經典的處處「生機」。儼然神聖的經典文與人，其實是無處不在時時可遇的，我感覺余杰日常生活不乏照面晏小山的機會。比方，當讀到本書末篇〈蝶戀花．衣上酒痕詩裡字〉時，余杰再次提到小山關鍵字的「酒」，並自問自答「醉酒之後的小山，像誰呢？」「像電影《傷城》裡的金城武。」

哇，酩酊千年的絕代雙驕！

在螢幕上會晤今版小山，對我言：這就是經典的處處生機。經典的文與人可現身商業區，可聞聲流行樂，可玩成桌遊，可料理入菜，可帶來安慰，可令人莞爾。

想像單車晏小山，想像他正單車行經臺東的金城武之樹，想像拂面一陣太平洋的海風，想像……

想像無邊，卻無法為我解惑小山何以如此自號？又何以名幾道字叔原？

畢竟，我的紅學隔行於小山所屬的的詞學。雖然曹雪芹、納蘭性德、晏小山，三人常被相提並論。為不負好學余杰，我也重啓好無比的問與學。先是回顧課堂，仍記得鄭騫、葉嘉瑩等師長較推崇小山之父晏殊；再來蒐尋前行研究並請益同儕。中大同事清芬的「清壯頓挫」之論惠我良多。我還趁此敘舊臺大同窗，眞要感謝學殖深厚的漢初，為我「必也正名」開講晏小山……。

這下子，我又賺到了。

自號「小山」，應出於對「淮南小山」及其招隱詩的致意和認同。那位漢代小山是淮南王族成員，這位宋朝小山是宰相之子，兩人在血脈身世於王孫貴冑、精神系譜於山林隱逸等方面，確實契合。

相較於隱者自許的「小山」之號，「幾道／叔原」的名／字則儒家期待，且看典出〈大學〉的「知所先後，則近道也」便了然。幾道，近道也；叔原，後先也（叔在伯之「後」；原，「先」也）。

而詞人生命史的張力，不正展現於字／號所涉的價值辯證嗎？

漢初更透露，讀詞無數，最愛小山的夢魂慣得無拘檢／又踏楊花過謝橋；老同學笑稱，連理學夫子程頤也被這兩句打敗，直說是「魔語」。清芬則表示，對詞家無特定最愛，但小山常居首。

我呢？我不免發起痴來。若小山晚生一千年，擅寫能歌又習於流行文化的他，或可成功轉型為華人版的Bob Dylon，諾貝爾文學獎評語——在偉大的歌曲傳統中，創造出詩意的表現手法，也很適合小山吧？

巧的是，在跨文化的歌曲傳統中，約千年前的德國也曾盛行「戀歌」，原音已杳然，詞卻留存為文學史的情文本。戀歌發展到後來就有了像舒伯特的藝術歌曲。

巧的美事不勝數，字字香、篇篇舞的這本書豈不也是？

推薦序

真正的貴族：蘇世獨立，橫而不流

現任深圳大學文學院副教授、當代中國古典詩詞第一人

徐晉如

詞是一種長短句的詩體，最早是配合音樂演唱的文辭。它濫觴於唐五代，極盛於兩宋，備大成於晚清。向來宋詞是與唐詩並稱的「一代之文學」，但宋詞的整體成就不及清詞，相對於唐五代詞的沉豔，也顯得氣息不夠沉厚。宋詞中南宋詞與北宋詞的整體風格也很不相似，南宋詞的成就要遠遠高於北宋詞。在北宋詞壇，晏幾道可謂第一大家。

新派文學史家習慣於荼毒人民，他們在談到北宋詞壇時，說北宋詞壇的代表是蘇軾。實則蘇軾詞佳者不多，他的文學成就，第一是散文，第二是詩，詞則是餘事爲之，《東坡樂府》中的作品，水準很是參差不齊。尤其是，蘇詞能直入人心，撼動人靈魂的詞作太少了。這主要是因爲蘇軾這個人一輩子總能想辦法讓自

己開心，這種通達的人生觀對文學只有壞處。這樣的人，可以做很好的散文家，但卻成不了第一流的詩人詞人。——因爲他缺乏悲劇情懷。

舊派文學史家——主要是詞學家們，他們不能給予蘇詞很高的地位，但他們舉出的代表是周邦彥，或者叫周美成、周清眞。詞學家們吹捧他是詞中的老杜——集了詞這一文體的藝術手法的大成，全然不管老杜所以不朽者，乃在他那憂國憂民的偉大情懷。又有人說，北宋詞只一個周清眞，南宋詞只一個吳夢窗，又有說周邦彥前無古人，後無來者的，就更加誇張了。我讀清眞詞，幾於不能卒讀，但讀到一向被罵作「如七寶樓臺，炫人眼目，碎拆開來，不成片段」的夢窗詞，卻往往一灑蕭條異代之淚。這是因爲，夢窗詞中有眞情在，如果不被他那晦澀的詞句嚇倒，是能觸摸到詞人那顆被痛苦折磨得千孔百瘡的心的。而清眞詞，卻如同今天羅大佑、林夕的歌詞一般，是寫大宋朝都市白領的悲喜，裡面卻沒有一絲一毫個人的哀樂。你叫人如何能產生眞正的感動？當然也有例外，他的《滿庭芳·夏日溧水無想山作》大發了一通自己的牢騷，那就是眞正的文學經典了。

說到底，文學要能成爲經典，第一是要有個人主義的精神，作品中寫的，一定要是你自己的感情，第二是不能清湯寡水不鹹不淡。一首好的詩，一首好的詞，要讓人讀了後，感覺面前站著的是一位生命力或強健或堅韌或柔弱或病態的活生生的人，他在一刻不停地與命運抗爭。藍棣之先生說得好，一切文學經典都是有病呻吟。讀晏幾道的《小山詞》，你會發現，你面前站著的是一位病人，而且病得很不輕。

宋代理學家伊川先生讀到晏幾道的「夢魂慣得無拘檢，又踏楊花過謝橋」，笑著說：「鬼語也」，意謂這樣的句子只有鬼才能寫得出來。這是小山的病徵之一。又小山在潁昌府做小官時，給他的上司同時也是他的宰相老子的學生韓大帥寫詞，大帥回信說：收到你很多的詞，大抵都是才華有餘但品行不足的。希望你把多餘的才華捐棄掉，來補足你品行上的缺陷，那麼，你老子的學生我，也就開心了。這是小山的病徵之二。

什麼是鬼語？其實就是拋撇下功名利祿，追求人格的獨立自由，而所謂品行不足云云，大帥沒有明說，但黃庭堅給小山詞作序，倒是透露了其中消息。他說小山性子太直，不知道顧忌，不管你是名家大佬，小山總以爲自己的文章才是最好的。那麼，大帥指的就是小山不會爲人處世，你老子都已經死翹翹了，你還要什麼大少爺的脾氣？難道就不知道裝低服小，看人眼色行事？大帥一定是從這個部下的詞中看到了小山骨子裡的驕傲。而驕傲，據說是使人落後的。有一次，黃庭堅問他：「你對儒家和諸子百家都那麼精熟，又都有自己的見解，爲什麼不寫出來讓世人都知道？」晏幾道回答說：「我平時處處注意言論，還被當代的這些名流忌恨，要是我把我所思考的東西都憤憤然地照直說出來，那不是直接把唾沫唾人臉上了嗎？」我在讀到這一段時，恨不能起小山於九泉之下，和他握握手！

但這還不是小山病得最厲害的地方。黃庭堅歸納他有四痴：做官始終不順利，而不肯給貴人大佬拍馬屁，這是第一痴；文章保持自己的風格，絕不寫一句歌功頌德的話，這又是一痴；萬貫家財揮霍乾淨，家人吃不飽、穿不暖，還像前輩隱士徐孺子那樣，滿不在乎，這又是一痴；別人怎樣對不起他，他也不會記恨，信任一個人，永遠不會懷疑對方會欺騙自己，這又是一痴。這四痴，其實就是小山的四病。在「健康的中國人」眼中，這個晏小山，可眞算是病入膏肓了。因爲我們的文化，就是要教導你怎樣做一個安分的奴隸，而晏小山偏偏是在做一個貴族，那些奴隸性的人們，還會不恨之入骨嗎？所以，正如我以前講過的：「每一個人都是病人，但只有貴族才不諱疾忌醫，而沒有靈魂的賤民總以爲自己是健康的。」（《九十年代哲學筆記》第九十一則）

小山是一個眞正的貴族，我說過，「貴族的人格典範可以用《橘頌》裡面的話來描述：『蘇世獨立，橫而不流』。然而，這恰恰是賤民眼中最要不得的缺點。他們習慣於指責貴族的詞語是『脫離群衆』。」（《九十年代哲學筆記》第一百零七則）對於小山這樣一個高貴的、同時也是病得很深的靈魂，需要我們有著同樣高貴的心靈，並且同樣深邃地病著，才能完全理解。

說實話，我很懷疑眞正的文學經典能夠被普及，因爲大衆的口味從來都是淺薄的。他們可以把「床前明月光」這樣的兒童水準的詩奉爲文學經典，他們會認爲《紅樓夢》這樣一部集附庸風雅之大成的小說是中國文學的頂峰，我又如何能夠相信，他們會眞心欣賞小山詞中的哀愁怨怒呢？

小山的清壯頓挫的詞風，眞的如黃庭堅所說，「能搖動人心」，尤其是搖動當代大衆的心嗎？黃鐘毀棄，瓦釜雷鳴從來都是歷史上絕大多數時期的現實，小山的那位摯友黃庭堅，就憤憤然於「周鼎不酬康瓠價」。近年來，那些用娛樂記者的心態，卑賤而惡毒地意淫古人的暢銷寫手，不就贏得無數擁躉嗎？

余杰是在眞正試圖去理解那顆北宋最可寶貴的心，然而眞正有價值的東西，大多數時候會遭到冷遇。他會讓更多的人走近這顆心嗎？我很悲觀，但仍然不能絕望。

是爲序。

上卷

幾番魂夢與君同

鷓鴣天・彩袖殷勤捧玉鍾

彩袖殷勤捧玉鍾，當年拚卻醉顏紅。舞低楊柳樓心月，歌盡桃花扇底風。
從別後，憶相逢，幾番魂夢與君同。今宵剩把銀釭照，猶恐相逢是夢中。

我明知道有一個神秘的模樣，
在背後揪著我的頭發往後掇，
正在掙扎的當兒，
我聽見好像一個厲聲：
「誰掇著你，猜猜！」

「死，」我說。

「不是死，是愛，」他講。

——白朗寧《十四行詩》

有情之人方能作有情之文字，深情之人方能作深情之文字。刻薄寡情之人，如胡蘭成、李敖，根本寫不出一句情深意切的文字來。文字就是那麼地奇妙，它的眞假直可入肺腑，靠編是編不出來的。

對於表達愛情之複雜和微妙而言，詞乃是一種比詩歌和文章都更恰當的載體。查禮在《榕巢詞話》中說：「情有文不能達，詩不能道者，而獨於長短句中可以委婉形容之。」這也許就是這位將愛情當作信仰的晏幾道公子，選擇詞作爲其終生「術業有專攻」的文體的根本原因吧。

晏幾道，字叔原，號小山，著有《小山詞》，《全宋詞》存錄有二百六十餘首。父親晏殊少爲神童，十四歲即考中進士，三十五歲時自翰林學士、禮部侍郎拜樞密副使，後拜相，封臨淄公。晏殊貴爲太平宰相，這是那個時代讀書人「修身、齊家、治國、平天下」的最高境界。但是，晏幾道從父親「無可奈何花落去，似曾相識燕歸來」的詠嘆中，發現了無邊的寂寞。他很早便認識到：這不是一條他可以延續下去的生存方式。

有的人天生就不是當官的材料，有的人天生就視富貴如浮雲。

我們知道那朵玫瑰就要開花，我們自己離開花已不遠。懷著玫瑰必將開花的信念，人生的路一步步地走下去。

但丁在《神曲》中《地獄》的第五篇裡，藉美麗而絕望的法蘭西斯卡之口說過：「痛苦莫過於，回首往日的歡樂——在不幸之時。」小山比同代的大部分朋友都活得長，壽七十三歲。到了晚年，他飽經風霜卻痴心不改，在《小山詞》自序中回憶說：「追惟往昔過從飲酒之人，或壟木已長，或病不偶。考其篇中所記，悲歡離合之事，如幻如電，如昨夢前塵，但能掩卷憮然，感光陰之易遷，嘆境緣之無實也。」時光能改變一切，時光將滄海變成桑田，將紅顏變成白骨，將瓊漿變成苦酒，它卻改變不了那分滾燙而恆久的感情。人可逝，而情永存。在透骨的悲涼過去之後，猶存一縷不冷的溫暖。因爲愛情永遠指向未來。

這首《鷓鴣天》，其詞牌據明人楊愼《詞品》中說，來自唐代鄭嵎詩：「春遊雞鹿塞，家在鷓鴣天。」爲雙調，共五十五字，上片第三、四句與換頭三言兩句多作對偶句法。

上片之四句，追憶昔日歌酒生涯的歡樂：盛宴歌舞，豪飲千盅。因爲是美人盈盈一握的雙手將酒杯捧上，爲了博取美人的一笑，即便自己的酒量是如此的不堪，亦不惜一飲而盡、昏然醉去。

眞正醉人的不是酒，而是人，是歌，是舞。「舞低」對「歌盡」、「楊柳」對「桃花」、「樓心月」對「扇底風」，簡直比絕句還要工整和合適。

其實，月亮是不會被舞蹈所跳低的，只不過是那位觀賞這優美舞姿的人，因爲太投入了，所以才沒有覺察到月亮越來越低，夜也越來越深；微風也是不會被歌曲所唱完的，只不過那位傾聽這悅耳歌曲的人，因爲太專注了，所以才忘卻了扇子所搧起的微風，而時光已經在沙漏的流淌中悄悄逝去。

「舞低楊柳樓心月，歌盡桃花扇底風。」這兩句倍受後人讚賞。此種對時間、功名和金錢皆不屑一顧的、疏朗開闊的態度，也只有貴爲宰相家公子的小山方能具備。

《王直方詩話》中記載，崔中云：「山谷（黃庭堅）稱晏叔原此二句，定非窮兒家語。」晁補之云：「（讀此二句）知此人必不生於三家村中者。」《雪浪齋日記》云：「晏叔原工小詞，（此二句），不愧六朝宮掖體。」《侯鯖錄》云：「不蹈人語而風調閒雅，直是一家。」黃蘇《蓼園詞話》云：「『舞低』二句，比白香山『笙歌歸院落，燈火下樓臺』更覺濃至。惟愈濃情愈深，今昔之感，更覺淒然。」

更有意思的是，明人瞿佑在《歸田詩話》中記載說：「蓋得公（晏殊）所傳也。此兩句勾欄中多用作門對。」這可眞是唐突西子，如此曠達清綺的句子，居然成了勾欄門口的對聯！可見勾欄也要附庸風雅一番。

不過，那些風月場所中討生活的可憐女子們，有幾個能遇到像小山這樣一往深情的貴公子了呢？

可是，遇到了又如何？

遇到了就幸福嗎？

遇到了就可以廝守終身嗎？

遇到了一個痴情男兒，動了冰封已久的眞情，也許將面臨更深邃的離別苦痛。

上片越是渲染得熱鬧，下片越是凸顯得淒冷。在火與冰之間，是一段被現實苦苦煎熬的愛情。這上下片之間，大概有超過十年以上時間的間隔吧？

鬢角已有幾許白髮，眼淚也變得如此渾濁。

上片純是男主角娓娓道來，下片卻是女主角點點淚痕。陳廷焯在《白雨齋詞話》中說：「（後半闋）曲折深婉，自有艷詞，更不得不讓伊獨步。視永叔之『笑問雙鴛鴦字怎生書』、『倚闌無緒更兜鞋』等句，雅俗判然矣。」

不知不覺之間，敘事者已巧妙轉變。

「我就是愛你，我就是忘不了你！」這是一種小女兒才有的固執與直率，其力量可謂百折而不回，如同《聖經．雅歌》中所說：「……愛情如死之堅強，嫉恨如陰間之殘忍。……愛情，眾水不能熄滅，大水也不能淹沒，若有人拿家中所有的財寶要換愛情，就全被藐視。」

人生在尚未找到更高的支點的時候，愛情便成了全部。

此時的愛情，便具有了某種不可馴服的魔性。

他與她各歸其位。如勞倫斯所說，這些超越驕傲的情人打著最崇高的旗幟，是寶石一般的異體。他是十足的男性，像寶石一般脫穎而出，倨傲不馴；而她則是純粹的女性，像一枝睡蓮，婷婷玉立於其女性的嫵媚和芬芳之中。這就是世俗的愛，它總是在慾火和分離的悲劇裡結束，到那時，這兩個如此出眾的情人會被死神分隔開。

睡蓮比寶石柔軟。對女人而言，愛情是最後的一道防線。

唯其如此，孟姜女才會哭倒秦長城，杜十娘才會怒沉百寶箱。

如果說愛情是一場動人而可怕的戰鬥，那麼受到傷害最深的一方，大多數時候都是女人。所謂「魂牽夢繞」，日有所思、夜有所夢，如果不是愛到骨髓裡的人兒，又怎麼會「幾番魂夢與君同」呢？

卡繆說，「我們沒有時間孤獨，我們唯有歡樂的時間。」重逢本應當是一件樂事，卻被小山寫得如此痛楚和悲涼。那一往深情、情深似海，全都在這拿起蠟燭臺一「照」的動作之中。通過這電光火石般的一「照」，錯位的現實和夢境便在一瞬間恢復了常態。

王夫之說過，以哀景襯樂景或以樂景襯哀景，都能倍增其哀樂。前人已有不少類似的寫法，如司空曙的「乍見翻疑夢，相悲各問年。」戴叔倫的「還作江南會，翻疑夢裡逢。」杜甫的「夜闌更秉燭，相對如夢寐。」此處，若將老杜詩與小山詞相比，即可見詩與詞之分野。劉體仁在《七頌堂詞繹》中云：「『夜闌更秉燭，相對如夢寐』，叔原云：『今宵剩把銀釭照，猶恐相逢是夢中。』此詩與詞之分野也。」詩詞之分野即在於：詩莊，詞媚；詩嚴謹，詞曲折；詩含蓄，詞直白；詩精煉，詞鋪陳。

在人生的旅途中，這是一次不期而遇，她遞過來的手上的溫暖，都還能夠感覺到。小山信手拈來「剩把」與「猶恐」這兩組上下對應的虛詞，曲徑通幽，柳暗花明，將女主角複雜微妙的心理狀態表現得淋漓盡致——究竟是夢更眞實呢，還是現實更眞實？通過這蠟燭微光的一照，果眞能找到最後答案嗎？千迴百轉的心態，全都凝聚在此。後人評論說：「下片神品。前三句以夢爲眞，聊慰相思。後二句疑眞爲夢，驚喜中帶疑懼，疑懼中見驚喜。前後映照，相輔相成，深得迴旋頓挫之妙。」寫到這裡，全詞便嘎然中止了，小山將那最後的答案留給每一位讀者來回答。

在這樣的愛情面前，你無法保持沉默。

一對被迫分離的愛人，在那阻隔的時空當中，默默地保持「幾番魂夢與君同」的狀態，乃是人間至爲慘痛之事。

自由主義大師、諾貝爾經濟學獎得主海耶克，便有過這樣的一段「不足爲外人道也」的經歷。

據海耶克寫給波普爾的信中透露，他與初戀情人、遠房外甥女海倫年輕時，僅僅由於當時通信條件太簡陋，在一次偶然的事故中失去了聯繫才未能成婚。海倫嫁給了別人，海耶克則娶了一位他覺得跟海倫長得相像的女生——也就是他的第一任妻子赫拉。赫拉爲海耶克生了兩個孩子，可是海耶克一直都沒有獲得感情上的滿足。

多年之後，海耶克與海倫重逢了。那在地底下潛行的愛情之火重新燃燒起來。兩人的婚姻生活都不幸福，他們開始考慮與各自的伴侶離婚，然後再一起組建新的家庭。離婚的過程對海耶克而言非常痛苦，因爲他的妻子赫拉堅決反對離婚。一九五〇年，海耶克終於在美國阿肯色州與赫拉辦了離婚手續，他專門跑到這個地方，因爲這裡的離婚法律比較寬鬆。

幾週以後，在故鄉維也納，海耶克如願以償地迎娶了第二任妻子海倫。此後，他們相依相愛，共同生活了將近半個世紀。

做出離婚的決定是艱難的，尤其是妻子赫拉一方並無任何過錯。這一舉動使海耶克完美的道德形象受到了巨大的損害。他在英國任教的最後一年半中，承受了相當大的輿論壓力。

海耶克最好的朋友、經濟學家羅賓斯因此與之決裂。羅賓斯寫道：「我覺得，他的那種作法與我心目中對他的認識不符。我覺得，我認識的那個人已經死了，如果看到他的繼任者，我就會覺得難以忍受的痛苦。」直到海耶克的前任妻子赫拉去世後，兩人才開始尋求和解。一九六一年，在海耶克兒子羅倫斯的婚禮上，兩人終於重歸於好。

海耶克是一名情感和思想都保守而內斂的紳士，他一直都不願意公開談論自己的離婚與再次結婚。唯有一次，在一九七八年，一名訪問者詢問說：「請你原諒我問這個問題，但我非常尊重道德標準，認爲它們對社會很重要。我們這個時代的所有人在遇到麻煩的時候都會說：『這兒有某種道德標準，我打破它得了。』你一定也會有這樣的經歷。你是否願意談談這些？」

對於這個無比尖銳的問題，海耶克在沉默了半晌之後，艱難地回答說：「我知道我強行離婚是不對的。唉，這件事不堪回首。我所愛的女孩，我的一個外甥女嫁給別人後，我心灰意冷，就隨便結婚了。那個外甥女是我現在的妻子。但有二十五年之久，我都是跟我在心灰意冷之餘娶的那個人生活在一起。對我來說，她是個好妻子，但我覺得我不幸福。她不想離婚，最後我強行離婚了。這肯定是錯誤的，但我還是做了。可能是有一種內在的衝動吧。」通往幸福的道路上，爲什麼最聰明的人也會犯錯誤呢？

是否幸福，這種感覺只有自己才知道。即便是最理性、最智慧的思想家，也時常爲某種無法控制的「內在衝動」所驅使、所控制。這種「內在衝動」究竟是什麼呢？

是愛情，是「幾番魂夢與君同」的愛情，是「相逢猶恐是夢中」的愛情，是九死而不悔、百折而不撓的愛情。

愛情不是一個事件，不是一種契約，愛情是一種直接撲向幸福方向的執著，是與世界疏離過程中的一次精神回望。

這首〈鷓鴣天・彩袖殷勤捧玉鍾〉，被《詞譜》列爲該詞牌的「正體」，即代表之作。古往今來，詞人所作之〈鷓鴣天〉可謂汗牛充棟，而唯獨此首入選，可見其藝術價值已爲衆人所公認。愛情的力量誰能抗拒呢？

我們每個人，都是某人一生的至愛。偉大如海耶克者、平凡如你我者，都經歷過偉大的愛情，小山此首〈鷓鴣天・彩袖殷勤捧玉鍾〉可以作爲一個小小的注釋：你夢見了對方，這就是比生活還要眞實的事實，你不承認也不行。那麼，相信愛情吧，肯定愛情吧，擁抱愛情吧。

因爲，沒有愛情的人生，是完全不值得過的人生。

宋朝最美的情書，是晏幾道寫的。❋

可憐人意，薄於雲水

少年遊·離多最是

離多最是，東西流水，終解兩相逢。淺情終似，行雲無定，猶到夢魂中。
可憐人意，薄於雲水，佳會更難重。細想從來，斷腸多處，不與今番同。

誰將言
是不期而至嗎？我們彌補
失去的歲月。我神奇地成熟了
在每次跨越過青春衝動時，
而你，我的愛，你明白我不懂

何謂野蠻青春，我的心是代價

——里爾克《獻給露的詩》

自古以來，沒有人能夠破解愛情之謎。杜拉斯在《物質生活》中說：「在男人和女人之間，是虛幻想像最具有力量的地方。」過去一直有人自以爲是地批評小山詞止於男女之情，題材過於單一。這種看法其實大謬。

男女之情千變萬化，自成一個獨立的世界，哪裡會單調呢？人類或朝朝暮暮、或海枯石爛的愛情，豈止是僅僅兩百多首詞就能全部都描述出來的？

此首《少年遊》，在高峰林立的小山詞中，亦是一首明白如畫、小兒讀來皆琅琅上口的佳作。不過，那些春風得意的少年人，想要洞悉其中所描摹的愛情的種種奧秘，非得有從熱戀到失戀的切身體驗不可。

開篇先以雙水分流設喻，「離多最是，東西流水，」其語本於傳爲卓文君被棄之後所作的《白頭吟》：「躞蹀御溝上，溝水東西流。」第三句卻來了一個自我顛覆，說水流雖然分爲東西方向，但最終還是會再會合到一處。換言之，流水不足以喻兩情之訣別，流水的分流亦比人類感情的破裂容易復合。於是，第一層比喻便被小山自行取消了。

於是，小山再設一喻，「淺情終似，行雲無定，」用行雲無憑比喻對方一去杳無消息，似乎更爲妥貼。然而，小山再次否定此妙喻，暗用楚王夢神女「朝爲行雲」之典，謂行雲雖無憑準，卻還能入夢。

短短六句，語意兩次翻覆，遂有柔腸百折之感。對青春和愛情的記憶，那塵封已久、已被淚水淹沒、被沙石掩埋的記憶，終於被喚醒了。

下片從水、雲二喻又翻進一層，言人意其實薄於雲水。流水行雲本爲無情之物，可它們或終能相逢，或猶到夢中，似乎又並非一味無情。相比之下，在苦於「佳會更難重」的人兒心目中，人情之薄，遠甚於雲水。

他雖無情，我卻有情。愛情常常不是對等的，並不是對方愛你多少，你才愛對方多少。有時，令你牽腸掛肚的那個人，並不把你放在心上。可你明知如此，仍然情無反顧地爲伊消得人憔悴。

結拍三句，直抒情懷，語極沉痛。仔細回想，過去最爲傷心的時候，也不能與此刻相比。此三句是主角內心世界最直截了當的表露和宣洩，眞有魯迅「於天上見深淵，於浩歌之際寒」之感。史鐵生說，一個明確走在晴天朗照中的人，很可能正在心魂的黑暗與迷茫中掙扎。

有什麼比人心的變化更快呢？詩人絞盡腦汁也想不出了。近人夏敬觀評此詞曰：「雲水意相對，上分述而又總之，作法變幻。」過去，人們說，負心人的心「翻雲覆雨」；可是，小山說，即便是變動無常的雲雨，也比那些僵硬的心更多情。

「可憐人意，薄於雲水」，這是小山對天下所有負心人的譴責。有的人，心就是很薄，薄於紙，薄於並刀。逢人全拋一片心、對愛人更是「愛人勝己」的小山，哪裡能夠容忍那些「一場遊戲一場夢」的傢伙呢？

可是，世上負心的男女偏偏很多，遠遠多於恩愛的夫妻。太多人將愛情當作遊戲了，到了玩不下去的時候，乾脆撒手不管，一走了之。

僅以男子而論，男人當中有兩種極其可怕的小人，一種是僞君子，一種是天眞自私漢。女人一般都有一雙能夠看透僞君子的慧眼，卻沒有一顆嚴拒此類天眞自私漢的慧心。因爲那種天眞如孩童的負心郎，往往能激發起女人天生就具備的母性，以及某種如同救世主一般的獻身精神。

她們明知是火坑，也要奮不顧身地跳下去。

那種「天眞自私漢」式的人物，偏偏都有超凡脫俗的容貌，朗朗如日月之入懷，頹唐如玉山之將崩。更要命的是，他們大都是些了不得的天才，或詩詞歌賦，或歌舞書畫，一身本領驚世駭俗。因此，他們的魅力便更加令女人無可抗拒了。

於是，一齣齣悲劇便發生了。無論哪個女子，或堅強，或溫柔，或智慧，或天眞，只要遇到了此等人物，便如同被盤絲洞中的蜘蛛精緊緊纏住一樣，脫身無術，乃至死無葬身之地。

此等天眞自私漢，西人中有羅丹、葉賽寧、蘭波、畢卡索，華人中則有郭沫若、顧城、胡蘭成、李敖。藉藉無名者，更是隱藏在我們身邊，隨時可能挑動邱比特，向那看中意的女子射出一箭。

後半輩子躲在日本悽悽惶惶的胡蘭成，近年來忽然熱了起來。也有泛道德主義者們斥責說，此等漢奸不齒於人類，其書不可讀，焚之可也。

我倒不關心他漢奸的身分。我感到好奇的是：以「民國女子」張愛玲世事洞明的聰慧，怎麼也會中了此人的「愛情大魔咒」？在胡蘭成面前，心比天高的愛玲漸漸地低下頭，「見了他，她變得很低很低，低到塵埃裡，但她心裡是歡喜的，從塵埃裡開出花來。」

這是什麼緣故呢？

他確實豐姿特秀，他確實才華橫溢。即便是晚年鬢也星星，仍然蕭蕭肅肅，爽朗清舉。淡淡寫來的兩卷《今生今世》及《山河歲月》，亦傾倒了風華正茂的臺灣才女朱天心、朱天文兩姐妹。更何況那些金馬玉堂、風流倜儻的歲月，他沒有像衛玠那樣被「看殺」，已屬幸運。

「有心人」總是會愛上「空心人」，甚至「無心人」。

知子莫若母。還是母親了解胡蘭成。這個孩子只有三、五歲的時候，有一次家鄉發大水了，好多人在水中掙扎與呻吟，他卻在樓上舉目觀看、拍手歌唱。母親說，從來沒有見過這樣沒有心肝的孩子。

在《山河歲月》中，胡蘭成回憶了與結髮妻子玉鳳一起生活的七年，名之曰「有鳳來儀」。玉鳳病重，生命垂危，胡家貧窮，沒有錢為她醫治。母親派胡蘭成去義母家借錢：

此番我去，義母明知我所求為何來，但是聽我說起玉鳳的病，她一點亦不關心。但是要錢的話我亦因循不開口，因爲親情義氣應當是她的美。

我在俞家一住數日，家裡差梅香哥來叫我回去，我只得向義母開口了，但是她說：「家裡哪裡有錢？」我就不響，起身走出。

義母追出後門叫我，我連頭亦不回。

我才走得十幾里，天已向晚，忽然大雷雨，山石草木都是電光，都是聲響，我遍身淋濕仍往前走。

可是我那種殺伐似的決心漸漸變了滑稽，分明覺得自己是在作戲，人生就是這樣的賭氣與撒嬌，哪裡就到得當眞決裂了？我就回轉。回轉是虎頭蛇尾，會被恥笑，我亦不以爲意。

我在俞家又一住三日，只覺歲月荒荒，有一種糊塗，既然弄不到錢，回去亦是枉然，就把心來橫了。我與玉鳳沒有分別，並非她在家病重我倒逍遙在外，玉鳳的事亦即是我自身遇到了大災難。

我每回當大事，無論是兵敗奔逃那樣的大災難，乃至洞房花燭，加官進寶，或見了絕世美人，三生石上驚艷，或見了一代英雄肝膽相照那樣的大喜事，我皆會忽然有個解脫，回到了天地之初，像個無事人，且是個最無情的人。當著了這樣的大事，我是把自己還給了天地，恰如個端正聽話的小孩，順以受命。

這是怎樣一個天眞自私漢啊。一遇到大事，便像蝸牛和烏龜一樣，縮到自己的殼中去，但求自保，哪裡管親人和愛人們的生死？

像一枝花似的禪，便是他的硬殼。

當胡蘭成在俞家過了數天的逍遙日子後，回到家中，妻子玉鳳已經被放進了棺材。他卻並不感到對不起她。

無恥的最高境界，便是不把無恥當作無恥。就好像小嬰孩哭喊著一定要別人的東西一樣，不覺得有什麼不對的。胡蘭成坦坦蕩蕩地將這一切娓娓道來，冠冕堂皇。無形之中，遮掩了自己加害者的身分，反倒以一種受害者的姿態出現。

不知不覺，反倒令你對他產生深深的憐憫之情。

你不能被欺騙了。即便是憐憫他也是危險的，因憐憫而導致的愛情，會使你成爲這吸血鬼的犧牲品。

你應當理直氣壯地責備他：一個成年人，怎能將自己裝扮成小孩子的樣式呢？既然是成年人，就得承擔責任，就得分辨對錯，人人都得肩住自己的閘門，人人都得背起自己的十字架。

天眞自私漢，表面上是天眞，骨子裡卻是自私，天眞的外表是爲自私的內心服務的。他在女人和上天的面前撒嬌，假裝回到天地初開的混沌狀態，這一看似愚蠢的伎倆卻屢試不爽。因爲女人總有一顆包容寬厚的心。

一個如此沒有心肝的人，當上了漢奸遂是自然而然的了。連妻子也不會一心一意地去愛，又怎麼會愛同胞與國族呢？

多年以後，胡蘭成這個天真自私漢依然無視自己的罪孽，亦不知何謂懺悔：

此後二十年來，我唯有時看社會新聞或電影，並不為那故事或劇情，卻單是無端的感觸，偶然會潸然淚下。乃至寫我自己的或他人的往事，眼淚滴在稿紙上的事，亦是有的。單對於怎樣天崩地裂的災難，與人世的割恩斷愛，要我流一滴淚總也不能了。我是幼年時的啼哭都已還給了母親，成年的號泣都已還給了玉鳳，此心已回到了如天地不仁。

這個男人，也算是壞男人中的極品了。母親和玉鳳可沒有得到過他的心，他的心裡只有自己。他不會與哀哭的人同哀哭，不會與捆綁的人同捆綁，骨肉之情也被他看得薄如雲水，更何況沒有血緣關係的女人呢？即便在汪偽政權垮臺之後，那些倉皇逃難的日子裡；即便在從「宣傳部長」搖身一變成為小學教師，隱姓埋名、亡命天涯的日子裡；他仍然不忘再來幾段露水孽緣：

「愛玲並不懷疑秀美與我，因為都是好人的世界，自然會有一種糊塗。唯一日清晨在旅館裡，我倚在床上與愛玲說話很久，隱隱腹病，卻自忍著，及後秀美也來了，我一見就向她訴說身上不舒服。秀美坐在房門邊一把椅子上，單問痛得如何，說等一會泡杯午時茶就會好的。愛玲當下很惆悵，分明秀美是我的親人。」

壞人也有天真的一面，便是將別人都當作好人，因為壞人認為好人是好欺負的。

殊不知，張愛玲不是沒心沒肺的「好人」。胡蘭成自己以爲愛玲的感受是「惆悵」，實在是過於自信了。張愛玲在一邊，早已看透了他的那點花花腸子，遂毅然決定從這陷阱裡爬出來。

沒有《滾滾紅塵》裡的藕斷絲連，愛玲與他之間乃是恩斷義絕。

一九四七年，張愛玲致信胡蘭成說：「我已經不喜歡你了。你是早已不喜歡我了的。這次的決心，我是經過一年半的時間考慮的。彼時惟以『小吉』故（你那時候小劫難的緣故），不欲增加你的困難。你不要來找我，即或寫信來，我亦是不看的了。」

赴美之後，張愛玲差不多與他斷了聯繫。他從日本寫了好些信去，她大都沒有回覆。後來，胡蘭成受到關注，多少是因爲寫了《今生今世》，張迷們得以滿足他們的窺思慾。

張愛玲對此卻非常不以爲然，語氣凌厲地說：「胡蘭成書中講我的部分纏夾得奇怪，他也不至於老到這樣。不知從哪裡來的我姑姑的話，幸而她看不到，不然要氣死了。後來來過許多信，我要是回信，勢必『出惡聲』。」在給夏志清的信中，她冷冷地提及了這個名字：「利用我的名字推銷胡蘭成的書，不能不避點嫌疑。」在張愛玲晚年所著的《對照記》中，壓根兒不見胡蘭成的蹤影。

愛情固然是盲目的，戀愛中的人，如同盲人騎瞎馬。

但是，女人哪，你可要祈禱：千萬不要遇到了「可憐人意，薄於雲水」的天真自私漢。而女人成熟的標誌，便是對此種「天真自私漢」具有了免疫力。

女人哪，你還要祈禱，祈禱你能夠最幸運地遇到像小山那樣的「痴人」，他將把你看得比他本人更寶貴。一顆子彈飛過了他也要替你去擋。

這便是神聖的愛。神聖的愛是無私的，追求的不是自己的利益。情人爲自己的愛人獻身，只求與她達成完美的合一。

所謂天堂，對於女人而言，在那裡，你遇到的每一個男子，都是小山的模樣和小山的心思。❋

又踏楊花過謝橋

鷓鴣天・小令尊前見玉簫

小令尊前見玉簫。銀燈一曲太妖嬈。歌中醉倒誰能恨，唱罷歸來酒未消。
春悄悄，夜迢迢。碧雲天共楚宮遙。夢魂慣得無拘檢，又踏楊花過謝橋。

一個年輕的姑娘問你：什麼是詩？
你想對她說：詩，也可以說是你，哦，是的，也可以說是你
心中又是慌亂又是驚喜，
意味著眼前出現了奇蹟，
你豐滿的美使我痛苦、妒忌，

而我不能吻你，不能與你共枕同床，
我兩手空空，一個拿不出獻禮的人
便只有歌唱……

——霍朗《她問你》

十年燕月歌聲，幾點吳霜鬢影。

世間最失望的事情莫過於沒有知音。

在這料峭春寒中，她一襲輕衫，像雲雀一樣登場。

我的手中握著酒杯，眼前是吹玉簫的美人，在燈光的照耀下，她的容貌分外妖嬈。

玉簫這個名字，在這裡既是樂器，也可以說是借代面前這位風華絕代的女子。

玉簫與韋皋的故事，是唐傳奇中的一個兩世姻緣、色授魂予的愛情故事。

「唐西川節度使韋皋，少遊江夏，住在姜使君家中。姜家有小青衣曰玉簫，負責服侍韋皋。兩人日久有情。

後來，韋皋的伯父寫信召他回家。不得已，韋皋與玉簫告別，承諾少則五載、多則七年，前來重聚。他留給玉簫指環一枚以作紀念。五年之後，韋皋仍然沒有回來。玉簫乃靜禱於鸚鵡洲。又逾二年，至八年春，玉簫嘆曰：『韋家郎君，一別七年，是不來矣！』遂絕食而殞。姜氏憫其節操，將玉環戴在其中指上一同埋葬。

後來韋皋鎮蜀，巧遇姜家故人，告知玉簫殉情的消息。韋聞之，一增淒嘆，廣修經像，以報夙心。且想念之懷，無由再會。當時有位高僧，能令逝者相親，但令府公齋戒七日。清夜，玉簫乃至，謝曰：『承僕射寫經造像之力，旬日便當托生。卻後十三年，再為侍妾，以謝鴻恩。』臨去微笑曰：『丈夫薄情，令人死生隔矣！』

後來，韋皋升遷為中書令，政績斐然。在過生日的時候，節鎮所賀，皆貢珍奇。獨東川盧八座送一歌姬，未當破瓜之年，亦以玉簫為號。觀之，乃真姜氏之玉簫也，而中指有肉環隱出。韋嘆曰：『吾乃知存歿之分，一往一來。玉簫之言，斯可驗矣！』」

這便是愛情的力量，愛情可以肉白骨，可以合魂魄。小山此處用玉簫代指他所傾慕的歌女，其中寄託的，想來又是一段綺麗的故事。

那餘音繞梁的歌聲，需要一雙懂得傾聽的耳朵。

歌舞未了，人已醉倒。傷心之人，無須千杯即醉，只要那「醉穴」被歌聲輕輕一點。

小山使用通感手法，不寫酒醉人而寫歌醉人，不寫人之美而寫歌之美。如此「清水出芙蓉，天然去雕飾」之詞，也只有小山這樣的天才方能寫出；如此「此曲只應天上有，人間能得幾回聞」之曲，也只有小山這樣的知音才配得上聽。那從心靈深處湧出來的歌聲，花錢是買不來的，唯有用另一顆心方可換得。

清歌可當酒。回到家中，醉意仍未消。春天的夜晚很長，只好讓夢來消磨。

那是一個什麼樣的夢呢？

在夢中，身體像一只白鶴一樣，輕飄飄地在漫天楊花中掠過謝橋。

謝橋就是謝娘橋。謝娘，一種說法是指唐時名妓謝秋娘；另一種說法是指因「未若柳絮因風起」而號稱「詠絮才」的一代才女謝道韞。後來，「謝橋」成爲一種象徵：只要橋頭站著那位心愛的女子，那座橋便配得上稱爲「謝橋」！

被稱爲「清代的小山」的納蘭性德，在《飲水詞》中也有一首〈采桑子〉寫給謝橋和橋頭的女子：

誰翻樂府淒涼曲，風也蕭蕭，雨也蕭蕭，瘦盡燈花又一宵。

不知何事縈懷抱，醒也無聊，醉也無聊，夢也可曾到謝橋？

謝橋如同美國麥迪遜郡的那座廊橋，廊橋有遺夢，謝橋也有遺夢。學者吳世昌評論說：「『歌中醉倒』謂一味貪聽唱小令，一曲一盞，不覺醉倒了。這是說她的歌太美，欲罷而不能。末二句連僞君子理學家也讚曰：『鬼語也，』而林語堂《蘇東坡傳》竟說這是『魔鬼的話』！」（《詞林新話》）

吳世昌所謂的「僞君子理學家」，乃是宋代理學大師程伊川（程頤）。據《邵氏聞見後錄》中記載：「程叔微云：伊川聞誦晏叔原『夢魂慣得無拘檢，又踏楊花過謝橋』，笑曰：『鬼語也。』意亦賞之。」

程頤是一個古板的老夫子，連年輕的皇帝都害怕他。老夫子負責教導皇帝儒家倫理，皇帝剛剛興致盎然地採摘了一枝垂柳，老夫子便嚴厲地批評說：這種作法傷害了上天的造物之情！顯然，這是一個完全無趣之人。但是，即便是此無趣之人，也懂得欣賞小山詞，可見每人心中皆有一柔軟之處。沈謙在《塡詞雜說》中說：「『又踏楊花過謝橋』，即伊川亦爲嘆賞，近於『我見猶憐』矣。」

程頤「鬼語」之說，表明人已經被這個世界所異化了，人已經成爲儒家倫理的奴僕。宋代中葉之後的士大夫階層，逐漸喪失了文學想像力，稍稍出格一點的文辭，便被他們看作是不可思議的「鬼語」。後世文人論及小山詞，多沿用程伊川「鬼語」之說。如厲鶚之《論詞絕句》云：「鬼語分明愛賞多，小山小令擅清歌。世間不少分襟處，月細分尖喚奈何！」

我喜歡詞，喜歡婉約詞，喜歡小山詞。

詞本來就是一種最適宜於表達個人情感的文體，用日本文學的概念，它更接近一種「私文學」。明人王世貞說：「詞須宛轉綿麗，淺至儇俏，挾春月煙花於閨帷內奏之。一語之艷，令人魂絕；一字之工，令人色飛；乃爲貴爾。至於慷慨磊落，縱橫豪爽，抑亦其次，不作可耳：作則寧爲大雅罪人，勿儒冠而胡服也。」他以「儒冠而胡服」批評豪放詞，頗爲形象貼切。詞本來就不應承擔「不朽之盛事，經國之偉業」的使命。家國大事，一邊去吧。

詞是所有文體中最個人化，也最自由的一種文體，它是中國文人最後的一塊「自留地」。詞是「鬼語」，也是「痴語」。詞人們甚至將此種稱呼直接作爲集子的名字，如高觀國便有《竹屋痴語》。後來，《紅樓夢》也說：「滿紙荒唐言，一把心酸淚。都云作者痴，誰解其中味？」

爲個人而寫作，是一種讓人敬重的立場。這種寫作方式，也就意味作家本人只能成爲時代的「放逐者」和正史的「缺席者」。魯迅說過，堂堂皇皇的《二十四史》，其實都是帝王將相的家譜罷了。在這本厚黑人物的家譜裡，自然找不到小山這類「畸人」的傳記。

晏幾道雖然出身於顯赫的烏衣門第，其生平事蹟卻僅存三言兩語、撲朔迷離，箇中緣故，頗値後人深思。

依照我個人的猜想，也許因爲小山的一生毫無儒家倫理所推崇的「豐功偉績」，且行事爲人堪稱中國歷史上罕見的「個人主義者」，所以爲正統史家所不容。食君俸祿的史官們根本不願花費筆墨記載小山的那些沒有「微言大義」的「風流韻事」。

北宋中葉之後，「存天理，滅人欲」的理學教條逐漸侵蝕並控制士大夫階層的思想，小山式的多情與有趣的人物，此後更寥若晨星。

顯然，晏幾道根本不是像范仲淹那樣「先天下之憂而憂，後天下之樂而樂」的士大夫。他看重的是「夢魂慣得無拘檢」的生活方式，是文字與音韻之美。這是一顆浪漫不羈的靈魂，便是君王的威嚴也禁錮不住。

而那位深情到了痴情地步的女子，在漫天的楊花中，早已守候在謝橋的橋頭。

你不能遲到。

這一夢中的場景，讓我想起《聊齋誌異》中的那個笑聲琅琅的女孩子嬰寧。

《聊齋》之中，花妖狐魅，多近人情。人間薄情，鬼域有情。蒲松齡寫《聊齋》的時候，「門庭之淒寂，則冷淡如僧；筆墨之耕耘，則蕭條似鉢。」在這淒涼與飢寒之中，偏偏躍動著一位容華絕代、笑容可掬的少女。嬰寧是整本《聊齋》中最可愛的一個女孩子。她視禮法為無物，視陳規為無物，彷彿是來自另一個世界的人。

那一天，嬰寧像野孩子一樣爬到樹上，從樹上俯視這名弱不禁風的書生王子服。書生沒有發現伏在樹上的美人，直到嬰寧止不住的笑聲，才誘得他仰頭張望。這一張望可不得了。於是，王子服在樹下心驚膽戰地喊道：「姑娘，不要這樣，妳會摔下來的！」

她卻調皮地翻身著地，落花與笑聲在半空中一起飛舞。

難得這樣一個旁邊沒有父母和奴婢的機會。王子服從袖子中拿出一枝早已枯乾的花遞給這個朝思暮想的女孩。

嬰寧接在手中，不解地問道：「這花已經乾了，要它何用？」

王子服說：「這是上元節的時候，妹子遺留下來的，我一直精心保存著。」這是情場老手的路子，很少有驕傲的少女不入其彀中。

嬰寧卻繼續追問道：「你保存這枝花有什麼好處呢？」

王子服回答說：「以示相愛不忘。自從上元相遇，凝思成病，只分化爲異物；不圖得見顏色，幸垂憐憫。」

嬰寧說：「這算得了什麼？你何必牽掛這沒有價值的東西？等你離開的時候，我叫老奴來，折一大捆漂亮的花，讓你帶走。」似乎是所問非所答，卻並非故意搪塞。

天眞爛漫的少女，只道是人皆愛花，並不覺得自己的驚世之美已遠勝於花。

王子服黔驢技窮了，只好無奈地說：「妹子痴耶？」

嬰寧反問說：「何便是痴？」

書生不得不直說了：「我非愛花，愛拈花之人耳。」

女孩子卻還是不明白：「葭莩之情，愛何待言。」

書生說：「我所爲愛，非瓜葛之愛，乃夫妻之愛。」

於是，女孩子又問：「有何異乎？」

書生回答說：「夜共枕席耳。」

女孩子俯首沉思良久，這才回答說：「我不慣與生人睡。」

這番對話，亦是一首好詞。後來，兩人終於結爲眷屬，他們的孩子與母親一樣笑對人生。

嬰寧是個哭笑皆由己心的痴女子，小山則是個沉醉在愛情中的痴公子。他們懂得什麼是愛，便也知道了自由的可貴。愛自由，是人類最高貴的品質之一。一個愛自由的人，必然與不斷剝奪人的自由的等級秩序形成某種緊張關係。

那麼，用什麼方式來捍衛自由呢？用酒還是用歌？

酒只是消極的、暫時的逃避，詩歌卻是積極的、永恆的抗爭。

詩歌的力量怎麼高估都不爲過。美國漢學家宇文所安在其研究中國古典詩歌的傑作《迷樓》中，有過這樣的一段論述：「在日常情況下，外在於詩歌的那個現實世界將羞恥感和屈從心之類的清規戒律強加在人心中的野獸身上，詩歌頂著這些清規戒律逆流而上，並從中汲取力量。社會用言詞束縛我們，而詩歌也用言詞迎頭反擊：用無懈可擊的言詞，模稜兩可的言詞，輕重權衡的言詞，與通常被社會驅使得單調乏味的言詞相對抗的言詞。詩歌用這些言詞對我們訴說，並且不動聲色地試圖侵蝕所有不小心聽它訴說的人。」是的，詩歌比酒更有力量。詩歌喚起了人類愛自由、以及反諸內心世界的天性。

無疑，小山詞便是此種具有內在的顛覆性的詩歌。

小山不曾譴責過什麼，他自足於詩歌的世界，正可謂「萬事全將飛雪看，一閒且問蒼天借」。這種姿態已經足以讓「遵紀守法」的大衆莫名驚詫了。

哪一眼小橋上，佇立過佳人？

哪一樹楊花下，漫步過才子？

小山還有一首《清平樂》，亦是對那歡樂年華的回憶：

心期休問，只有尊前分。勾引行人添別恨，因是語低香近。
勸人滿酌金鐘，清歌唱徹還重。莫道後期無定，夢魂猶有相逢。

「語低香近」句，有小兒女軟玉溫香的情態。告別之後，這種體驗便只能在夢中重溫了。但是，夢醒之後總是懷疑，這一切是否眞的發生過。加斯東．巴拉什在《夢想的詩學》中也發出過同樣的追問：我們是否存在過？我們是否夢想過我們存在，而現在，在夢想我們的童年時，我們是否還是我們本人？

於小山而言，歧路和末路，都是同一條路。雖然沒有父親那顯赫的官職和爵位，他卻能比父親更自由地哭與笑，難怪馮煦在《蒿庵論詞》中稱之爲「古之傷心人也」——這個世界上，大部分人連「傷心」都不敢隨心所欲地表現出來。

小山在詩歌中自由了，我也在詩歌中自由了，「詩歌可以用反抗的自由來誘惑我們，從而使所有彼此矛盾的、未曾實現的可能性集合在一起，形成一股強烈的對抗運動。」在此意義上，小山乃是中國文學史上的一位罕有的「自由人」。❈

人情恨不如

阮郎歸・舊香殘粉似當初

舊香殘粉似當初，人情恨不如。
一春猶有數行書，秋來書更疏。
衾鳳冷，枕鴛孤，愁腸待酒舒。
夢魂縱有也成虛，那堪和夢無。

不要注視著我哭泣的樣子，
迷惘的眼睛裡，已無回家的方向。
昨日流連之所，別人的身影依然停留。

縈繞心頭的夢想，
已成爲眾人眼中的風景。
——奧蘭皮奧《悲傷》

《阮郎歸》這一詞牌的淵源，據毛先舒之《塡詞名解》記載：「用《續齊諧記》阮肇事。一名《醉桃源》，一名《碧桃春》。」這個故事出自臨川王劉義慶編撰的《幽明錄》。該書早已失傳，魯迅《古小說鉤沉》輯有二百六十多則。

此書與《搜神記》不同，很少採錄舊籍記載，而多爲晉宋時代新出的故事，並且多爲普通人的奇聞軼事，雖爲志怪小說，卻富有濃郁的生活氣息和時代印跡。

《劉阮入天臺》的故事，說的是東漢時劉晨、阮肇二人入天臺山迷路了，巧遇神仙，被留下來居住了十天。當他們回到家中，已經是東晉中期，遇到的是他們的七世孫。這個故事有點今天科幻小說的色彩，在不同的空間中，時間的速度迴然不同，所謂「天上一日，人間十年」也。

這個故事雖然是寫人仙遇合，卻充滿了溫馨的人情味。故事中的兩個仙女，並不給人以縹緲無憑、高高在上的感覺，反倒有鄰家小妹的溫柔可愛。如初次見面一節：

> 出一大溪，溪邊有二女子，姿質妙絕。見二人持杯出，便笑曰：『劉、阮二郎，捉向所失流杯來。』晨、肇既不識之，緣二女便喚其姓，如似有舊，乃相見忻喜。問：『來何晚邪？』因邀還家。

後來，這個典故成爲詞牌《阮郎歸》，不知爲何後人選阮而舍劉也。

那是一個關於夢的故事，此首《阮郎歸》也與夢境有關。釋夢大師佛洛伊德在《詩人同白晝夢的關係》中指出：「幸福的人從不幻想，只有感到不滿意的人才幻想。未能滿足的願望，是幻想產生的動力；每個幻想包含著一個願望的實現，並且使令人不滿意的現實好轉。」小山詞中的夢，不管是白日之夢還是夜晚之夢，不管是歡樂之夢還是悲傷之夢，皆寄寓其幻想在其中。

失去的已然失去，只有在夢中才可能重新得到；破碎的已然破碎，只有在夢中才可能重新整合。「相尋夢裡路，飛雨落花中」——只能在夢中才能超越時空，留住那在現實世界裡如飛絮飄揚的情與愛。

佛洛伊德又說：「夢完全是有意義的精神現象，實際上是一種願望的達成，它可以算是一種清醒狀態精神活動的達成。」由此觀小山之夢，乃是有意爲之的夢。即便無夢，他也要造夢，以此來消減那愛而不得的苦楚。因此，每一次夢醒之後，他都將忍受更大的痛苦與失落。

房間裡還留著舊時的體香，案頭上還放著昔日的脂粉。物仍故物，香猶故香，愛情的消逝卻比這一切的消失都要快得多。

「人情恨不如」，這一個「恨」字，其實是愛到了極端才逆轉而成。即便如此，她對負心人所表達的語氣，仍然是外強中乾、無可奈何的。是的，對於那個曾貼心愛過的人，眞正要恨起來，也不是那麼容易。

時間如同一個磨盤，將愛情硬生生地磨成了粉末。

記得春天裡，還曾收到幾行來自遠方的書信；如今已是秋天，書信的頻率更低了。書信次數的減少，也就意味著感情的淡漠。

那時，書信是人與人之間唯一的聯繫。萬水千山的阻隔，唯有書信可以傳達那化不去的相思之情。「魚箋錦字，多時音信斷。恨如去水空長，事與行雲漸遠。」遠行，或出征，或赶考，或經商，往往與愛人一別就是好多年，且杳無消息。

驛站的馬匹，能否跑得快些？

空中的大雁，能否帶來音訊？

我便想，如果是一個不會寫情書的人，生活在小山的時代裡，那可太可憐了。那個時代，人可以長得不漂亮，卻必須有寫得一手催人淚下的情書的本事。

從情書中便可以看到，你愛的那個男子，該不該愛，或值不值得愛。

如果愛上的眞是一個不該愛或不值得愛的男人，那可是對女人最大的折磨與懲罰。

胡茵夢之於李敖便是如此。年少時候，也曾經心儀過李敖，心儀他那以一支筆敵一個政權的狂傲。而對於李敖與胡茵夢的婚變，聽的也是李敖的一面之詞，故而將胡茵夢看成是一個自私怯懦的小女人，配不上李敖這樣的大丈夫。

很多年以後，李敖的眞面目逐漸顯露出來，讀到其令人作嘔的《上山．下山．愛》的時候，才發現這名所謂的「大師」原來是一個「愛無能」病症的患者，他滔滔不絕地宣揚自己在「性」這方面是「超人」，恰恰表明他在「愛」這方面是無能。他確實是一個「只愛一點點」的自戀狂，他永遠也品嚐不到愛情的瓊漿有多麼甜蜜。

再後來，讀到胡茵夢的自傳《生命的不可思議》，印證了我對李敖在「愛情」上早已病入膏肓的判斷。胡茵夢說，你感覺不到他內心深處的愛，似乎展示忘我的愛對他而言是件羞恥的事，如同許多在情感上未開發的男人一樣，性帶給他的快感僅限於征服慾的滿足。那是一種單向的需求，他需要女人完全臣服於他，只要他的掌控慾和征服慾能得到滿足，他對於那個關係的評價通常很高。

胡茵夢甚至談到了李敖在床第之間的情貌，每當她和李敖親密時，卻總是發現李敖在仰望天花板上的那面象徵花花公子的鏡子，很認眞地欣賞著他自己，胡茵夢十分失望。她認爲李敖是一個過於自戀的男人，儘管他在回憶錄中將自己描述成情聖，其實所有的誇大背後都潛存著一種相反的東西。

像唐璜這樣的情聖其實是最封閉的，對自己最沒有信心的。他們表面上玩世不恭、遊戲人間而又魅力十足，他們以阿諛或寵愛來表現他們對女人的慷慨，以贏取女人的獻身和崇拜，然而在內心深處他們是不敢付出眞情的。

胡茵夢分析說，李敖喪失了愛的能力，與他早期的感情經驗有關。李敖在臺大的時候曾經爲羅姓女友的離去服過三次安眠藥，但是都被同學發現而送進醫院洗腸獲救。她認爲李敖在初戀時受到的創傷嚴重地影響了他日後對待女人的態度。

這種猜測，也從其他管道得到了證實。我在普林斯頓大學拜訪余英時教授的時候，在閒談中，與李敖曾經是同學的余師母陳淑平女士，談到了李敖的一些舊事。李敖確實愛「羅」愛到了不可自拔的地步，他所謂的絕色女人必須具備的五個條件：「瘦、高、白、秀、幼」，其實是對「羅」的描摹。李敖的種種虛驕造作，愛名愛到了不擇手段，爲的就是向「羅」示威：你當年沒有選擇我，是你的錯誤！

這是一種小孩子玩家家酒的遊戲，明明失敗了卻又不願認輸的無賴。那位羅姓女子，後來移居美國，從事房地產投資，成爲一名顯赫的富商，她自始至終都看不起李敖。在這種無可逆轉的挫折感中，李敖不敢直接攻擊「羅」，而把胡茵夢當作了替罪羊。

人情恨不如，小山的「恨」只是一時的憤激之語，背後還是無窮的思念在。而李敖沒有愛的能力，卻有恨的能力。胡茵夢輕蔑地說，仇恨的背後永遠有相反的情緒，好像他還是難以忘懷或仍然在恐懼著什麼。「只有恨的本身才是毀滅者。」所有對他人的攻擊與憤怒基本上是毫無殺傷力的，這股力量在過程裡傷害的只有自己。

李敖永遠期望站在舞臺的中央表演。訪問大陸的「文化之旅」結束之後，他悻悻然地表示，對方接待的規格不夠高，沒有作爲「黨主席」的連戰和宋楚瑜高，說明有關方面還是把「政治」放在了「文化」之上。這簡直就像是一個追著父母討要冰糖葫蘆的的頑童，文人無行到了這樣的地步，還有什麼可說的呢？

我與胡茵夢一樣深深地憐憫這個心智不全的男人。「愛無能」是一種比「性無能」更嚴重的病症。李敖的一生似乎有滋有味、風光無限，實際上他比誰都可憐。人即使擁有再多無知的支持者，終場熄燈時面對的，仍然是孤獨的自我以及試圖自圓其說的掙扎罷了。

小山比李敖幸福千百倍。他深知，愛比金錢、權勢和名聲更重要。人在溺水時，拚命掙扎，如果只能選擇抓住一根救命的稻草，那便是愛。只有愛，才能夠將你送達遙遠的彼岸。

沒有愛的人生究竟有多麼可怕呢？

回到這首〈阮郎歸〉上來：床上是精美的寢具，枕頭和鋪蓋上都繡著鳳凰和鴛鴦的圖案。這裡寫衾與枕，卻著眼於鳳與鴛，當然還有其象徵意義，是她看見了衾和枕上繡的鳳凰與鴛鴦，又想到了情侶的分離。鳳凰失侶、鴛鴦成單，她也孤枕難眠，愁腸百轉，只好依靠酒來麻醉了。

爲了獲得更多的好夢，爲了獲得有更長的睡眠時間，酒是小山詞經常借助的工具。愁腸千百轉，酒眞的能將其解開嗎？

小山詞中，「酒」與「醉」常常與「夢」緊緊聯繫在一起，它們簡直就是孿生姐妹。類似的句子有：「醉中同盡一杯歡，醉後各成孤枕夢」，「且趁朝花夜月，翠尊頻倒」，「朱弦曲怨愁春盡，淥酒杯寒記夜來」等等，簡直就是無酒不成眠也。

無酒亦不成夢，酒是夢的先導。

一旦入睡，便進入夢境之中。夢，是絢麗的，是曲折的，又是虛幻的，但它給人以自由。許多在現實生活中不可思議、不可想像、不可達成的事情，在夢中異乎尋常地變爲現實。

人在入睡的時候，往往比在清醒時更少受到現實世界的約束，人可以藉夢境讓感情找到歸宿。所謂「日有所思，夜有所夢」，夢讓人體會到理想的實現與願望的滿足之後難以抑制的狂歡。

小山詞中有不少篇章都閃爍著在夢中愛得酣暢淋漓的場面：「歸來獨臥逍遙夜，夢裡相逢酩酊天」，「夢裡佳期，只許庭花與月知」，「別後除非，夢裡時時見得伊」等等。在夢中，愛情終於得以延續和完全；在夢中，愛情終於得以成熟和燃燒。

然而，並非所有的夢都是喜悅和歡暢的，有時夢境比現實還要讓人失望和苦痛。小山詞中也有不少傷心之夢、淒涼之夢，如：「眠思夢想，不如雙燕，得到蘭房」，「金風玉露初涼夜，秋草窗前，淺醉閒眠，一枕江風夢不圓」，「依前青枕夢回時，試問閒愁有幾？」，「眼底關山無奈，夢中雲雨空休」，「蘭衾猶有舊時香，每到夢回珠淚滿」等等。歸結起來，便是此首《阮郎歸》中所說的「夢魂縱有也成虛，那堪和夢無」。

是的，睡著了又如何呢？

是的，夢見了又如何呢？

是的，縱然在夢中與她相遇，夢醒之後還不是要一個人面對如同大海般無邊的孤獨？

夢醒時分，湧上心頭的是一陣刻骨銘心的苦痛。此時此刻，夢者才恍然大悟：還不如不做夢的好！但，倘若無夢，小山又怎能成其為小山呢？正如後人所論：「『痴絕』的小山，半輩子都生活在自己的夢中。」其實，豈止是小山，人類歷史上一切偉大的文學家、藝術家與思想家，難道不都或多或少地沉湎於自己營建的『華胥世界』」之中嗎？他們的一生，乃是夢遊的過客。

沈約在《別範安成詩》中問道：「夢中不識路，何以慰相思？」李善注引《韓非子》曰：「六國時，張敏與高惠二人為友，每相思不能得見，敏便於夢中往尋，但行至半道，即迷不知路，遂回，如此者三。」小山可不止如此三回。

於是，薄薄的一冊《小山集》便成為夢的畫廊，便成為一名夢遊者的言說。這個畫廊裡的夢，是五光十色的，既有笑聲朗朗，也有淚光盈盈。諸如：「夢中」、「夢後」、「夢回」、「夢覺」、「夢魂」、「夢雨」、「夢雲」；還有「春夢」、「秋夢」、「夜夢」、「虛夢」、「殘夢」、「蝶夢」、「如夢」；再加上「鴛屏夢」、「巫峽夢」、「桃源夢」、「蝴蝶夢」、「高唐夢」、「陽臺夢」、「眠思夢」等等，眞是一個夢的世界。

「夢」字在全部小山詞中出現了六十多次。這六十多個「夢」字，宛如珍珠般散布在草叢中一般，時而讓人眼睛為之一亮。與「夢」有關的詞作，占了全部小山詞的四分之一。可以說，沒有對夢境的描摹，沒有對夢境的追尋，便沒有小山詞超越時空的藝術魅力。

雖然說「夢魂縱有也成虛，那堪和夢無」，但人生如果沒有夢，這幾十年的光陰如何才能熬得過去呢？

夢境固然是虛幻的，但現實何嘗又不是虛幻的呢？「衣化客塵古今道」，功名不可恃、金錢不可恃、文字亦不可恃，只有愛情是永恆的——「雙星舊約年年在，笑盡人間情致。」

會做夢的人，即是會愛的人。小山詞眞正是「夢中得句」。狂情錯向紅塵住，忘了瑤臺路。小山無須進入天臺山才能遇到神仙妹妹，他本人便是「神仙中人」。清人況周頤說得很妙：「小晏神仙中人，重以名父之貽，賢師友相沆瀣，其獨造處，豈凡夫肉眼所能見及！」（《惠風詞話》）小山詞不是寫給那些沒有心肝的負心人，而是寫給那些千金不換的有情男女。即便是怨恨之語，也對浪子懷著溫暖的回頭的期望。

那個你愛的人，必是讓你魂牽夢繞的人。我把小山詞看作是古代中國最動人的情書。這些美麗如天鵝羽毛的句子，飄蕩在理想與現實、夢境與大地之間，是對愛情的持守與呼喚，是對愛情的擁抱與求索。閱讀晏幾道的《小山集》，你便能與中國古代最動人的愛情不期而遇。❋

落花人獨立，微雨燕雙飛

臨江仙·夢後樓臺高鎖

夢後樓臺高鎖，酒醒簾幕低垂。去年春恨卻來時。落花人獨立，微雨燕雙飛。
記得小蘋初見，兩重心字羅衣。琵琶弦上說相思。當時明月在，曾照彩雲歸。

我怎樣才能認出你忠實的愛人？
我遇見過許多人
我來自那個神聖的地方，
有的人來到這裡，有的人去向遠方。
——《荷馬史詩》

與盲詩人荷馬的這首歌詠逝去的愛情的詩句一樣，晏幾道講述的也是一個純潔無瑕的愛情故事。

晏幾道的一生堪稱「爲愛情的一生」和「爲藝術的一生」。

晏幾道的生卒年一直模糊不可考。直至近年來發現了《東南晏氏重修宗譜》，方才解惑。其中的《臨川沙河世系》明確記載：「殊公兒子幾道，字叔原，行十五，號小山……宋寶元戊寅四月二十三日辰時生，宋大觀庚寅年九月歿，壽七十三歲。」此譜爲清高宗乾隆三十二年（西元一七六八年）由晏殊第二十九世孫、江西省湖口縣令晏成玉主修，由晏氏後裔歷代相傳而保存下來，故所載內容應是眞實可信的。

歐陽修爲晏殊撰寫碑文時，述殊子八人，謂：「幾道、傳正，皆太常寺太祝。」（《晏殊神道碑》）以人數次序推算，晏幾道當是晏殊之第七子，與黃庭堅所說的「臨淄公暮子」（《小山詞序》）相合。

其「太常寺太祝」一官，係承父蔭而得，是內廷供奉的閒官。他終身都未參加朝廷舉辦的科舉考試，對研讀「聖賢書」亦毫無興趣，卻以創作爲士大夫所不齒的「小詞」來「自娛」。

既貴爲相門公子，且才華奕奕，少年時代的小山自是跌宕歌詞，縱橫詩酒，鬥雞走馬，樂享奢華。當時情景，如他本人所述：「始時沈十二廉叔、陳十君龍家，有蓮、鴻、蘋、雲，品清謳娛客。每得一解，即以草授諸兒。吾三人持酒聽之，爲一笑樂。」（《小山詞自序》）如同《紅樓夢》中的賈寶玉一樣，這段少年歲月，是其一生中最無憂無慮的時光。

那時候，世界美麗如斯，小晏時時思如泉湧，所作之絕妙好詞，通常都是書寫出來，立刻交給才藝雙絕的歌女們當場演唱。由此可知，已經進入文學史殿堂的宋詞，猶如今天流行歌曲的歌詞。而今日流行歌曲的歌詞，未必不能進入未來的文學史。

小山詞別具一格，宛如天成，如此美妙的詞句，自然為那些「娟姿艷態、一座皆傾」的女孩子們愛不釋手，他本人也就成為她們心中之摯愛。

至和二年（西元一〇五五年），晏殊去世，是年晏幾道剛剛十七歲。父親的死，是其一生的重大轉折點。父親在世的時候，大樹底下好乘涼，小山可以肆無忌憚地按照自己的性情來生活；一旦父親去世，春風得意馬蹄疾的生涯立即嘎然而止，這位不諳人情世故的青年公子立刻感受到外部世界的霜刀雪劍。

黃庭堅在《小山詞序》中形容小晏：「常欲軒輊人而不受世之輕重。諸公雖愛之，而又以小謹望之，遂陸沉於下位。」少年魯迅親歷了傳統大家族迅速崩解的整個過程，他與母親一起輾轉於當鋪和藥房之間，早知人間冷暖；青年晏幾道從眾星捧月之「月」，一變而為天邊外之「孤星」，在世事洞明之後，依然保有一顆純然的赤子之心。

小山不喜交際，尤其不喜歡與名人交往。據《硯北雜志》中記載：「元祐，叔原以長短句行，蘇子瞻因黃魯直（黃庭堅）欲見之。則謝曰：『今日政事堂中半吾家舊客，亦未暇見也。』」其時，蘇軾已名滿天下，多少人以能見其一面為榮，此刻主動上門求見，小山卻根本不屑與之見面。即便有好朋友、「蘇門四學士」之一的黃庭堅出面引見，小山仍然婉拒之。

小山的這句回答足見其「畸人」的性情——今天那些執政掌權的顯貴們，大半都是我父親當年的門客，我哪裡有時間與他們一一會面呢！小山與東坡兩顆本可惺惺相惜的心靈，由此失之交臂。此事夏承燾之《二晏年譜》記載為元祐三年，其時小山已進入暮年。

幸好蘇東坡也是一個性情中人，不會為此而懷恨在心，大約只是一笑了之吧。要是被拒絕的是鍾會那樣的小人，那麼恃才傲物的晏幾道有可能落得個如同嵇康一般的悲慘命運。

一開始，鍾會非常仰慕嵇康，拿著文稿上門請教，卻又害怕被他瞧不起，不敢進門見面。於是，他在戶外將文稿扔進嵇康家，然後趕緊跑掉。

第二次，鍾會好不容易鼓足勇氣進了門。嵇康正在院子裡的大柳樹下打鐵，旁若無人，過了好些時候，仍舊一言不發。鍾會只好尷尬地告辭，嵇康這才問道：「何所聞而來？何所見而去？」鍾會硬著頭皮回答說：「聞所聞而來，見所見而去。」表面上客客氣氣，心中已然對嵇康恨之入骨。

這種極其自尊其實又極其自卑的小人是得罪不起的。不過，嵇康早已將生死置之度外，也不怕他了。後來，鍾會的讒言終於將嵇康送上了刑場。一曲《廣陵散》成為千古絕唱。

多少年過去了，大宋朝的皇帝先後換了好幾個，宰相們更是走馬燈式地換了幾打。安於貧寒生活的小山，在追尋昔日好友之時，才驀然發現：「而已君寵疾廢臥家，廉叔下世，昔之狂篇醉句，遂與兩家歌兒酒使，俱流轉人間雲雲。」是的，沒有人能抵抗歲月無情的摧殘，死者們在地下將我們非議。

當年的三位風流倜儻的貴公子，一死、一殘、一老，而那些美麗如花的歌女們，則早已從王謝堂前流落到了尋常百姓家。

她們還安好嗎？

她們還能放開歌喉，歌唱昔日那些曼妙無比的歌曲嗎？

朴樹的《那些花兒》忽然在我耳邊響起：

那片笑聲讓我想起我的那些花兒
在我生命每個角落靜靜爲我開著
我曾以爲我會永遠守在她身旁
今天我們已經離去在人海茫茫
她們都老了吧？她們在哪裡呀？
幸運的是我，曾陪她們開放。

她們已經被風吹走，散落在天涯。夢醒時分，酒也醒了，而佳人早已離開，重重疊疊的亭臺樓閣也早已大門緊閉。桃花依舊在，人面不知何處去，誰曾想到咫尺即成天涯？

也許，這就是愛情，愛即聚合，但沒有分別就無所謂聚合。王灼在《碧雞漫志》中說：「叔原於悲歡離合，寫衆作之所不能。」此「落花人獨立，微雨燕雙飛」一聯，便是言離別之情的極品。譚獻在《復堂詞》中說：「名句，千古能有二。」陳廷焯在《白雨齋詞話》中說：「既閒婉，又沉著，當時更無敵手。」楊萬里《誠齋集》云：「惟晏叔原云『微雨』二句，可謂好色而不淫矣。」俞陛雲則曰：「『落花』二句正春色惱人，紫燕猶解『雙飛』，而愁人翻成『獨立』。」論風韻如微風過簫，論詞采如紅蕖照水。」俞氏「微風過簫，紅蕖照水」八字，可謂絕妙之喻。

其實，這一聯並非晏幾道的憑空發明。他化用了五代翁宏《宮詞》中的句子，原詩如下：

又是春殘也，如何出翠帷？
落花人獨立，微雨燕雙飛。
寓目魂將斷，經年夢亦非。
那堪向秋夕，蕭瑟暮蟾暉。

「落花」一聯陷落在此首平淡的五言詩歌之中。小山將其從沙石中發掘出來，一剎那便點石成金。文學史就是如此犬牙交錯、偷天換日：原作者早已湮沒無名，化用者卻千古傳唱。公平乎？不公乎？

用酒製造的夢境終究會醒來，繁華的大觀園已經頹廢了。

今日犁田昔人墓，衰草枯楊，曾爲歌舞場。

在這一無所有的大地上，有人獨立；在這一無所有的天空中，有燕雙飛。雙飛的燕是幸福的，獨立的人是不幸的。

而「落花」須放在「微雨」的背景下，方有一種「哀而不傷」的味道。難怪前人說，北宋多北風雨雪之感，南宋多黍離麥秀之悲，此爲兩宋詞風之分野。

小山詞從來不涉及軍國大事，卻也不能從歷史中將其抽取出來風乾。那種北宋初年飽滿豐碩的承平氣象，哪個南宋及其以後的詞人能夠「以假亂眞」呢？

小蘋，小蘋，那是怎樣一位玲瓏剔透的少女啊？是「倚門回首，卻把青梅嗅」；或者，「嬌羞愛問曲中名，楊柳杏花時節幾多情」；或者，「香蓮燭下勻丹雪，妝成笑弄金階月」？

「記得小蘋初見，兩重心字羅衣。」所謂「心字羅衣」，有人說是領口像心字的宋代時裝，也有人說是衣服上有像心字一樣的花紋，還有人說是衣服上薰了一種名叫「心字香」的香料。我傾向於後者。范成大《驂鸞錄》載：「番禺人作心字香，用素馨、末利半開者著淨器，薄劈沉香，層層相間封，日一易，不待花萎，花過香成。蔣捷詞『銀字笙調，心字香燒。』晏小山詞：『記得年時初見，兩重心字羅衣』。」

這一句有視覺之美，亦有嗅覺之香。小山就是如此淡淡地寫來，如同一幅沒有著色的水墨畫，如田同之所雲：「白描不得近俗，修飾不可太文，生香眞色在離即之間，不特難知，亦難言。」（《西圃詞說》）

那時，你仰著明亮的額頭，你的笑容有如春花，你的嗓音有如天籟，你的腰肢有如楊柳。

在所羅門王的歌中之歌《雅歌》中，有這樣一段對戀人的頌歌，彷彿也是寫給小蘋的：「你像是蔪露在衆草之上的百合。你的身軀，修長的棕櫚，你的乳房，豐碩的葡萄。你的雙眼像微暗處的鴿子，閃爍著光芒。站起來！親愛的，我嫵媚的姑娘。來吧！嚴寒已經逝去，可以縱情歌唱，斑鳩鳥聲聲正在迴響。你坐著時，腿根是充滿著珍奇水果、染料和香料的石榴園。你的雙唇沾滿了蜜，你的舌下蜜糖和乳汁在流淌。」

那是多少年前的場景呢？

江湖太大了，光陰又太久了。

是啊，偶然相遇的故人，並不需要你熱情洋溢的讚美。

韶華老去的女子，像一把蒙塵已久的琵琶，需要的僅僅是知音的撫摸。

破冰的聲音自遠方而來。

花開以後，很快就落了。人相遇之後，很快就分別了。

花是短命的，最短命的是東瀛的櫻花。記得川端康成在《千羽鶴》中寫到的女主角稻香雪子，不正宛如小山筆下的小蘋嗎？而那「兩重心字」的羅衣，也有些素淨如水的和服的韻味。文學評論家龔鵬程深諳其中三味：稻香雪子的千鶴之美，無疑是純潔而高貴的。但那只是光、是影、是香氣，是鶴舞於九霄。男主角菊治要的，卻是具體實存，可以握在掌心、端詳於眼底、感受到它的溫度、測量出它的寬厚，如茶盅水罐的愛情。

於是，悲劇誕生了。

那種過於執著的愛情通常容易破碎。

小山可不是這樣一位木訥拘泥之人。對於胸襟遼闊、從從容容的小山來說，相思當然是可以在琵琶弦上言說的。此句化用白居易《琵琶行》之「低眉信手續續彈，說盡心中無限事」。任何人都沒有能力截斷時間之流，那麼不妨抓住此時此刻，在音樂與酒中讓心靈互相慰藉。換言之，普天之下的「有情人」，並不一定非得終成「眷屬」不可。

「但願人長久，千里共嬋娟」，此想法固然是好，畢竟過於牽掛和凝滯了。坦然接受生命中的失去，亦是生命成熟的標誌。

彩雲，既是空中之彩雲，亦是暗指心中的愛人。李白《宮中行樂圖》云：「只愁歌舞散，化作彩雲飛。」是的，你不得不承認，當年的明月還在，彩雲卻早已不是昔日的彩雲了。

在不動聲色之間，小山默默地結束了這曲《臨江仙·鬥草階前初見》。雖然只是一首小令，卻輾轉反側，一波三折，正如傅庚生所說：「此詞字句上下錯落，而前後應，翻騰之狀，矯健可喜，尤有神龍見首不見尾之姿。情與景繫於接筍之處，又若輕霜著水，了其無痕，斷是才人墨渾也。」這種筆墨誰也學不來。

而朴樹的歌聲還在迴響著：

有些故事還沒講完那就算了吧
那些心情在歲月中已經難辨眞假
如今這裡荒草叢生沒有了鮮花
好在曾經擁有你們的春秋和冬夏
她們都老了吧？她們在哪裡呀？

幸運的是我，曾陪她們開放
你們就像被風吹走，插在了天涯
她們都老了吧？她們在哪裡呀？
我們就這樣，各自奔天涯❉

不眠猶待伊

菩薩蠻·相逢欲話相思苦

相逢欲話相思苦，淺情肯信相思否？還恐漫相思，淺情人不知。
憶曾攜手處，月滿窗前路，長到月來時，不眠猶待伊。

你穿越萬里長空
我爲你拭去額上的冰霜；
狂悖的風暴撕裂了你的翅膀，
你甦醒了，兀自顫抖。

——蒙塔萊《我爲你拭去額上的冰霜》

《菩薩蠻》的詞牌，原爲唐代的教坊曲名，又名《子夜歌》、《巫山一片雲》等。據《詞譜》引唐蘇鶚《杜陽雜編》說：「大中（唐宣宗年號）初，女蠻國入貢，危髻金冠瓔珞被體，號『菩薩蠻隊』。當時倡優遂制《菩薩蠻》曲，文士亦往往聲其詞。」其實，在大中之前一百年的開元時期成書的《教坊記》中便已有此曲名。《詞譜》中以李白所作之《菩薩蠻》爲正體。

唐、五代，詞還僅僅是「詩餘」，況周頤在《蕙風詞話》中說：「詩餘之餘，作贏餘之餘解。唐人朝成一詩，夕付管弦，往往聲希節促，凡和聲皆以實字塡之，遂成詞。」到了宋代，詞方蔚爲大觀。

每個朝代皆有自己的文體，每種文體皆選擇自己的朝代，其間自有一種因緣在。有宋一代，雖然在武力上積弱，在文化上卻開創了古代中國繁盛的最高峰。王國維說過：「天水一朝人智之活動與文化之多方面，前之漢唐，後之元明，皆所不逮也。」陳寅恪亦指出：「華夏民族之文化，歷數千載之演進，造極於趙宋之世。」經濟的繁榮，政治的寬鬆，遂帶來文化藝術的開放與創新。有開放，方有創新。宋詞由此形成唐詩之後能夠標誌一個時代的文體。

宋詞是宋代士大夫生活中不可或缺的一部分。宋詞的產生必然要放到宋代的時代背景下考察。法國藝術史家丹納認爲，如同某種植物只能在適當的天時地利中生長一樣，藝術家也只能在特殊的種族、環境、時代氛圍中產生。「每個形勢產生一種精神狀態，接著產生一批與精神狀態相適應的藝術品。」作爲北宋初期最傑出的詞集的《小山集》，亦可當作考察此時代士人精神狀況的典範標本。

多情似小晏，天下能有幾人？

自古以來，男女雙方的情感完全處於對等狀態的愛情，乃是可遇而不可求的。一般而言，要麼是男子愛女子多一些，要麼是女子愛男子多一些，正是在這種不對等甚至逆反之中，愛情的悲劇本質便誕生了。因此，便有了這樣一個千古不決的難題：究竟是選擇那個愛你的人呢，還是選擇那個你愛的人？選擇哪一個人，結果會讓你更加幸福一些？

小山可不願意停下來躊躇和思考。他像夸父追日一樣，急迫地向愛情跑過去。更像飛蛾撲火。

隔了許久之後，終於等來了相逢的時刻。他急切地向她訴說這些日子裡相思的痛苦，那是一種侵蝕骨髓的痛苦。

她卻淡淡地回應說：「你眞的有那麼想我嗎？」

這種不被相信的感覺，是對每一個沉浸在愛情中的人的最大打擊。

相逢與相思、情深與情淺，卻不是用秤可以秤出來的。小山在此處將情人的疑惑寫得唯妙唯肖。詞以自然傳神為佳，王又華《古今詞論》引賀裳語說：「無名氏《青玉案》曰：『花無人戴，酒無人勸，醉也無人管。』語淡而情深，事淺而言深，眞得詞家三昧。」劉熙載在《藝概．詞曲概》中說：「一轉一深，一深一妙，此騷人三昧。倚聲家得之，便自超出常境。」小山此二句「相逢欲話相思苦，淺情肯信相思否」亦是深得詞家三昧的佳句。

下片是深情的回憶。想起我們昔日一起攜手漫步的地方，月光照亮了窗前的小路，夜深了，月亮越來越圓，那條小路也變得越來越長，我卻無法入睡，一直在等待著你。小山寫月之滿，路之長，以此襯托等待的辛苦。

「月滿窗前路，長到月明時，不眠猶待伊」，正是近人王國維所謂的「有我之境」。王國維在《人間詞話》中說：「『淚眼問花花不語，亂紅飛過鞦韆去』、『可堪孤館閉春寒，杜鵑聲裡斜陽暮』，有我之境也。」小山舉重若輕地從月亮著筆，其實月亮還是人心的投射，所謂「以我觀物，故物皆著我之色彩也。」在月光的照射下，窗邊的小路也似乎變長了，其實路哪裡能變長呢？變化的還是那焦灼的心境，正如王國維所云：「有我之境，於由動靜時得之。」

這樣一種直抒胸臆之作，在小山詞中並不多見。還有一首《長相思》與之類似：

長相思，長相思。若問相思甚了期，除非相見時。
長相思，長相思。欲把相思說似誰，淺情人不知。

此詞純用民歌形式，上下片均以「長相思」迭起，上片言只有相見才得終了相思之情；下片言由於不得相見，相思之情便無處訴說，以淺情人不能理解自己的心情，反襯一往而情深、指向的卻是無物之陣。「若問」和「欲把」兩句，自問自答，痴人痴語。

「不眠猶待伊」，這是何等真摯深沉的愛情。我想起了馮亦代和黃宗英的情書集《純愛》。以「純愛」

一詞來概括他們倆的愛情，再貼切不過了。他們都「曾經滄海難爲水」，他的安娜，她的阿丹，那都是何等石破天驚的愛情與婚姻啊。似乎再也無人可以替代缺失掉的另一半。

安娜走了，阿丹走了。他八十歲，她六十八歲。兩顆孤獨的心，在偶然間碰撞出了閃亮的火化。在正式領取結婚證書之前，他們通了四年的信，他們的情書比少年人的還要熾熱和痴迷。被愛情俘獲的心，想不「老夫聊發少年狂」都不行。

病樹前頭萬木春，愛情可以化腐朽爲神奇。馮亦代寫道：「想你，想你，想你……清晨，我四點半不到就醒了，再也睡不著，似乎我聽到你在輕聲叫我，於是我就想你。現在我才感到當巨大的幸福來臨時，一個老年人眞是無法表達的。報紙來了，還有你的信，不知怎的，我的心竟會怦然顫動起來。於是我急急地把信打開。我眞想大叫一聲，或者大哭一場，因爲喜極也可以悲的，我不相信我的眼睛，幸福之感突然來臨，我怎能不大叫大喊，大笑大跳呢？可是我只能坐在轉椅上，看著你上封信寄給我的照片。」

我在讀他們的信的時候，亦想起了我們自己的信。他們通了四年的信才走到了一起，我與愛人只通了一年的信便走到了一起。一封小破信，覓得有情郎，這就是我生命中的傳奇。

他們有《純愛》，我們有《香草山》。

一切似乎才剛剛開始。耶穌說，應當像小孩子學習，因爲天國是他們的。黃宗英在給《文彙報·筆會》的「而得之」專欄所寫的前言中這樣說：「本專欄兩位作家——我們兩人的歲數加起來整一百五十歲了。我們喜歡讀書。以前喜歡讀，現在更喜歡讀。讀中文古今詩歌書，讀使用英語國家的書，讀社會的書、人生的書、歷史的書、未來的書和大自然的書。我們恰像兩個在高山叢林草原上的孩子，一人拎一個籃子拾野果子，奔來跑去拾呀拾呀，然後在明媚的陽光下，在細雨敲打著樹葉的綠叢中，把野果拼在一起津津有味兒地一起快快活活地吃。如今，我們願意和大家分享。」

他稱呼她爲「親親熱熱的小妹娘子」，她稱呼他爲「最親愛的二哥」，他們說的是連莎士比亞也寫不出來的高明的悄悄話。這些悄悄話甚至還有點情色的味道，天眞得像十八歲的、不知道怎麼樣寬衣解帶的少男少女。

馮亦代說：「謝謝你的照片，其實至今我還沒有抱過你，但似乎我對你全身和你的風韻都了然於心。現在我只想躺在你的胸懷裡，傾訴我對你的愛情。小妹呀，我眞愛你快要發瘋了。你知道嗎，你感到嗎？我要吻遍你的全身，每一寸地方。你不會打擾我，你只能給我力量，愛對於人是力量。」

黃宗英在回信中說：「二哥，我是去服侍你的，我盡可挖掘自己可能不存在的潛在美德把你服侍好。我眞希望你此刻看到我爲了你才做好的粉紅色一開到底的睡衣。抱著我，貼著我，親著我……」

這樣的愛情，即便不是千古絕唱、驚世駭俗，也是尋常人等不敢去嘗試的。獨居半個世紀的宋慶齡、許廣平，若是能獲得此等愛情，她們該有多麼幸福啊！

愛情讓人返老還童，愛情讓人青春常駐。愛情是希望、魅力和歡樂的象徵。在愛情的光照之下，他們眞的變成了小孩子。黃宗英在信中說：「二哥，如果我們一起出去，沒結婚證行嗎？在賓館飯店註冊登記時，怎麼寫呢？我們日夜擁抱，我們彼此傾心，我們互相疼愛，我們誰也不能沒有誰。」這是嬌羞的小女兒的心思，有點「對鏡偷勻玉箸，背人學寫銀鉤。係誰紅豆羅帶角，心情正著春遊」的味道。

馮亦代則說：「我現在反而不知如何說愛你了，寫上千萬個愛字也不能寫盡我的愛，對小妹的愛，對娘子的愛，對寶貝的愛，但是你一定會感到的，像光亮一樣何所不在，包圍著你。」一代文豪居然也有不知從何下筆的時候！

於小山而言，乃是「不眠猶待伊」；而馮亦代則有「有伊更安眠」的體驗，即便所謂的「伊」僅僅是幾張「伊」的照片。他說：「我把這幾張照片放在我胖胖的肚子上，抱著你午睡，就此睡著了，從一點到兩點半，好睡呀！說明我心裡的痛快，用不了多久，我可以眞的抱著你睡了，我多有福氣呀！是憨大有憨福，幾生修來的，有多少人要羨殺，妒殺！」好可愛的老頭兒啊。

這個老頭還很有幽默感。一個男人到了八十歲還沒有幽默感的話，他的一生便算是白活了。馮亦代打趣說：「至於覺得我叫你美人兒，你覺得緊張，需知我從來沒有看見過你穿泳衣的照片，而你有足夠使我動心的地方，你應該高興而不是緊張。我相信在二世做人，否則又怎麼能喚起我的戀情呢？眞好，沒有這些你給我的甜言蜜語，我的心裡已經如止水了。」

他又說：「上帝的意志要我重新年輕一次，我不能違背他。給你寫信時，起初也是一種矛盾心理，但是你的純情征服了我，因此我向你討個吻，而你寬宏大量地給了我，我能再克制再退縮嗎？有人說愛情是自私的，但關於你我，我的的確確前後想過的。這是三生石上的姻緣，我能逃避嗎？二十年來，使我動情的只有你，我已經老了，但我不能放過這個時機，這個緣份。你不嫌我的絮叨嗎？」

他還很調皮，這種調皮不是中國式的，他一生做翻譯工作，情感方式都有些西化了：「半夜醒來，照片還在肚上，幸而沒有壓壞，便放在枕邊，想著你，又睡著了，一覺睡到天亮，窗外的雀噪給我鬧醒了，便起來給你寫信，現在這成爲常課了，將來你來了，我就無信可寫，要失業了。我便賴在你身邊，親你，吻你，撫愛你。如果我的命運好，我們便做愛，我就是想著這一天。」而她卻笑他說：「傻夫子，眞想要個小孩兒嗎？不可能創造這樣的奇蹟了。」

在馮亦代的鼓勵下，黃宗英開始寫她的回憶錄《藝痴錄》。

黃宗英是一個完完全全的痴人，歷盡苦難而痴心不改。她比企圖致她於死地的領袖夫人要幸福千百倍。江青害死了她的阿丹，她卻並不恨江青，而是憐憫她。

她遇到了伯樂。痴人比千里馬還需要伯樂。千里馬即便不遇伯樂，普通人大都也能辨認出來；痴人則在流言蜚語的包圍中，非得有伯樂的慧眼和慧心才能識別出來。馮亦代說：「從現實講，我是十二分的愛你，比愛自己更多。你是我所見的唯一的天才。天才與瘋狂本來是一根線兩個面，不能嚴格分別，這是總難以分割，有一時看是天才，有一時看是瘋狂，問題不在你本人，問題在第三者不知的人要誤解，而我看你的正是這個。有人說你處世瘋狂，而我看來卻是你的本色，天才就是這樣的，但是凡人就看不慣。我好不容易找到一個天才，豈能交臂失之。所以有天才的人，也須有人識貨，否則爲凡人所笑。」黃宗英被世人非議的「瘋」，其實是她的「眞」。她太眞了，乃至讓這個僞善的世界容納不了。

在千千萬萬戴著面具的人中間，馮亦代一下子便發現了這一個沒有戴面具的美人。在北京與上海之間，他們的「雙城記」有聲有色。
痴人是這個世界無價的珍寶，卻不被這個世界所珍惜。
馮亦代是少數懂得痴人的價值的人，因爲他自己也有些憨直之氣，所謂「同病相憐」也。他說：「我就是這樣看你的，我愛你、欽佩你，要好好地培養你這一面，而不計較這瘋狂的一面，我愛的就是這一面。其餘的我可以不必管。世上能有幾個天才的人，能有幾個瘋狂的人，我得了你，用我的餘年來愛你，那是我的幸福，能有幾個人得到這幸福？我得到了，這是我的慧眼，也是我的幸福，所以你也不必自責，天下有幾個人能得到這個幸福呢？我居然有了，我連自慶也來不及，何來怨恨？」他覺得自己配不上她，生怕給她的愛太少了，而自己得到的卻太多了。
於是，他便口不擇言地說：「我所顧忌的，只是我給你的愛，還是太少，不夠，我將來生做犬馬來補償，願今後給你更多的愛，更多的照顧，這樣我才能報答你。」可以想像黃宗英讀到這樣的句子的時候，該有多麼感動。
這樣的幸福不能藏著，要讓天下的人都來爲之歡呼雀躍。
遺憾的是，小山卻沒有獲得過這樣的幸福。於是，我把《純愛》中的這些文字抄在這裡，也算是血淚心香祭小山吧。❈

半鏡流年春欲破

減字木蘭花・長亭晚送

長亭晚送，都似綠窗前日夢。小字還家，恰應紅燈昨夜花。
良時易過，半鏡流年春欲破。往事難忘，一枕高樓到夕陽。

我開始寫作，
從青春寫到老去，
我夢到我的詩筆
達到了那樣的高度，
足以讓後來人說出：

「他像一面鏡子
記下了她的美。」
因爲，在我年輕的時候，
她美得火焰般熱烈，
翩然而高貴的腳步
在一朵雲彩上行走。
那個荷馬歌唱過的女人
生活中，或是文字裡，
都是一場英雄的夢。

——葉慈《荷馬歌唱過的女人》

這是一首關於時間的詞。每一個偉大的詩人，都會對時間展開其獨特的思考。這裡的時間，不僅是物理意義上的時間，而且是情感意義上的時間。它不是直線推進，乃是曲折延伸：在歡樂的時候，它的速度似乎加快了，在痛苦的時候，它的速度似乎停滯了。

人類對時間的感覺，是另外一種的眞實。捷克詩人賽弗爾特說，寂靜時每當回首前塵，特別是當緊緊閉上眼睛的時候，只要稍一轉念，就會看到一張張那麼多好人的面孔。「我也是能把行將永遠被遺忘的那些事情寫下來的人，直到我自己也進入他們那黑暗中的無聲無形的行列。」他感嘆說，倘若生命是一盤得以逆轉的錄音帶，每個人都會以怎樣歡天喜地的心情回到青年時代啊，哪怕他的青年時代道路坎坷，並不愉快！

然而，這是不可能的。那面鏡子掛在牆上，冷冷地注視著你。「當最初的皺紋和白髮出現時，人們心裡感到何等惆悵、難受！尤其是婦女。」

詞牌《減字木蘭花》，是《木蘭花》的變體。因爲「減字」，便更爲小巧玲瓏、一字千金。

上闋以「長亭晚送」開頭，後來該意象成爲《西廂記》中一段最爲優美的唱詞。「長亭外，古道邊，芳草碧連天……一壺濁酒盡餘歡，今宵別夢寒……」，民國時代，李叔同由此改編譜曲而成的《畢業歌》，更是膾炙人口，感動人心。

那時，一群林徽音和謝冰心，白衣黑裙，飄逸地走出湖光塔影、水木清華。

在記憶與忘卻之間的時間，有特別的價值。上闋中，「長亭晚送」對「小字還家」、「綠窗」對「紅燈」、「前日夢」對「昨夜花」，如律詩般嚴謹勻稱。色彩艷麗，虛實相間，主角的情緒更是蕩漾不已。

夢是小山詞的主題之一。小山詞以及所有美好的文學，不都是一場夢嗎？

不會做夢的人，不是好的文學家和情人。一八四四年，雨果參觀法國城市內穆爾時，在黃昏時分出門，夜幕緩慢地降臨了。雨果這樣寫道：「所有那一切既不是一個城，也不是一座教堂，也不是一條河，既不是顏色，也沒有光；那是夢想。我長久地停留著一動也不動，任憑這不可表達的整體，在天空的靜謐及這一時辰的憂鬱中慢慢地滲透入我的身心。我不清楚心中縈繞著什麼，也不能將之表達出來，那是難以名狀的時刻，我身心中好像某種東西開始入睡，而某種東西正在甦醒。」這樣的感覺，也在小山的身上時時湧現。

有夢想，方有詩學；有夢想，方有愛情；有夢想，方有對庸常人生的挑戰與超越。加斯東·巴拉什在《夢想的詩學》中說：當夢想增添了我們的安寧時，整個宇宙都爲我們的幸福做出貢獻。對任何願做美好夢想的人，必須說：「請從快樂開始吧。那麼夢想實現了它眞正的命運：成爲了詩的夢想。」所有的一切通過夢想並在夢想中，都變爲美。倘若夢想者具有某種「技藝」，他會將他的夢想轉變成爲一部作品。這部作品將是輝煌的，因爲夢想的世界自然而然是輝煌的。

此首小山詞，便是由夢想定格而成的一件輝煌的藝術品。《詞潔》評論此詞時說：「輕而不浮，淺而不露。美而不艷，動而不流。字外盤旋，句中含吐。小詞能事備矣。」不是來自夢中，焉能如此？

愛人眞的已經離開了嗎？抑或僅僅是在夢中離開？

長亭外還有短亭，告別的那一瞬間怎麼也抓不住。

伸出手去想要擁抱的時候，夢卻突然醒來。案頭還有昨夜殘存的蠟燭的眼淚。

時間在夢中被強行停止。但夢一醒，時間便跑得更快了。

那麼，如何記錄時間呢？

最能眞實地記錄下時間的器物，不是沙漏，不是日晷，不是鐘錶，乃是鏡子。

那時候，尙未發明清晰的玻璃鏡子，而只有渾濁的青銅鏡子。銅鏡中那模模糊糊的影子，卻足以看到你那爲伊消得人憔悴的容顏。

如今，頭上已有了絲絲白髮，額上已有了道道皺紋。

在這半面殘缺的鏡子中，你看到的不僅是一副衰老的容顏，更是一顆哀傷的心。鏡子不會說謊，鏡子拒絕說謊。童話故事《白雪公主和七個小矮人》裡的那面鏡子，永遠都對王后說：世界上最美麗的人是白雪公主，而不是你。它可不管王后會氣得渾身發抖、咬牙切齒。

愛一個人，首先便要成爲對方。再沒有人比小山更能體會和洞察女性的想法了。小山知道，沒有一個女人離得開鏡子。「半鏡流年春欲破」中之「破」字，用得巧，亦用得險。「破」的不是鏡子、不是心靈，而是這片絢爛無比的春天！此處之「破」字，比張先「雲破月來花弄影」之「破」字，更爲異想天開。

往事怎麼也無法忘卻，除非這個世界上眞有「忘情之水」。

記憶超乎於理性，你越是想記住的人與事，偏偏就記不住；你越是不想記住的人與事，偏偏就如同篆刻一樣銘記在心。時間還留在那裡，你卻已老去。

古龍說過，世上萬物都有可欺負時，唯有時間卻是明察秋毫的證人，誰也無法自她那裡騙回半分青春。世間萬物都有情時，唯有時間心腸如鐵，無論你怎樣哀求，她也不會賜給你絲毫逝去的歡樂。唯有歲月留下的痕跡，你想磨也磨不去，想忘也忘不了。

刀雖無情，但歲月更無情。人可以創造刀，可以抓住刀，也可以毀滅刀。但人類卻永遠不可能創造時間，不可能抓緊時間，也無法把時間毀滅。

時光一點一滴地溜走，歲月一天一天地消逝，就算是世間權力最大的人，也無法把歲月的消逝加以阻撓。

還有很長的路要走，下面的路無人陪伴。小山在《梁州令》中道出了此種心緒：

莫唱陽關曲，淚濕當年金縷。離歌自古最消魂，於今更在消魂處。

南橋楊柳多情緒，不系行人住。人情卻似飛絮，悠揚便逐春風去。

離開，是一種無法避免的殘缺。

爲什麼人類要製造那麼多的戰爭呢？

陽關太遙遠了，出去了便很難回來。勸君更進一杯酒，西出陽關無故人。今日不唱陽關曲，留下眼淚他日流。人情如果眞的似飛絮那樣，今後的日子還有什麼指望呢？

殘陽如血。「一枕高樓到夕陽」，明明是夕陽在天邊外沉淪，但是，在醉醺醺的詩人的眼中，夕陽似乎並沒有動靜，動的反倒是高樓。在高樓的後面，動蕩的其實還是人的心。

可見，心已經亂了。

散亂的心思，看外界的景物亦搖曳生姿。張昌耀在《詞論十三則》中云：詞不在大小深淺，貴於移情。「曉風殘月」、「大江東去」，體制雖殊，讀之皆若身歷其境，惝恍迷離，不能自主，文之至也。小山此闋，也是如此。

夕陽無限好，只是近黃昏。你在高樓上看夕陽，有人在樓下看你。你以夕陽爲枕頭，高樓以你爲眸子。沈祥龍在《論詞隨筆》中說：「小令須突然而來，悠然而去，數語曲折含蓄，有言外不盡之致。著一直語、粗語、鋪排語、說盡語，便索然矣。此當求五代、宋初諸家。」此詞小山以「一枕高樓到夕陽」一句作結，便有此餘音繞梁的境界。

「半鏡流年春欲破」，「破鏡」還有重圓的那一天嗎？

劉辰翁《寶鼎現》云：「看往來，神仙才子，肯把菱花撲碎？」菱花，即菱花銅鏡。《本事詩》載，南朝才子徐德言娶陳後主妹樂昌公主。「後主」大約都有相似的興趣愛好，陳後主、李後主、宋徽宗，藝術家不幸成爲君王，便只能是亡國之君。

大軍壓境城將破，願作鴛鴦不羨仙的生活走到了盡頭。

新婚不久的徐德言對妻子說：「以君之才容，國亡必入權豪之家。」乃破鏡各留一半，相約某年某月某日在市場上賣破鏡相會。

樂昌公主雖爲女流之輩，卻有紅拂女的俠氣，倘若她生爲男子，代替她哥哥當皇帝，小朝廷或許不會覆亡得如此之快。她小心地收藏好另一半鏡子，眼淚如珠串般流了下來。

亂軍殺了進來，昔日堂皇的駙馬府邸籠罩在一片血雨腥風中。徐德言和樂昌公主手拉著手往外跑，卻被潮水般的人流衝散。

想徐德言乃一介書生、樂昌乃金枝玉葉，哪裡經過如此兵荒馬亂的陣勢呢？

樂昌公主被隋朝的將士俘獲，獻給了大權在握的楊素。楊素雖爲雄心勃勃的奸臣，卻也對樂昌公主以禮待之。那時，猶存泱泱古風，不像後來的流氓時代，人人都想到地主老財的牙床上滾一滾。

她又過上了錦衣玉食的生活。可是，她食不甘，寢不甜，整日緊鎖眉頭，以淚洗面，度日如年。楊素以爲她爲那逝去的故國哀傷，卻不知道她心中只有一個人，只有羸弱單薄的丈夫，只有那個當年在金鑾殿上對答如流的「神仙才子」。一個人重於一個國家。

而他流落江湖，方巾青衫，踏過梅花第幾橋？

承平時代，他也許能成爲朝堂上的尙書；戰亂時代，卻百無一用是書生。

或蒙童，或占卜，他一路風塵地走來。

那一天終於到來了。

他踉踉蹌蹌地來到長安最熱鬧的那一坊。

他用顫抖的手拿出那半面破鏡，平生第一次叫賣起來。

人們都笑他痴呆，誰會買半面破碎的鏡子呢？

她來了，她在香車中聽到了他熟悉的聲音，只是聲音已經滄桑而嘶啞；她在香車中看到了他熟悉的身影，只是容顏已經蒼黃而消瘦。她讓老奴將自己的半面破鏡拿過去給他看。他如同遭到電擊一般，然後向這邊張望，卻只能望到車中的一倩人影。

於是，他揮筆寫下了一首題破鏡詩：

鏡與人俱去，鏡歸人未回。
無復姮娥影，空留明月輝。

楊素讀到這首詩，一世梟雄忽然動了善念，乃召徐德言入府，將公主歸還之。

破鏡得以重圓。

日子越來越艱難。

愛情越來越遙遠。

鏡子越來越模糊。

「把鏡不知人易老，欲占朱顏常，」這只是你一廂情願的想法。「思量心事薄輕雲，綠鏡臺前還自笑，」這也只是你少年不識愁滋味的感覺。很快，你便無法笑出聲來。小山明明白白地感受到了「良時易過」。臺灣詩人席慕容也曾追問：爲什麼走得最快的，總是最歡樂的時光？

小山是詞人中難得的高壽者，他眼見那樓起了，樓塌了，人聚了，人散了。

然後，心如古井。

如果你不願意服從世俗的生存律法，你就必須爲此付出沉重代價。連不願意戴紅領巾的孩子都會被老師和同學視爲異端，更何況自甘落拓的小山呢？蓬窗孤燈的人生，不是一般人能「享受」的。「相思不比相逢老，此別朱顏應老」，小晏吃得苦中苦，卻並不想成爲人上人。

黃金時代只剩下這一抹餘暉。

小山幸運地沐浴在此餘暉中。

很快，天崩地裂、生死離散的災難便要降臨了。便是皇帝老兒也成了蠻族的階下囚，那些手無縛雞之力的文人學士又豈能倖免呢？

小山詞是繁華將盡時最後一曲離歌。在逐漸彎曲的日子裡，他不相信未來。歷代趨炎附勢的論者，皆以爲大晏的《珠玉集》高於小晏的《小山集》。其實，雖然大晏與小晏所寫的均爲婉約之詞，其品第與格調卻迥異：大晏少年得志，盡享榮華富貴，其詞自然雍容華貴，如牡丹的國色天香；小晏飽嘗人間冷暖，甘苦自知，其詞自然悲歡離合，如菊花的歷盡滄桑。

「聽雨歌樓上，紅燭昏羅帳」的少年人愛牡丹；「聽雨僧廬下，鬢也星星也」的老年人愛菊花。

我未老先衰。便把小山詞當作半面鏡子。

你呢？❇

紫騮認得舊遊蹤

木蘭花・鞦韆院落重簾暮

鞦韆院落重簾暮，彩筆閒來題繡户。牆頭丹杏雨餘花，門外綠楊風後絮。
朝雲信斷知何處？應作襄王春夢去。紫騮認得舊遊蹤，嘶過畫橋東畔路。

朋友，戀愛就意味著做黑夜和白晝的主人。
就是閱讀第一批燕子寫在空中的文字。
就是從一個農舍的窗户看到黃昏的明星。
就是不曉得快樂和悲傷的區別在什麼地方。
就是懂得遠方的痛苦是屬於他人還是屬於自己。

此外，親愛的朋友，就是確信會有一雙純潔的手。

——貝納爾德斯《戀愛》

就像貝納爾德斯所描述的那樣，年輕人的戀愛，不僅改變兩個人的生命，而且賦予他們雙方一個看待世界和看待自己的嶄新視角。只有在戀愛中的人才會發現，這個世界和人類本身原來竟是如此美好。

然而，大多數的愛情並不長久，儘管人們不願承認這一事實，但這畢竟是事實。小山的這首〈木蘭花〉，便是寫給一名早已不知所蹤的戀人。小山就像是一名天才的攝影師，驅使筆墨如同使用一個移動的攝影機鏡頭，敏銳地捕捉到了花開花落的動態之美。

那時的貴族人家，必是燈火樓臺，院落重重。院落中多有鞦韆，鞦韆是閨秀們的玩具。沒有鞦韆的院落，一定沒有佳人。

這是一個有鞦韆的院落，卻被重重的簾幕遮掩起來，顯得神秘莫測。簾幕背後，是一顆自我封閉的心。清人黃蘇在《蓼園詞話》中說：「題爲憶歸而作。前闋首二句，別後想其院宇深沉，門闌謹閉。」故地重遊，在夕陽晚照中，不知庭院深深深幾許？

再深邃的庭園，也會留下佳人的腳蹤。第二句用「彩筆」之典故，是南朝江淹的故事：江淹年輕時便以詩文動天下，到了晚年卻才思枯竭。據說江淹旅居冶亭，夢見一人自稱郭璞，對他說：「吾有筆在卿處多年，可以見還。」他不得不從懷中掏出五彩筆歸還給他，從此再也寫不出一篇優美的詩文來。遂被譏諷爲「江郎才盡」。

那時，我隨手拿起一支彩筆來，在繡戶上題寫詩詞。

那時，我的青春裡有一股逼人的傲氣，只爲你低頭。

那時是春天，牆頭有丹杏，門外有綠楊。一場雨後，花瓣落滿地；一陣風後，楊絮半空舞。表面寫花絮和風雨，其實還是寫那淚眼看花絮和風雨的人。清絕如你，純潔如你，孤獨如你，寂寞如你，讓我只能用文字和音樂來安慰你。黃蘇評論說：「接言牆內之人，如雨餘之花。門外行蹤，如風後之絮。」閨中人似雨餘之花，途中人似風後之絮。而你那嫣然的笑容和深黑的眼眸，始終如一。

「雨餘花」與「風後絮」堪稱絕對。周邦彥亦化用小山此詞中的意境：「人如風後入江雲，情似雨餘黏地絮。」明人沈際飛在《草堂詩餘．正集》中說：「雨餘花、風後絮、入江雲、黏地絮，如出一手。」

下闋忽然步入無路可走的絕地。不知從哪一天起，我們的信件中斷了，我們的愛情也中斷了。黃蘇曰：「次闋起二句，言此後杳無音信。」這裡小山用了楚襄王遇神女的典故：楚襄王游高唐，夢見巫山神女對他說：「朝爲行雲，暮爲行雨。朝朝暮暮，陽臺之下。」後來，此典故被賦予兩性之愛的寓意。

小山用此典故，絕無渲染色慾之意，更不是如有些望文生義的迂夫子所想像的那樣，暗示昔日的那位意中人已流落風塵。小山既然是「痴人」，當然相信愛情如「一雙純潔的手」，當然願意去牽了那雙純潔的手，將一粒種子釀成整個春天。

總有那麼多的夢會夢見你，總有那麼的詩會寫到你。雖然你如同巫山的神女，消失得無影無蹤，但我仍然要用夢和詩來呼喚你。愛情是需要呼喚的，當缺口已經形成，當傷痛無法緩解，就只好驅馬來到故地，再度尋覓。

在中國歷史上，很少有北宋初年這樣一個想愛就愛的時代，再往上便是詩經和楚辭的時代了。小山從來就不諱言自己是一個「有情人」和「多情人」。其實，即便是身居高位的大晏，也有不為禮法所制約的時刻。北宋初期，士大夫階層既獲得了政權的優厚待遇，又保持著相對的人格獨立。他們的生活是舒適而非困頓的，他們的思想是寬容而非刻板的，他們的感情是豐富而非枯澀的。像晏殊、范仲淹、歐陽修等一流人物，既有大的政治理想，又有小的生活情趣。

當時，中央和地方各級官署中均設有官妓，達官貴人之家則多蓄有家妓。《道山清話》中記載了一則晏殊的軼事：晏元獻為京兆，辟張先為通判。新納侍兒，公甚屬意。張先能為詩詞，公雅賞之。每次張先來，晏殊必令侍兒出來歌舞伴酒，往往歌唱張先所作之詞。其後王夫人浸不能容，公即出之。一日，張先至，公與之飲。張先作了一首詞，令營妓歌之，至末句，公聞之憮然曰：「人生行樂耳，何自苦如此。」便立即下命，從宅庫支錢若干，復取前所出侍兒。既來，夫人亦不復如何也。

那時候，小晏大概只有十歲上下，還未寫出一時獨步的小山詞來。否則，晏殊便可以直接讓侍女歌唱小山詞了。這則故事，生動地說明了宋初文人及時行樂、通達從容的人生態度。

大晏尚且如此，小晏更是隨心所欲，將那作爲男人的「骨中之骨，肉中之肉」的女性，愛得死去活來。有此人生經歷，方如陳廷焯《白雨齋詞話》所云：「晏小山詞，風流綺麗，獨冠一時。」

詞本來就是專門爲女子而作的。在每一首詞之中，必有一位「執子之手，與子偕老」的女子。

《詩眼》中記載：晏叔原見蒲傳正，言先公平日小詞雖多，未嘗作婦人語也。傳正云：「綠楊芳草長亭路，年少抛人容易去。豈非婦人語乎？」晏曰：「公謂年少爲何語？」傳正曰：「豈不謂其所歡乎！」晏曰：「因公之言，遂曉樂天詩兩句，云：『欲留所歡待富貴，富貴不來所歡去。』」傳正笑而悟。然如此語意高雅耳。

轉而論及小山，如果不爲「婦人語」，小山詞還能剩下些什麼呢？

那萬水千山之外，那山重水復之後，你是否還在？

小山詞是一個接一個的疑問，小山詞是一聲接一聲的嘆息。

此首《木蘭花》，開篇即情景交融，埋下伏筆；首尾更是回頭無岸，以馬之嘶鳴襯人之斷腸。張昌耀在《詞論十三則》中說：「詞之前後兩結，最是要緊。通首命脈，全在於此。前結如奔馬收韁，要勒得住，還存後面餘地，仍有住而不住之勢。後結如衆流歸海，要收得盡足完，通首脈絡，仍有盡而不盡之意。」此詞即是首尾皆佳之典範也。

老馬識途。

正當人在院外躊躇與彷徨的時刻，手上牽著的千里馬忽然嘶鳴起來。

馬爲什麼嘶鳴呢？原來它想起了昔日所行走過的道路。這是一條多麼熟悉的道路啊。

那些淺草和飛雪沒馬蹄的日子裡，我們多少次的相遇，多少次的擁抱，多少次的撫摸，多少次的親吻，

這匹善解人意的千里馬，一直都是無怨無悔的證人。

從淺草到飛雪，從飛雪到淺草，光陰就這樣荏苒而過。

大晏有詞云：濃睡覺來鶯亂語，驚殘好夢無尋處。

人當然比鶯、比馬都更多情。黃蘇說：「末二句言重經其地，馬尚有情，何況人乎？似爲游治思其舊好而言。然叔原嘗言其公不作婦人語，則叔原又豈肯爲狹邪之事，或亦有所寄托言之也。」黃氏評詞，大都相當到位，偏偏在此處犯了「指鹿爲馬」的錯誤。黃蘇拘於禮法，好心爲小山辯護。其實，小山根本不在乎既成的社會規範，他不願會晤蘇東坡，卻願意在歌妓的懷抱中喃喃自語，如《生查子》所云：

遠山眉黛長，細柳腰肢裊。妝罷立春風，一笑千斤少。

歸去鳳城時，說與青樓道。遍看穎川花，不似師師少。

青樓就是青樓，小山可不管什麼「香草美人」的諷諫傳統。歌妓又如何，她們可比貪官污吏們乾淨多了。小山是一位從不在生活中說謊的情人，也是一位從不在作品中說謊的作家。用杜拉斯的話來說，「甚至

不在副詞上說謊。」

在那些日子裡，小山確實經歷了一場又一場的愛情，一首一首的佳詞美作泉水般噴湧而出。如杜拉斯所說：「寫作的時間也許已經過去，經受過的痛苦我必然時時都會回想到。痛苦總是要留下的，而且永遠不會改變，感情也一樣。在《情人》或是《痛苦》中，感情依然是灼熱的，還在拍擊跳動。這種感情在這些書裡還在發出迴響，一有風吹草動，那些聲音在我耳中都能聽到。」可以說，小山的每一首詞中都掩藏著這樣的寶藏，可惜有心探尋的人太少了。

如果你也有一顆灼熱的心，愛情便會從這千年的寒冰中跳躍而出。千里馬的嘶鳴從遠處傳來，整條路，整條河，都可以聽見。

結句二句，人隱藏起來，馬成爲主角，馬的嘶鳴橫亙在所有的景物之中。此二句好似一個拉近的長鏡頭，尤爲詞論家沈謙所激賞：「塡詞結句，或以動蕩見奇，或以迷離稱集著一實語，敗矣。康伯可『正是銷魂時，撩亂花飛』；晏叔原『紫騮認得舊遊蹤，嘶過畫橋東畔路』；秦少游『放花無語對斜暉，此恨誰知』，深得此法。」是的，馬猶如此，人何以堪？馬亦多情，人豈能無情？

郁達夫說過，曾因酒醉鞭名馬，生怕情多累美人。其實，他沒有鞭打過名馬，更沒有連累過美人。倒是美人負他。小山也是如此，今昔往昔之變，失去的不僅是一名愛人，且是整個的世界。

具體到小山個人的生活經歷，前後期生活之劇變乃是一大關鍵。近人夏敬觀有一段精彩之論：「叔原以貴人暮子落拓一生，華屋山丘身體經歷，哀絲豪竹寓其微痛纖悲。宜其造詣又過於其父，山谷謂爲『狎邪之大雅，豪士之鼓吹』，未足以盡之也。」夏氏之論，緊扣小山那比賈寶玉還要大起大落的身世，可謂鞭辟入裡的貼心之論。

馬不願離開，人更不願離開。

我想起了詩人紀伯倫寫給愛人瑪麗的情書。他們的戀愛如同柴可夫斯基與梅克夫人的戀愛一樣，是一場驚天動地的精神之戀。紀伯倫在信中說：「我至死不離開此地，因它是永恆避難所，是記憶的故鄉，又是你來訪時的靈魂寄宿之地。我不會離開……我將留下……因為即使你身不在，我也能看見你！不管我願意與否，每當你來到這裡，我還是允許你走……不管我願意不願意，你走時，我的靈魂總要哭泣！」西人的情感表達，確實比中國人更為直接、更為狂熱。在小山詞中，同樣是終生不悔的愛情，同樣是魂牽夢繞的愛人，徐徐寫來，則多了幾分悱惻清婉、飄渺靈秀。

愛情從來都不是一筆唾手可得的財富。你不付出自己，又如何能發現眞愛呢？不幸的人不是在愛情中失去的人，乃是不敢去愛的人。密茨凱維奇說：「不幸者是一個人能夠愛卻得不到愛的溫存；更不幸的是不能夠愛什麼的人；最不幸者是一個人沒有爭取幸福的決心。」如是觀之，小山並不是那最不幸的人，在大痛苦中，他亦獲得了大幸福。

有靈魂的中國人不多，小山當然是其中一個。勞倫斯說，男人和女人，各自都是一種源泉，一種流動的生命。但沒有彼此，我們就不能流動，就像河水沒有河堤是無法流動的一樣。他說：「女人是我生命之一岸的河堤，而世界則是另一岸的河堤。沒有這兩岸河堤，我的生命將淪為一片沼澤。正是我同女人的關係，正是我同其他男人的關係使我自己成爲生活之河。」是的，正是這種關係讓我們獲得了靈魂。閱讀小山詞的過程，便是與一個美好靈魂相遇的過程。

這樣一種被幸福充盈的時刻，在一生中並不多見。

一個從來沒有與其他人有過生機勃勃的關係的人，實際上是沒有靈魂的人。我不認爲康德和錢鍾書這樣的人曾經有過靈魂。他們在故紙堆中自給自足，他們的驕傲像柵欄一樣將自己與他人隔開來。

所謂靈魂，乃是在人與其他人，他所熟悉的、憎恨的、眞正認識的人的接觸中產生的。在此意義上，小山生來就有不羈的靈魂，他一生都在爲獲得完整而獨立的靈魂而求索。✻

唱得紅梅字字香

浣溪沙・唱得紅梅字字香

唱得紅梅字字香。柳枝桃葉盡深藏。遏雲聲裡送雕觴。
才聽便拚衣袖濕，欲歌先倚黛眉長。曲終敲損燕釵梁。

凡事都有定期，
天下萬務都有定時。
生有時，死有時；
栽種有時，拔出所栽種的也有時；
殺戮有時，醫治也有時；

拆毀有時，建造有時；
哭有時，笑有時；
哀慟有時，跳舞有時……

——《聖經．傳道書》三章一至四節

誰是最可愛的男人？那些女性崇拜者便是最可愛的男人。陳廷焯在《白雨齋詞話》中讚賞說：「小山詞無人不愛，愛以情勝也。情不深而爲詞，雖雅不韻，何足感人？」王銍在《默記》中說：「叔原妙在得於婦人。」可以說，沒有女子，便沒有小山詞，而這些玲瓏剔透的女子，大都是會唱歌的女子，大都是「唱得紅梅字字香」的女子。小山所寫的，不過是死的子句；歌女所唱的，乃是活的歌聲，難怪後人在爲小山詞所作之跋語中說：「恨不能起蓮、蘋、鴻、雲，按紅牙板唱一過！」

從《小山詞自序》中可以看出：是時，小山乃是即席作詞，付與歌女歌唱。詞與音樂尚未分離，小山作詞，不是爲作詞而作詞，乃是爲歌唱而作詞。他是音律的行家裡手，精通多種樂器，故能賦予《小山詞》音樂特有的韻律及輾轉頓挫之美。

一部《小山詞》，是作者與歌者共同完成的，是在雙方情感的交流、藝術的溝通、心靈的碰撞中完成的。直到小山晚年編定《小山詞》以前，其作詞的目的都是直接地指向歌唱；在將它們編成集子、印行於世之後，作品的閱讀功能方才凸顯出來。

孔夫子早就說過，聽到那美妙悅耳、餘音繞梁的音樂，三個月都可以不必吃肉。是的，在知己深情的吟唱中，每一個音調都充滿濃濃的香味。

開篇一句，便讓人唇齒留香。小山是怎樣形容這歌聲的呢？這樣的歌聲飛上雲霄，在天上將會化作梅花。吳可在《藏梅詩話》中說：「秦少游詩：『十年逋欠僧房睡，准擬如今處處還。』晏叔原詞：『唱得紅梅字字香』。『處處還』、『字字香』，下得巧。」小山此句不僅是「下得巧」，他對歌者的讚美更是其由衷之言——她的歌聲裡確實有紅梅的香味！

小山一生中最知心的朋友，不是那些「避席畏聞文字獄，著書都爲稻粱謀」的士大夫們，而是這些清純可愛、如清風明月的歌女們。

小山寧願與這些地位卑微的歌女們相交、相知並相愛，也不願與那些裝腔作勢的文人雅士們周旋。當我讀到章詒和之《伶人往事》時，不禁感慨於伶人之古道熱腸、良善心性。他們有自己做人的原則。

時代的動蕩如烙餅的翻轉，人情亦越發險惡。此時此刻，倚靠的往往不是滿腹聖賢詩書、滿嘴仁義道德的知識分子，反倒是人情練達卻並不世故的藝人們。章詒和寫到，京劇名演員、琴師楊寶忠在文革期間被打成「牛鬼蛇神」，身患重病，回北京的家中就醫。在此期間，他常去梅（蘭芳）家和姜（妙香）家串門。楊寶忠管梅夫人（福芝芳）叫舅媽，管姜妙香夫人（馮金芙）也叫舅媽。姜夫人給他包餃子吃，梅夫人則請廚師給他做紅菜湯、沙拉。他每周三天去梅宅吃飯，三天去姜家就餐。所以楊寶忠自己說：「我肚子裡的油水，就靠倆舅媽了。」

在那「冠蓋滿京華，斯人獨憔悴」的時代，在那夫妻反目、父母與子女斷絕關係的冷酷與邪惡之中，誰也不敢與楊寶忠這樣的「賤民」往來。這兩位弱不禁風的夫人，偏偏視情義無價。

江湖很無情，江湖亦多情。

院子裡是否有一株如火的紅梅並不重要，反正廳堂裡有那位名叫紅梅的女孩的紅顏。

梅若少女，少女若梅。

在那歌聲響起之前，聽者的心便已經提到了嗓子眼（編注：緊張的意思）。

「歌」的場景被小山寫得如此搖曳多姿，如：「綠柱頻移弦易斷，細看秦箏，正似人情短」，「一曲啼烏心緒亂，紅顏暗與流年換」，「雲隨綠水歌聲轉，雪繞紅綃舞袖垂」，「小瓊閒抱琵琶，雪香微透輕紗」，「哀弦一弄湘江曲，聲聲寫盡湘波綠。纖指十三弦，細將幽恨傳」等等。這些句子從不同的角度和側面，極寫歌聲的神韻與聽者的痴迷。

唯有邊緣人能溫暖邊緣人，唯有藝術家能欣賞藝術家。

小山說，莫問逢春能幾回，能歌能笑是多才。沒有音樂的人生，還能剩下些什麼呢？高山流水，是俞伯牙與鍾子期；笑傲江湖，是華山派的劉正風與魔教的曲洋。他們逐漸黯淡的生命，卻被音樂所點燃而大放異彩。

在小山詞中，與歌有關的詞彙數不勝數，如：「清歌」、「艷歌」、「離歌」、「笙歌」、「弦歌」、「歌罷」、「歌盡」、「歌塵」、「歌臺」、「歌鐘」、「歌舞」、「歌扇」、「歌笙」、「歌席」、「歌聲」、「歌管」、「歌譜」、「歌名」、「歌未了」、「歌聲轉」、「歌聲緩」、「歌漸咽」、「聞歌」、「清歌女」等等。在小山詞中，所涉及的樂器也是多種多樣：簫有「彩簫」、「玉簫」、「鳳簫」、「碧簫」、「太平簫」；弦有「么弦」、「長弦」、「朱弦」、「彩弦」、「危弦」、「琵琶弦」、「十三弦」；笛有「長笛」、「橫笛」、「太平笛」、「臨風笛」；箏有「秦箏」、「鈿箏」、「寶箏」；還有諸如「綠綺琴」、「絲管」、「玉笙」等。可見，小山本人便是一名出色的音樂家。

櫻唇未啓，淚水已經奪眶而出；一曲終了，沉浸其中的聽者不知不覺間敲壞了金釵。

今昔是何年呢？是前世還是今生？

她的痛苦亦是我的痛苦啊，正是有這樣一種深切的憐憫，對方一歌唱，小山便會落淚，那歌聲觸動了他內心深處的隱痛。

柳枝，指《楊柳枝》曲。古橫吹曲有《折楊柳》。後世翻此曲者，亦多寫離別行旅之情。柳枝，也暗指歌女名，見李商隱《柳枝》詩序。桃葉，據《古今樂尋》載，晉代王獻之的愛妾名桃葉，獻之臨江相別時作歌曰：「桃葉復桃葉，渡江不用楫。但渡無所苦，我自迎接汝。」後收入樂府，名《桃葉歌》。柳枝、桃葉，語意雙關。亦人名，亦歌名。

還是紅梅人最美，歌聲也最動人。柳枝、桃葉都比不上。她的歌聲簡直到了「遏雲」之境，也就是說聲調高亢激越，使天上的行雲爲之而停止。《列子．湯問》載，歌者秦青相送薛譚，「餞於郊衢，撫節悲歌，聲振林木，響遏行雲。」

結句「曲終敲損燕釵梁」，暗用《世說新語．豪爽》所載之典故：王仲處詠歌時以鐵如意打唾壺，壺口盡缺。一方面說明小山對紅梅所唱歌曲的激賞，兩人的感情也獲得了共鳴；另一方面又以釵梁斷暗示即將到來的訣別，通過聽者入迷的典型動作來表達淒絕之情。

當年，白居易在聽到琵琶女的曲調時，也立刻「江州司馬青衫濕」。就連性格頗爲方正拘謹的老杜也感嘆說：「人生有情淚沾臆，江水江花豈終極。」

白居易、杜甫和晏小山都不是浪子。

浪子不相信愛情，浪子不會在女人面前流淚。

他們是赤子，只有赤子才會相信愛情，只有赤子才會在女人面前流淚。

在變幻莫測的命運面前，她們從來不是強者。古龍在《英雄無淚》中說：「有的人相信命運，有的人不信。可是大多數人都承認，冥冥中確實有一種冷酷而無情的力量。這個世界確實有些無法解釋的事竟是因爲這種力量而發生的。」那些行走江湖、冷暖自知的歌女們，在起伏不定的命運的潮水中，能將自己的終生依託給他嗎？

懷抱有時，不懷抱有時；保守有時，捨棄有時；撕裂有時，縫補有時；靜默有時，言語有時。天地之間，愛亦有時。清代俗曲集《霓裳續譜》中，有一首《寄生草》：「一面琵琶牆上掛，猛擡頭看見了他。叫丫環摘下琵琶，我彈幾下。未定弦，淚珠兒先流下。彈起了琵琶，想起了冤家。琵琶好，不如冤家會說話。」俗雖俗也，傳達的卻是與小晏一樣眞摯激越的情感。

外邊的河堤之旁，柳枝桃葉們正在瘋狂地生長，哪一枝、哪一葉欺騙了你的青春？這眼淚，究竟是爲自己而流，還是爲對方而流，抑或既爲自己也爲對方而流？

「歌」既是娛樂，又不能簡單地看成是娛樂。

詞是必須歌唱的，對於詞人來說，歌女的歌唱，便如同畫家畫龍之後的點睛之筆。

小晏將天縱之才及生命之沉浮，皆融入一首首詞當中。每當在紙上寫下一首詞，並不意味著一件藝術品已經完成。相反，此藝術品才剛剛完成一半，它的另一半需要「能唱當時樓下水」的歌女繼續來精雕細琢。

同時，他用他的歌詞來爲她們療傷。

小山詞中，處處是身懷絕技的歌女，如《菩薩蠻》：

哀箏一弄湘江曲，聲聲寫盡湘波綠。纖指十三弦，細將幽恨傳。

當筵秋水慢。玉柱斜飛雁。彈到斷腸時，春山眉黛低。

小山沒有直接寫歌聲是如何的美妙，而是寫歌聲讓青山也垂下了眉頭。可見，歌女完全融入了樂調的變化之中。文學的表現力有限，音樂的表現力則遠遠超過文學。正是在這兩種藝術形式的巧妙轉換之中，小山詞的藝術魅力伸展到了極致狀態。

小晏與歌女們的交往，其基點並非美色與肉慾，而是藝術上的合作、精神上的共鳴和情感上的安慰。小晏十分尊重歌女們的才華與天賦，並給予由衷的讚賞——「疏梅清唱替哀弦，似花如雪繞瓊筵」，「曲終人意似流波，休問心期何處定」，「閒弄箏弦懶繫裙，鉛華銷盡見天眞」……全然是一副知音的口吻。小山將這些歌女看作是跟自己身分平等的「藝術家」，而不是卑微的奴婢與歌妓。

小山所持的是藝術王國的價值標準：沒有身分的高低，只有藝術的優劣。他向那些天賦優異的藝術稟質的女孩們獻上不帶任何雜質的愛——他的愛不僅僅針對具體的、單個的女子，而是針對女性帶有普遍性的眞、善、美，以及女孩子們所舞的霓裳、女孩子所唱的清歌。

如此而論，小山的愛堪稱一種超越男女之情的「博愛」。從這個角度來理解小山與多個女子交往，便不會覺得他不專一，反倒能見其愛之眞、愛之誠、愛之純和愛之深。

這就是音樂的力量。捷克詩人賽弗爾特在晚年懷念童年時候暗戀的歌唱家艾瑪時，便將她的唱片找了出來。「唱機和唱片依然如故，同多年前我懷著一片熱情傾聽艾瑪的歌聲時一模一樣。然而，我卻彷彿覺得她的聲音是從另一個地方傳來的。彷彿是從淒涼的遠方、已被歲月的煙霧永遠淹沒了的遠方傳來的。」在晏幾道的那個時代，還沒有發明留聲機，他對她的聲音的回憶，便只能停留在更爲深邃的想像之中。

晏幾道與莫札特頗為相似，他們都是音樂之子。

貝多芬的音樂幾乎每頁都是命運與心靈肉搏的歷史，只憑著堅定的信仰，像殉道的使徒一般頑強地面對厄運的降臨；莫札特卻不聲不響地忍受著鞭撻，像孩子一般歌唱著溫馨甘美的音樂，安慰自己，也安慰別人。

從二十五歲到三十一歲去世，莫札特在六年的時間裡沒有固定收入，六個孩子先後夭折了四個，剛剛降生的嬰孩卻又得為其準備葬禮。

然而，就在如此困窘而悲慘的生活之中，莫札特的心靈並沒有受到損害。他的音樂中從不透露痛苦的消息，後世的人單單聽他的音樂，萬萬想不到他遭遇過多少屈辱與挫折，而只能認識他的心靈——多麼明智、多麼高貴、多麼純潔的心靈！

莫札特在音樂中表現長時期的耐心和天使般的溫柔，他讓他的藝術保持著笑容可掬的清明平靜的面貌。他在現實生活中得不到的幸福，卻在精神上創作出來。甚至可以說，莫札特先天就獲得了某種特殊的幸福，所以他反反覆覆地傳達給我們。

傅雷說過，莫札特的作品不像他的生活，而像他的靈魂。難怪柴可夫斯基說，我深信莫札特的美在音樂中達到了最高頂點，我愛莫札特的一切！

可愛的小山不也是如此嗎？黃庭堅稱之為「固人英也，其痴亦自絕人」——只要有一首歌能夠「唱得紅梅字字香」，他便滿足了。

小山這些由淚水凝結而成的詞句，確實讓我們在暗香浮動中沉醉。❇

問誰同是憶花人

虞美人・小梅枝上東君信

小梅枝上東君信。雪後花期近。南枝開盡北枝開。長被隴頭遊子，寄春來。
年年衣袖年年淚。總為今朝意。問誰同是憶花人？賺得小鴻眉黛，也低顰。

那時，我時常隨一位老師穿過對面的林蔭道，散步去孤山。冬天，湖上沒有一只小船，放鶴亭邊，梅花盛開。我們坐在亭子裡的石凳上，灰濛濛的天空，漸漸飄起雪花來，無聲地飄落在梅枝上，白成一片。當時想起杭州淪陷於日軍時，我們在上海，老師曾有詞云：「湖山信美，莫告訴梅花，人間何世。」後來湖山光復，我們又能回來賞梅，心中自是安慰。

——琦君《一生知己是梅花》

這首《虞美人》是詠梅之詞，或者說作者借詠梅來詠人。唐人酷愛牡丹，宋人酷愛梅花。唐人樂觀快活，故欣賞牡丹的富貴世俗、絢爛之極；宋人內斂沉思，故喜歡梅花的平淡含蓄、清奇孤幽。牡丹與梅花，亦是唐宋之別也。

宋代是中國藝梅風潮的起點。江南江北，同是翠寒姿。北宋朱弁《曲洧舊聞》卷三〈韓景文贈梅並題綠萼亭〉云：「頃年近畿江梅甚盛，而許、洛尤多。」《梅品》云：「梅花為天下神奇，而詩人尤所酷好。」范成大《梅譜序》中說：「梅，天下尤物，無問智賢、愚不肖，莫敢有異議。學圃之士，必先種梅，且不厭多，他花有無多少，皆不系重輕。」可見，當時梅花不僅已經普遍種植，花色眾多，而且成為一種含義豐富的文化象徵符號。

在此背景下，「梅詞」自然成為宋詞中一個最大的類別。《宋史・藝文志》中錄有《宋初梅花千詠》，考之《全宋詞》，以梅詞而論，蘇軾有六首，周邦彥有七首，李清照有九首，辛棄疾有十四首，姜夔有十六首，吳文英有十二首，周密有十一首，劉辰翁有十首。翻閱宋代文獻，也可發現宋人對梅花進行品評記述的著作更是不計其數：《畫梅譜》言畫梅之技法訣竅，《梅苑》十卷專門收入詠梅之詞，《梅花喜神譜》有梅花百圖且配以五言絕句。

宋人愛梅愛到了骨子裡，胡銓《臨江仙（和陳景衛憶梅）》云：「我與梅花眞莫逆」，何夢桂《水龍吟》云：「問梅花與我，是誰瘦絕。」宋人在梅的身上發現了自己，宋人在梅的身上找到了寄託。

小山當然也不例外，梅花之香，始終瀰漫在小山詞中。

小山此首《虞美人》，第一句即描述了這樣一個冬日的場景：在淡淡的陽光下，梅花已經開始吐蕊了。「東君」是太陽神的別稱，典出屈原之楚辭。《東君》原列《少司命》之後，據聞一多考證說，該篇改列第二篇，是祭日神之歌。既有日神形象的塑造，也描寫了樂舞繁盛、人神同樂的場面。

等到下雪之後，梅花的花期便到了。南邊的枝頭先開花，然後才輪到北邊的枝頭。梅花綻放的時候，恰是一年中最寒冷的冬天，卻也是來年的春天即將來臨的時候，正如詩人所云：冬天來了，春天還會遠嗎？

在陽光與雪花之間，梅是孤獨的，賞梅的人也是孤獨的。「江南未雪梅花白，憶梅人是江南客。」這個時候，不由不想起身在遠方的愛人。

那流浪在天涯海角的愛人啊，你會給我寄來一枝梅花，寄來一片春光嗎？

思念的淚水打濕了小山的輕盈的衣袖。在季節的輪換中，那份美好的記憶卻不曾褪色。然而，保存得再完好，也只是記憶，而不復爲現實。

「年年衣袖年年淚」，此構思眞是巧奪天工——長而寬的衣袖，似乎專爲拭淚而設。一個老老實實過日子的人，絕對不會有這樣奇妙的想法。

此時此刻，小山故意詢問依偎在身邊的小鴻：誰是去年與我一同觀賞梅花的人兒？

聽到這樣的明知故問，小鴻這個羞怯的女孩兒，紅著臉低下了頭。

小鴻「低顰」之姿，倒也跟小蓮的「偷眼覷」相映成趣。寥寥數語，小山便將二八佳人、鄰家女兒的情貌寫得唯妙唯肖。

千載而下，這些生機勃勃的女孩子，仍然好像搖曳在我們面前。

小山的性情大約近乎於梅蘭芳，有女兒之容顏，更有女兒之心思，如此方可勾勒出女兒的一顰一笑來，正如吳世昌所稱讚的那樣：「小山之歌兒舞女，閒愁纏綿，情思宛轉，無一不真。」

小山還有一些色香俱美的詠梅詞，如《胡搗練》：

小亭初報一枝梅，惹起江南歸興。遙想玉溪風景，水漾橫斜影。
異香直到醉鄉中，醉後還因香醒。好是玉容相並，人與花爭瑩。

由想像到現實，由異香到醉鄉，由花容到人貌，眞是：酒不醉人人自醉，花不羞人人自羞。

其他詠梅的佳句還有很多。有專門寫梅的，描摹梅之風神，如：「柳垂江上影，梅謝雪中枝」，「花前獨占春風早，長愛江梅，秀艷清杯」，「風吹梅蕊閉，雨細杏花香」，「謝客池塘生春草，一夜紅梅先老」，「昨夜東風，梅蕊應紅」，「看即梅花吐，願花更不謝」，「梅梢已有，春來音信，風意猶寒」，「舊寒新暖尚相兼，梅疏待雪添」等等。梅花偏偏就是要在最寒冷的時候開放，這一點正是小山所欣賞的地方。但在這些句子中，抒情男主角隱藏起來了，所以它們應當屬於王國維所說的「無我之境」。

更有以梅襯人的，人梅俱美的，如：「手挪梅蕊尋香徑，正是佳期期未定」，「梅花未足憑芳信，弦語豈堪傳素恨」，「嬌蟬鬢畔，插一枝、淡蕊疏梅」，「歸時定有梅堪折，欲把離愁、細撚花枝說」等等。

一樹梅花之下必有一名爛漫的美少女，梅花成爲少女情懷的道具，因此這些句子屬於王國維所說的「有我之境」。

相比之下，由梅及人、梅人爭艷的《虞美人》，應當是小山詠梅詞中的首席之作。

沒有哪個國家的文人像中國文人這樣傾心於梅花。

宋代詠梅的冠冕之作，歷來公認的便是林逋《瑞鷓鴣》和姜夔《暗香》及《疏影》。張炎《詞源》云：「詩之賦梅，惟和靖一聯而已。世非無詩，不能與之齊驅耳。詞之賦梅，惟姜白石《暗香》、《疏影》二曲，前無古人，後無來者，自立新意，眞爲絕唱。太白云：『眼前有景道不得，崔灝題詩在上頭。』誠哉是言也！」

林逋詠梅詩《山園小梅》，宋人唱作《瑞鷓鴣》，《瑞鷓鴣》近於詞牌《鷓鴣天》，可見宋初詩詞分野尚非涇渭分明。全詩爲：

> 眾芳搖落獨暄妍，占盡風情向小園。疏影橫斜水清淺，暗香浮動月黃昏。
> 霜禽欲下先偷眼，粉蝶如知合斷魂。幸有微吟可相狎，不須檀板共金樽。

其中，「疏影橫斜水清淺，暗香浮動月黃昏」一聯成爲千古絕唱。該聯以水月兩種動態之物，襯托靜態的梅花之美，讓梅花在人眼中如同天外飛仙般不可褻玩焉。

姜夔的兩首詠梅詞，詞牌爲姜氏自己製作，其意境是從林詩中脫化而來。

張叔夏云：「《暗香》、《疏影》兩曲，前無古人，後無來者，自立新意，眞爲絕唱。」《詞綜偶評》云：「二詞如絳雲在霄，舒卷自如；又如琪樹玲瓏，金芝布護。」

兩首詞分別如下：

舊時月色。算幾番照我，梅邊吹笛。喚起玉人，不管清寒與攀摘。何遜而今漸老，都忘卻、春風詞筆。但怪得、竹外疏花，香冷入瑤席。

江國。正寂寂。嘆寄與路遙，夜雪初積。翠尊易泣。紅萼無言耿相憶。長記曾攜手處，千樹壓、西湖寒碧。又片片、吹盡也，幾時見得？

苔枝綴玉。有翠禽小小，枝上同宿。客裡相逢，籬角黃昏，無言自倚修竹。昭君不慣胡沙遠，但暗憶、江南江北。想佩環、月夜歸來，化作此花幽獨。

猶記深宮舊事，那人正睡裡，飛近蛾綠。莫似春風，不管盈盈，早與安排金屋。還教一片隨波去，又卻怨、玉龍哀曲。等恁時、重覓幽香，已入小窗橫幅。

林和靖以「梅妻鶴子」自許，心太冷了。與之相比，小山與白石則是多情之人，在他們身邊不能沒有相愛的女子。在他們筆下，在千樹萬樹的梅花叢中，總是隱藏著一名貼心的人兒。

小山的《虞美人》背後，有一位眉目彎彎的小鴻；姜夔的《暗香》和《疏影》背後，則有一位明眸皓齒的小紅。

南宋詩人范成大，擔任過吏部尚書、參知政事和資政殿學士，也曾冒死出使金國，可謂詩詞功名兩不誤。

范成大退休後賜居蘇州石湖別墅。《齊東野語》記載：文穆范公成大晚歲葡築於吳郡盤門外十里，隨地高下而為亭榭，所植皆名花，而梅尤多。《語林》則記載說，范成大喜歡吃梅花，有人曾經送給他一斛奩的梅花，他須臾之間便將其吃完。

看來，范成大官雖然當得很大，在骨子裡仍然是一個痴人。若不是愛梅愛到了痴迷的地步，又怎麼會大口食之，以此來與梅融為一體呢？

范成大家中蓄有一名歌妓，名叫小紅。小紅有非同尋常的色藝，深為范氏所寵愛。

范成大也是一名愛才的前輩，那麼多飄零江湖的才子詞人，都曾在其石湖別墅的屋檐下安心棲息過。

范成大曾讚揚姜夔「翰墨人品皆似晉宋之雅士」，其實他本人何嘗不是如此呢？

物以類聚，當姜夔落拓江湖、無依無靠之際，范成大將其招至家中。

姜夔成為石湖別墅中的貴客，在那段衣食無憂的日子裡，他才得以從容度曲作詞。

不知從什麼時候起，姜夔與小紅經常在一起切磋音樂，漸漸惺惺相惜乃至眉目傳情。一個是客人，一個是侍女，雖然范成大是一位熱情寬厚的主人，兩人畢竟不敢造次。只好將這一點心有靈犀掩藏在心底。

范成大看在眼裡，樂在心頭，他們確實是天生一對啊。於是，他決意自己割愛，以成就這一天造地設的美好姻緣。

有一日，他們外出踏雪尋梅歸來，范成大邀請姜夔作新詞。姜夔不假思索，揮筆寫下了《暗香》、《疏影》兩支曲子。由小紅演繹出來，這兩首曲子的音節更是清婉動人，有如天籟一般。在疏影與暗香之中，三人舉杯邀明月，微微醉去。

不久，姜夔要返回老家吳興了。在送別的那一天，姜夔一副若有所失的模樣，因爲離開范家之後，他便再也不能與小紅一起朝夕相處了。

范成大突然宣布，讓小紅跟隨姜夔一起回家。這一決定讓姜夔目瞪口呆，簡直不敢相信幸福就近在咫尺。其實，范成大早已徵求了小紅的想法，唯獨瞞著姜夔一人而已，他就是要給姜夔一個驚喜。

在岸邊，范成大與他們揮手告別，並囑咐兩人一定要夫唱婦和、永不分開。

姜夔與小紅兩人一同坐船回家。

那時候的小船，大約與後來魯迅、周作人筆下的烏篷船相似。姜夔在《徵招》中所描述說：「越中山水幽遠，予數上下西興、錢清間，襟抱清曠。越人善爲舟，卷篷方底，舟師行歌，徐徐曳之，如偃臥榻上，無動搖突兀勢，以故得盡情騁望。」可以想像，上船之後，兩人歸心似箭。執手相對，既感佩范公之豪，亦久久不敢相信：如此美好的姻緣，居然迅速從天而降。

那天晚上下起了大雪。

船過垂虹橋時，姜夔吹起簫，小紅輕輕唱和，在簫聲與歌聲中，小船載著他們駛過一生中最美的一段旅程。

姜夔為此寫下了一首詩：「自作新詞韻最嬌，小紅低唱我吹簫；曲終過盡松陵路，回首煙波十四橋。」

後來，范成大病逝了。

蘇石寫詩挽之，詩中提及了這段佳話：「所幸小紅方嫁了，不然啼損馬塍花。」

馬塍是當時蘇州的一個地名，宋代的花藥皆出自東西馬塍，西馬塍為名人葬處。范成大葬於此處。這句詩的意思是說，如果小紅不是已經嫁給了姜夔，她的啼哭會像孟姜女哭倒長城一樣，哭落馬塍繽紛的花朵。

其實，即便小紅已經嫁給了姜夔，以她對范公深深的感激，聽到范公過世的消息，仍然會無比哀慟。姜夔也一樣。

他們夫婦倆會到這裡來祭拜范公，合作演奏《暗香》與《疏影》。這才是對范公最大的安慰與最好的報答。

范公在九泉之下，大約也會擊掌應和吧。

後來，姜夔亦葬在西馬塍的墓地。

看來，小紅的眼淚仍舊還是要滴在這片土地上。✻

中卷

相尋夢裡路，飛雨落花中

臨江仙·鬥草階前初見

鬥草階前初見，穿針樓上曾逢。羅裙香露玉釵風。靚妝眉沁綠，羞臉粉生紅。流水便隨春遠，行雲終與誰同？酒醒長恨錦屏空。相尋夢裡路，飛雨落花中。

你吻了我的額頭還是嘴唇，
我不知道，
我只聽見一個甜美的聲音，
濃密的漆黑
籠罩住驚駭睫毛的詫異。

——塞弗爾特《對話》

這首詞是小山寫給一名曾經深愛過的女子的。

起首一句，寫年少時候兩人的初次見面。那時，你同別的姑娘正在階前鬥草，天真爛漫的你，爭強好勝的你，根本沒有注意到旁邊這名白衣飄飄的少年。

鬥草是宋代民眾的一種遊戲。據《荊楚歲時記》記載：「五月五日，四民並踏百草。又有鬥百草之戲。」唐人韓鄂《歲華紀麗》載：「端午，蓄藥，鬥百草。」杜牧「鬥草憐香蕙，簪花間雪梅」，歐陽修「共鬥今朝勝，盈襜百草香」，柳永「盈盈，鬥草踏青」，說的都是鬥草的情形。

喜歡鬥草的多爲兒童和少女。宋詞中常見對鬥草場景的描述，晏殊《破陣子》云：「疑怪昨宵春夢好，元是今朝鬥草贏。笑從雙臉生。」閨中情趣，兩小無猜，躍然紙上。辛棄疾《一枝花》云：「千丈擎天手。萬卷懸河口。黃金腰下印，大如鬥。更千騎弓刀，揮霍遮前後。百計千方久。似鬥草兒童，贏個他家偏有。」更是以戰爭之激烈烘托鬥草之緊張，小小鬥草遊戲，亦如沙場秋點兵。倘若國與國之間的戰爭真的以鬥草的方式解決，一滴血也不流，那該有多好！

《紅樓夢》第六十二回中也描述了鬥草的場景：大家採了些花草來兜著，坐在草堆中鬥草。這一個說：「我有觀音柳。」那一個說：「我有羅漢松。」那一個又說：「我有君子竹。」這一個又說：「我有美人蕉。」這一個又說：「我有星星翠。」在這裡，鬥草已經變成了對詩。

第二句，轉眼便到了七夕。七夕乃是中國的情人節。

宋人的七夕詞比中秋詞更多，人們拜月老，也拜織女星。《西京雜記》中說：「漢彩女嘗以七月七日穿七孔針於開襟樓。」當時流行一種風俗：女子在繡樓上對著牛郎織女雙星穿針，以爲「乞巧」，「乞」爲「七」之諧音也。如此這般，女紅的工夫便能獲得織女的幫助，巧上加巧了。

小山有一首《蝶戀花》，也是寫七夕節女兒的心緒，可以跟此首《臨江仙·鬥草階前初見》參照閱讀：

碧落秋風吹玉樹。翠節紅旌，晚過銀河路。休笑星機停弄杼，鳳帷已在雲深處。

樓上金針穿繡縷。誰管天邊，隔歲分飛苦。試等夜闌尋別緒，淚痕千點羅衣露。

兩首詞中都寫到「七夕之夜」，在繡樓上對月穿針的風俗，從漢代一直流傳下來。愛好女紅的你，當然也不會錯過這樣的一次機會。那在繡樓上探出身子去，努力對準織女星，然後穿針引線的動作，是何等惹人憐愛。

而你從織女姐姐那裡「乞」來之「巧」，原就是爲了給我縫製溫暖冬衣。一針一線均見眞情，一針一線都對應著你的一顰一笑。

這天晚上，在穿針樓上，我又同你相逢了。

「羅裙香露玉釵風」以下三句，是補敘兩次見面時的情態。你的裙子沾滿了花叢中的露水，你的玉釵在頭上迎風微顫。

好一個調皮的女孩，好一個在大自然中如小鹿奔跑的女孩！

《聖經．雅歌》中說：「我妹子，我新婦，你奪了我的心！你用眼一看，用你項上的一條金鏈，奪了我的心。我妹子，我新婦，你的愛情何其美！你的愛情比酒更美，你的膏油的香氣勝過一切香品。」世間所有的少女都何其相似！

你「靚妝眉沁綠，羞臉粉生紅」，靚妝才罷，新畫的眉間沁出了翠黛。突然，你轉過頭來看到了我，一剎那見，你的粉臉上不禁泛起了陣陣嬌紅。一個「羞」字，已露出少女初開的情竇。

我看了你一眼。你輕輕一笑。生命突然甦醒。

小山與女孩子們朝夕相處，一顰一笑皆入眼簾，故描摹少女情態無人能及。

下片「流水」一聯，突然間時空轉化、樂極生悲，由青梅竹馬的少年時代轉入山水相隔的此時此刻。時光如流水般逝去，你早已不知道流落何方。「行雲終與誰同」，用巫山神女「旦爲朝雲，暮爲行雨」（《高唐賦》）之典故，追問說，像傳說中的神女那樣，你已不知在何處漂泊，你已不知成爲何人的妻子，如同校園民謠所唱：誰娶了多愁善感的你？誰把你的長髮盤起？

借酒澆愁愁更愁。人是早已走了，再也不回來了。

錦屏依舊在，可是屏風後面卻沒有了那抹人影。唯有那份純潔的情感存留下來。

因爲你忘卻了我們深深的誓言，我幾乎要與別人相戀。可每當我醉酒，每當我徘徊在死亡邊緣，突然間，我看見了你的臉。

我也要上路了，像唐吉訶德一樣，上路去找你。

春雨飛花中，我獨個兒跋山涉水，到處尋找你。
儘管這是夢裡，我仍然希望與你有一次意想不到的相逢。
我要把手中的百草送給你，讓你在下一次的鬥草比賽中獲勝。
我什麼人也不想，什麼事情也不想，我不吃不喝，就想著「靚妝眉沁綠，羞臉粉生紅」的你。眞是勢不可擋，這就是愛嗎？

小山是痴人，凡痴人必愛人，也必被人愛。

比之那些有江山而不被愛亦不會愛的帝王，這就是一種莫大的幸福。有愛之人方能作有愛之詩文。有愛之詩文與無愛之詩文，一眼便可以分別出來。

黃庭堅評論說，小山「磊隗權奇，疏於顧忌，文章翰墨，自立規摹」。也就是說，晏幾道爲人光明磊落，胸無城府，不在意他人的評價，是「厚黑人格」的對立面；晏幾道的詩詞文章，所貴之處爲別具一格、別開生面。

「相尋夢裡路，飛雨落花中」，這樣的句子非得小山這樣的人方能寫得出來。出語大方，不琢自工。清人劉熙載在《藝概》中說：「叔原貴異，方回（賀鑄）贍逸，耆卿（柳永）細貼，少游（秦觀）清遠，四家詞趣各別，惟尙婉則同耳。」寥寥數語，劉氏便揭示出婉約詞四大家之異同，尤其是以「貴異」二字概括小山詞的風格品第，可謂精妙之極。

叔原貴異，方回贍逸。在與小山同時代的人當中，賀鑄與之最爲相近。《默記》中將叔原、方回並提，認爲叔原「盡見升平氣象，所得者人情物態」，而方回「讀唐人集，取其意以爲詞，所得在善取唐人遺意也」。叔原略高於方回也。《冷齋夜話》中則說：「賀方回妙於小詞，吐語皆蟬蛻塵埃之表。晏叔原、王逐客俱當溟悻然第之。」卻認爲方回比叔原更佳。而《碧雞漫志》中載：「賀方回、周美成（邦彥）、晏叔原、僧仲殊各盡才力，自成一家。」可見，很多人都發現了晏、賀之間的共通之處。

黃庭堅在《小山詞序》中稱小山有「四痴」，即「仕宦連蹇，而不能一傍貴人之門，是一痴也；論文自有體，不肯作新進士語，此又一痴也；費資千百萬，家人寒飢而有孺子之色，此又一痴也；人百負之而不恨，已信人而終不疑其欺己，此又一痴也。」此「四痴」，於尋常人而言，知易而行難：誰能視權勢如浮雲？誰能視文學爲「自己的園地」？誰能視錢財如糞土？誰能視人心若孺子？

這本該是人最正常不過的本性，卻因爲人們普遍被世俗價值所異化，正常反倒變成異常，眞人反倒變成了痴人。

時人對賀鑄也有相似的評論。程俱在《北山小集》中說：「余謂方回之爲人，蓋有不可解者：方回少時俠氣蓋一座，馳馬走狗，飲酒如長鯨，然遇空無有時，埋首北窗下，作牛毛小楷，雌黃不去手，反如寒苦一書生；方回儀觀甚偉，如羽人劍客，然戲爲長短句，皆雍容妙麗，極幽閒思怨之情；方回慷慨多感激，其言理財治劇之方，井井有條，似非無意於世者，然遇軒裳角逐之會，常如怯夫處女。余謂不可解者，此也。」

賀方回的「三不可解」與晏小山的「四痴」，眞有異曲同工之妙。

日本作家大江健三郎在一篇寫給孩子的信中說：「你是自立的人，即便成了大人，也像這棵樹一樣，像你現在這樣，站得筆直地活著。」孩子比大人更容易站得筆直，因爲大人在面對權勢、金錢和虛榮的誘惑時，更容易彎下腰來。一彎便彎成了常態，再也直立不起來了。中國的文人士大夫當中，有幾個人能站得筆直呢？宋人當中，小山和賀鑄大概算是站得筆直的佼佼者了。

夏承燾在賀鑄的年譜中說，其人「豪爽精悍，書無所不讀，哆口竦眉目，面鐵色，與人語不少降色詞，喜面刺人過，遇貴勢不肯從諛」。這樣的性格，註定了與小山一樣，不可能得志於官場。賀鑄雖然是孝惠皇後的族孫，娶的也是皇家宗室的女子，卻只擔任過臨城酒稅、和州管界巡檢、鄂州寶泉監一類的小官，乃自號「慶湖遺老」。

方回詞，健筆與柔情平分秋色。文學的魅力超越政見的分野，賀鑄《青玉案》以「試問閒愁都幾許？一川煙草，滿城風絮，梅子黃時雨」著稱，新舊兩黨中的聞人王安石與黃庭堅等均愛不釋手。這大約是政見上針鋒相對的王、黃二人少有的見解一致的時候吧？

黃庭堅「常手寫所作《青玉案》者，置之幾研間，時自玩味」，並說「此詞少游最能道之」。方回與山谷爲深交，山谷與叔原亦爲深交，雖不知方回與叔原是否相識並相交，但兩人在精神上應該是聲氣相通之人。

《白雨齋詞話》說：「方回詞，胸中眼中，另有一種傷心說不出處。」相貌奇醜、身長八尺、世人謂之「賀鬼頭」的賀鑄，與小山一樣是「傷心人」。

小山有「鬥草階前初見」，賀鑄則有「芳徑與誰尋鬥草」。賀鑄之《柳色黃》，足以同小山此首《臨江仙·鬥草階前初見》相媲美：

薄雨催寒，斜照弄晴，春意空闊。長亭柳色才黃，遠客一枝先折。煙橫水際，映帶幾點歸鴉，東風消盡龍沙雪。還記出門時，恰而今時節。

將發。畫樓芳酒，紅淚清歌，頓成輕別。已是經年，杳杳音塵都絕。欲知方寸，共有幾許清愁，芭蕉不展丁香結。枉望斷天涯，兩厭厭風月。

《能改齋漫錄》記載說：方回眷一姝，別久，姝寄詩云：「獨倚危闌淚滿襟，小園春色懶追尋。深恩縱似丁香結，難展芭蕉一片心。」賀因賦此詞，先敘分別時景色，後用所寄詩語，有「芭蕉不展丁香結」之句。

從「鬥草階前初見」到「芭蕉不展丁香結」，情何以堪！這樣艱難的人生路究竟是如何走過來的？

小山貴爲相府公子，方回貴爲皇家後裔，卻因爲他們的至情至性，而不爲太平盛世所接納。幸運的是，他們畢竟身處太平盛世，方得以苟全性命、騁才詞場。否則，倘若晚生數十年，遇到靖康大亂，眞不知道他們能否承受得住顛簸流離、霜刀雪劍之苦。

晏幾道的兒子兒媳便雙雙死難於靖康的戰亂之中，《宋詩紀事》卷二十五載：「幾道，字叔原，號小山，殊幼子，監潁昌許田鎮，能文章，尤工樂府，有臨淄公風。子溥，字慧開，靖康初官河北，與妻玉牒趙氏死難。」

小山與方回均是天縱之才，不可多得。張耒在《賀方回樂府序》中說：文章之於人，有滿心而發，肆口而成，不待思慮而工，不待雕琢而麗者；皆天理之自然而情性之道也。大家都說，世間最英勇橫暴的人，莫過於劉邦與項羽。這兩個人，難道有一點兒女之情嗎？但是，劉邦回故鄉而躊躇滿志，高唱「大風起兮雲飛揚」；項羽兵敗垓下泣別虞姬，悲歌「時不利兮騅不逝」，情發於言，流為歌辭，含思淒婉，聞者動心。這兩個人，難道是絞盡腦汁來作詩嗎？不過是直寄其意罷了。

賀方回博學業文，而樂府之詞，高絕一世。有人批評說，他應當多寫文章，偏偏在作詞上費工夫，是大材小用了。張耒卻認為，賀詞自然天成，「夫其盛麗如游金張之堂，而妖冶如攬嬙施之袪，幽潔如屈宋，悲壯如蘇李」。好詞當然不亞於好文章。世間少一個風塵俗吏，多一個絕妙詞人，不亦樂乎？

在中國文學史上，小山詞與方回詞都屬於「我手寫我心」的性情之作。而他們所愛的女子，也永生在這些佳美的詞句之中。❋

正凝粉牆偷眼覷

木蘭花·小蓮未解論心素

小蓮未解論心素，狂似鈿箏弦底柱。
臉邊霞散酒初醒，眉上月殘人欲去。
舊時家近章臺住，盡日東風吹柳絮。
生憎繁杏綠蔭時，正凝粉牆偷眼覷。

在我們陰暗的房子裡我們覺得幸福，
我們把椅子拉近窗
透過玻璃瞧我們自己

用淚水把自己洗淨
我們在最後一陣細雨中舞蹈

——夏特爾《女孩和雨》

一卷紅樓夢，滿紙辛酸淚。十二金釵中，最喜歡的是誰呢？

我最喜歡的是曹雪芹著墨並不多的史湘雲。史湘雲不像黛玉那樣悲悲戚戚，也不像寶釵那樣世故圓滑，史湘雲之率真，有如小山一般。有人說，在曹雪芹的安排裡，史湘雲後來與賈寶玉結爲夫妻，同甘共苦一生；還有人說，評點紅樓夢的脂硯齋，便是史湘雲的原形，與曹雪芹一起共度餘生的，便是脂硯齋。但願這是眞的。

史湘雲們只能生活在大觀園裡，正如蓮、蘋、鴻、雲四歌女只能生活在小山詞裡一樣。人間究竟有沒有一處風光綺麗的大觀園，那些絕色的女子們究竟能不能長久地居住在大觀園裡，其實並不重要。大觀園僅僅是一處不堪現實輕輕一擊的「太虛幻境」，小山詞也不過是一處超越時空的溫柔鄉。

小山從來沒有參加過科舉考試，曹雪芹也不是能夠蟾宮折桂的料。一心不能二用，他們的心思都用在了那些被淩辱和傷害的女孩兒身上。他們都是畸零人，在這「太虛幻境」之中上演了一齣齣悲金悼玉的「紅樓夢」。

那時，一僧一道對頑石說：「瞬息間則又樂極生悲，人非物換，究竟是到頭一夢，萬境歸空。」但是，這塊頑石明知盡頭是夢醒之後絕望的黑洞，也要親自向人間走一遭，試一試。寶玉說，女孩兒都是可愛的，成了婦人後都變得可惡了——這是一種極端的看法，卻揭示了時光對人性日復一日、年復一年的摧殘，如同風沙日日夜夜侵襲金字塔一樣，雄偉的金字塔終將湮沒，這是何等驚心動魄之至！

「舉家食粥酒常賒」的曹雪芹，在開卷之初便有一段自我誅心之論：「今風塵碌碌，一事無成，忽念及當日所有之女子，一一細考較去，覺其行爲見識皆出我之上……當此日，欲將已所賴天恩祖德，錦衣紈褲之時，飫甘饜肥之日，背父兄教育之恩，負師友規訓之德，以致今日一技無成、半生潦倒之罪，編述一集，以告天下：知我之負罪固多，然閨閣中歷歷有人，萬不可因我之不肖，自護已短，一並使其泯滅也。」

看似懺悔錄，實爲憂憤書：錯的難道是自己嗎？錯的是天下人。

天下人理解不了荒唐言，天下人流不出辛酸淚，天下人也把雪芹看作是「才有餘而德不足」的畸人。

天下有幾個像他這樣企圖用文字留住女孩子們青春的痴心人？

晏幾道、曹雪芹、納蘭性德，都是終生以愛情爲事業的男人。在古今中外的歷史上，像這樣終生以愛情爲事業的男人屈指可數。大多數的男人，儘管也會陷入到死去活來的熱戀之中，但這僅僅是他們人生中的某一個階段而已，當激情過去之後，他們又恢復到正常狀態之中。

從這個意義上來說，晏幾道、曹雪芹、納蘭性德在骨子裡都有女人的性質，他們方能與女子們「同心合意」。在男權社會裡，他們無法生存或者很難生存。即便他們貴爲君王，也抵擋不住泱泱男權的壓力，如溫莎公爵，如查爾斯王子，他們甚至選擇了要愛情而不要江山。注意，是愛情，而不是美人。卡蜜拉哪裡比得上國色天香的戴安娜王妃呢？可是，查爾斯就是愛她。

愛她，愛她哀戚的臉上歲月的留痕。

縱有千年鐵門檻，終須一個土饅頭。

檻內檻外，一樣畸零。

對於晏小山、曹雪芹這樣的畸者來說，他們是長著翅膀的天使。處於芸芸衆生之中，是孤獨的；剩下他一個人在溪水邊或悼紅軒之中時，還是孤獨的。倘若沒有飛翔，衆人便嘲笑他們的翅膀；倘若飛翔了，衆人便嫉妒他們的翅膀。

於是，曹雪芹嘔心瀝血寫出一部「畸書」，只是爲了表達「一種無可奈何的人生空幻的悲嘆，一種不可救藥的末世衰頹的感傷，一種猶如夢幻般縹緲難尋的愁思。一種夢醒了無路可走的苦痛，一種明知不可爲而爲之的探索」。在此意義上，《小山集》與《紅樓夢》乃是姊妹之書，乃是另一種「女書」。

如果有湘雲作伴，有她的笑聲與紅顏作伴，再艱難的人生都是可以熬過去的。生命苦短，而且充滿憂傷，但若有像湘雲這樣的女子在身邊，你便會對生活充滿了熱愛。黛玉和寶釵都不是廝守一生的愛人。湘雲是一名憨憨的女孩兒，《紅樓夢》中有一章專寫其「憨」，名爲「憨湘雲醉眠芍藥茵」。「憨」恰好可以跟

「痴」對應。

那時的場景如在目前：湘雲吃了酒，夾了一塊鴨肉，喝口酒，忽見碗內有半個鴨頭，遂夾了出來吃。

衆人催她：「別只顧吃，你到底快說了。」

湘雲便用筷子舉著說道：「這個鴨頭不是那個丫頭，頭上哪有桂花油？」

衆人越發笑起來，引得晴雯、小螺等一干人都走過來說：「雲姑娘會開心兒，拿著我們取笑兒，快罰一杯才罷。怎見得我們就是該擦桂花油的？倒得每人給一瓶桂花油擦擦。」

宴席剛剛散去。只見一個小丫頭，笑嘻嘻的走來說：「姑娘們快瞧，雲姑娘吃醉了圖涼快，在山子後頭一塊青石板凳上睡著了。」衆人聽說，都笑道：「快別吵嚷。」

說著，都走來看時，果見湘雲臥於山石僻處一個石凳子上，業經香夢沉酣，四面芍藥花飛了一身，滿頭臉衣襟上皆是紅香散亂。手中的扇子掉在地下，也被落花埋了，一群蜜蜂、蝴蝶鬧嚷嚷地圍著。又用鮫帕包了一包芍藥花瓣枕著。

衆人看了，又是愛，又是笑，忙上來推喚攙扶。

湘雲口內猶作睡語，說酒令，嘟嘟嚷嚷說：「泉香酒冽，……醉扶歸，宜會親友。」

衆人笑推她說：「快醒醒兒，吃飯去。這潮凳上還睡出病來呢！」

湘雲慢啓秋波，見了衆人，又低頭看了一看自己，方知是醉了。原是納涼避靜的，不覺因多罰了兩杯酒，嬌弱不勝，便睡著了。

《紅樓夢》中這段對憨湘雲的描寫，宛如小山此首《木蘭花》之注釋。

小山詞中寫到小蓮的地方，皆柔情似水。「小蓮風韻出瑤池」，「香蓮燭下匀丹雪」，「手捻香箋憶小蓮」，「憑誰寄小蓮」，「渾似阿蓮雙枕畔」等等，既是寫那水中盈盈的蓮花，更是寫那心心相印的人兒。

少女情懷總是詩。少女是上帝賜予人間最美好的禮物。她們「輕匀兩臉花，淡掃雙眉柳。回寫彩箋時，學弄朱弦後」，誰不羨慕呢？

小山從遠方而來，還要到遠方去。小山雖然不必像那個忠厚木訥的賣油郎那樣，省吃儉用方能在這筵席上來走一遭，但小山亦是囊中羞澀的過客，不是一擲千金的豪客。雖然他是小蓮的知音，卻無法幫助她獲得自由與幸福。

因爲，小山也是與小蓮一樣，在這個淒風冷雨的世界上，是被命運無情驅趕的邊緣人。除了用自己的體溫來溫暖她，除了用自己的歌詞來安慰她，小山還能做些什麼呢？

「從來懶話低眉事，今日新聲誰會意」，天眞任性的小蓮，根本不知道人世的艱險和人情的反覆。在高興的時候，她便會彈奏出美好的曲調；在不高興的時候，她便會胡亂敷衍，從來不在意客人的臉色。

古龍在《楚留香傳奇》中說，永遠沒有人能預測少女們會在什麼時候流淚，因爲她們隨時隨地可能爲了任何事而流淚。她們會爲愛而流淚，也會爲恨而流淚。她們會爲一些美麗的事物而流淚，也會爲了一些醜惡的事物而流淚。

她們會爲悲傷而流淚，也會爲快樂而流淚。

她們甚至可能不爲什麼事就流下淚來。

她們的笑也一樣。她們的殷勤與冷淡也一樣。

小山已經習慣了少女們陰晴不定的心情。

有時，小蓮還會調皮地搶著喝上一杯酒，儘管她其實沒有一點點酒量，剛一喝便醉了。

在小山的筆下，小蓮那酒醒時分的模樣，恰如剛剛從石頭凳子上站起來的史湘雲。臉上的脂粉已經弄亂了，彎彎的眉毛如同殘缺的月牙。

「霞」，指紅暈、酒暈。小蓮借著一點醉意，彈箏時才狂態十足、酣暢淋漓，如同懷素醉中所寫的草書。「月」，亦語意雙關，既謂眉上額間「噼月」的塗飾，在卸妝睡眠時殘褪，也表示良宵將盡、明月墜西。

小蓮昔日家住章臺，曾經有過一段不堪回首的歲月，幸而如今在友人家中倍受呵護。章臺，爲漢代長安的街名，《漢書．張敞傳》有「過走馬章臺街」之語，後世以之爲歌樓妓院的代稱。小蓮舊時的家靠近「章臺」居住，這裡暗示其歌妓的身份。孟棨《本事詩》載，唐詩人韓翃有寵姬柳氏居京中，安史之亂，長安淪陷，兩人斷絕了音訊。數年之後，韓寄詩曰：「章臺柳，章臺柳，昔日青青今否？」後世詩人，便常以「章臺」與「柳」連用。詞中寫春風吹絮，柳枝搖曳，正象徵著小蓮飄零淒婉的身世。

小蓮這個心思單純、敢哭敢笑的女孩兒，偏偏就不喜歡這繁杳綠蔭的春天。

因爲，當她探頭往粉牆外邊張望的時候，原本遼闊的視線，卻被這一片濃密的樹蔭給遮擋住了。

外面的世界很精彩，外面的世界很無奈。牆裡鞦韆牆外道，牆外行人，牆裡佳人笑。笑漸不聞聲漸消，多情卻被無情惱。東坡寫的是牆外人對牆內人的無窮想像；而在小山筆下，卻是牆內人對牆外世界的嚮往。

小山詞中很少使用那些繁複隱諱、難以索引的典故，因爲他深知女孩子們從來都是「歷史」的敵人。宏大的「歷史」，與少女無涉。因此，小山所用的，全是自然本色的文字。這與後來南宋詞人吳文英、辛棄疾等人用典過多、過密完全不同。用典過多、過密，其實是缺乏自信的表現。因爲缺乏自信，才會故意通過大量使用典故來彰顯自己淵博的學識。

而小山淵博的學識根本不需要展示給大家看。田同之在《西圃詞說》中評論說：「詞以艷麗爲工，但艷麗中須自然本色方佳。近日詞家極盛，其卓然命世者，如百寶流蘇，千絲鐵網，世人不解，謂其使事太多，相率交詆，此何足怪。蓋尋常菽粟者，不知石砝海月爲何物耳。」是的，自然本色的文字，乃是從天而降，非人力所能爲之。

少女小蓮已經到了思春的季節。

此處一個「覷」字，堪稱神來之筆。如果說畫家吳道子一筆便可點睛，如果說神醫華佗一劑便可活人，那麼小山這裡的一個字也可讓少女小蓮瞬間聲情並茂，千載之下，仍然活靈活現。在徐志摩的筆下，她那最美的瞬間，乃是低頭的溫柔，像是水蓮花不勝涼嬌羞。而在小山的筆下，她最美的瞬間，則是此一小鹿般的「覷」。

本來，周遭極具象徵意義的自然景物與少女單純熾熱的情懷，已經形成了極其強烈的對比和反差。小蓮的這一次情不自禁的「打望」，卻讓生活的平衡度在一瞬間便崩塌了。此一「覷」字，少女隱藏在背後的羞怯與勇敢、驕傲與渴望，內中心緒，自不必一一道出。

也有人說，這裡的「繁杏綠蔭」別有一種象徵意義：它隱喻著婦人結婚生子、子孫成群。那麼，小蓮對

「繁杏綠蔭」之「憎」，其實是一種無限嚮往。她夢想便是過上柴米夫妻的幸福而平淡的生活。但是，作爲歌女的她，卻身不由己。

此夢何時才能實現呢？

小蓮，小蓮，快來看，這朵蓮花就在我的掌心。楚腰纖細，鶯歌宛轉，吳娃雙舞醉芙蓉。

小蓮，小蓮，再來彈奏一曲，我還可以爲你作一首新詞。少年會老，我會老，但我的文字不會老，你也不會老，你就如天山童姥一樣活在我的文字之中。

歲歲年年，每個春天，小蓮依然是最初的容顏，如初戀一般，清純依舊，顏色不改。

我的鴿子啊，你在磐石穴中，
在陡岩的隱秘處。
求你容我得見你的面貌，得聽見你的聲音；
因爲你的聲音柔和，
你的面貌秀美。——《聖經．雅歌》二章十四節

這樣深切的呼喚貫穿了人類的歷史。小蓮，小蓮，你在哪裡？我如何才能找到你？在你的身上，有我青春的印痕。

而我已經老去，剩下的日子不多了。❉

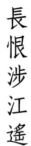

長恨涉江遙

生查子・長恨涉江遙

長恨涉江遙，移近溪頭住。
閒蕩木蘭舟，誤入雙鴛浦。
無端輕薄雲，暗作廉纖雨。
翠袖不勝寒，欲向荷花語。

人生有情，乃憂患始，情緣業惑，塵障萬端，正如杜甫所說：「人生有情淚沾巾，江水江花豈終極？」在中文裡，情字就有實的意思，孔子說「若得其情，則哀矜而勿喜」的情，即指事情的眞相實況。因此，情不是虛的、妄的、幻的。對人生而言，這才是存在的眞實。人情事情物情，總構為世情，而人即存處於此世之中，所以情是人生真正的內容，如如實相，真實不虛。除非證到無生境界，否則此生即有此情，有此情便有悲歡。

——龔鵬程《美人之美》

判斷樂府詩歌是否真的是「民歌」，便看看它是否在不加掩飾地歌唱愛情。

明代詩人李調元在《雨村詞話》中說：「晏幾道小山詞似古樂府，余絕愛其《生查子》。公自序云：『《補亡》一篇，補樂府之亡也。』可以當之。」李調元是少有的真正讀懂了小山詞的人。我愛小山詞，也愛漢樂府，便是因為它們的自然本色，以及對愛情無休無止的詠嘆。李氏此論，恰恰揭示出了小山詞與漢樂府之間在精神上的血脈聯繫。

其實，小山本人早就認為自己的詞作是「樂府補亡」。這是一種自信的、驕傲的宣言。其《小山詞自序》云：「補亡一編，補樂府之亡也，叔原往昔浮沉酒中病世之歌詞，不足以析醒解慍，試續南部諸賢余緒，作五七字語，期以自娛，不獨敘其所懷，兼寫一時杯酒間聞見，所同遊者意中事。嘗思感物之意，昔人所不遺，第於今無傳爾。故今所制，通以補亡名之。」這段話可以看作是《小山詞》之創作宗旨，它闡明了兩方面的問題。

首先，小山對小令這一文體的價值有著清晰的認識，他把創作小令看作是「補樂府之亡」。當時，樂府詩歌已經成爲正統文學之一部分，而小詞尚「妾身不名」。但在小山心目中，樂府與小詞一脈相承，它們的文學價值是並列的。

此種獨特觀點，在等級森嚴的文學世界裡，具有某種顚覆性的力量。此種超前意識，與小山同時代的大多數詞人均不具備，他們僅僅把小詞的寫作當成業餘調劑而已。小山爲詞正本清源的論點，已經涉及到文學本體論的領域。

其次，小山對創作目的也有著明確體認。雖然這些歌詞不足以拯救「病世」，甚至不能像解酒藥一樣讓醉酒的人醒來，它們卻可以起到「自娛」的作用。小山把小令作爲一種抒寫個體性靈的新式文體，以執著、認眞、深切的態度投入到令詞的創作之中，這是一種彌足珍貴的「文學自覺」。

小令不必載道，小令因而自由。小令既是爲自己而寫，也是爲愛人及知音而寫，「坐中應有賞音人，試問回腸曾斷未？」因此，作者需要從愛人和知音那裡獲得反饋和共鳴。

小山在此兩方面的認識及其在創作實踐中的充分體現，都在詞史上產生了深遠的影響。

樂府最初指的是掌管音樂的政府機構，早在先秦時代便已存在。一九七七年秦始皇陵附近出土的編鐘上，即鑄有「樂府」二字。秦制漢隨，漢代專門設置有「樂府令」一職，負責制定樂譜、訓練樂工、搜集民歌及製作歌詞等。

《漢書．藝文志》中記載了西漢采集的一百三十八首民歌所屬的地域，其範圍遍布全國各地，但這些民歌眞正流傳下來的不多。現存的漢樂府，多是東漢樂府機構搜集的，後來收入了宋代郭茂靖所編輯的《樂府詩集》中。

漢代文人多以創作辭賦爲主，樂府民歌作爲民間的創作，是一種非主流的存在。但樂府民歌以其強大的生命力逐漸影響了文人的創作，最終促使從魏晉到唐代詩歌的興起，詩歌逐漸取代辭賦在文壇上的統治地位。

吳梅在《詞學通論》中指出：「民間哀樂纏綿之情，托諸長謠短詠以自見。」由此可見，一流的文學存在於民間而非廟堂，廟堂文學儘管有來自官家的權力和金錢的大力支持，終究是短命的；而來自民間亦歸於民間的樂府詩歌，帶著旺盛的生命力和泥土氣息，成爲文學史上起承轉合的關鍵力量。

樂府詩歌最大的特色就是對愛情激烈而熱切的表達。

受到自由奔放的楚文化的滋養，樂府詩歌迥異於「溫柔敦厚」的詩經傳統。如《上邪》中情人對愛情的誓言：「上邪！我欲與君相知，長命無衰絕。山無陵，江水爲之竭，冬雷震震，天地合，乃敢與君絕！」這誓言是何等果敢堅決，愛要一直愛到世界末日到來的那一刻！與之相比，《詩經》中即使是最強烈的情感表達，也顯得平靜而富於理性，如《唐風．葛生》中說：「夏之日，冬之夜，百歲之後，歸於其居。」孔子編撰、刪改《詩經》而《詩經》亡，因爲嚴正的儒家倫理正是浪漫的文學精神的敵人。

我更喜歡單純熱烈的樂府詩歌，那本來就是人類生來應該有的本眞狀態。自然天成的樂府詩歌倒是與

《聖經．雅歌》中對愛情的詠嘆相似：「我脫了衣裳，怎能再穿上呢？我洗了腳，怎能再玷污呢？我的良人從門孔裡伸進手來，我便因他動了心。」

我從來都不相信所謂的「進化論」，人類的精神世界更不可能「進化」——至少先民們那奮不顧身的愛情，今人便難以企及，這不是退化又是什麼呢？

這首被譽爲具有濃濃的樂府風韻的《生查子》，寫的是愛情的魔力。沐浴在愛情的雨露中的人，其力量如同螞蟻一般，隨手便可以扛起超過自身體重數十倍的物品。

許多美好而憂傷的愛情都發生在水邊。愛情與水之間存在著某種神秘的關聯。勞倫斯說，女人是一眼噴泉，她湧出的水珠輕輕地灑在自己的周圍，也灑在一切靠近她的東西之上。女人是空氣中一種奇怪的、輕柔的顫動，悄悄而下意識地四處漂流，尋求相應的振動。要不，她就是一種刺耳的、不和諧的、令人痛苦的振盪，輻射開去，傷害著每一個在其範圍內的人。男人也一樣。當他活著，運動著，擁有生命時，他是生命振動的源泉，顫顫悠悠地流向某人，流向願意接受他這種源泉並能回送一種熱流的人，這樣，線路暢通了，某種安寧因此而產生了。否則，男人就是擾亂、不安和痛苦的源泉，給每一個接近他的人造成危害。

愛情是不受時間和空間限制的，即便是滾滾長江東逝水，亦隔不斷月老安排好的愛情之線。《生查子》中，相愛的雙方各居於長江一隅，每天都迫切地渴望著與對方見面，他們自然不願繼續維持這種地域上的間隔。像天上的牛郎織女一樣，「盈盈一水間，脈脈不得語」，那是多麼大的痛苦啊。

有沒有什麼辦法可以改變此種狀態呢？

那麼，乾脆搬過去做她的鄰居吧。好在漁民沒有多少家當，不像晏幾道家中藏有萬卷圖書，每一次搬家都是一大難題。

做了鄰居之後，究竟有什麼好處呢？

愛人如是說：那時，我們便可以一同悠閒地盪舟，一直盪入那開滿荷花、游滿鴛鴦的雙鴦浦。「雙鴛浦」是一個充滿曖昧色彩的地名，在那裡，男歡女愛，不受拘束。

接下來的「無端輕薄雲，暗作廉纖雨」二句，既是寫江中變幻莫測、雲蒸霞蔚的自然氣候，亦隱喻男女之間的情愛。

有愛爲支點的性，是美好的，是溫暖的。沒有性的「純潔」的「革命愛情」，其實不是愛情，而是對人性的戕害與扭曲。性應當是一種不可或缺的巔峰體驗，像光，像電。

杜拉斯在《情人》中描述男女情愛時形容說，「就像大海，沒有形狀」。她又寫道：「我們尋求什麼，我們都不說，有時我們也怕。我們陷入一種深沉的痛苦之中。我們哭。要說的話都沒有說。我們後悔彼此並不相愛。我們根本什麼都不知道。這就是我們講到的事情。」此時此刻，你必須相信自己的感覺，不讓它像沙子一樣從沙漏中溜走，「我們知道這樣的事在我們一生中不會再有，但我們什麼都不說，對於我們同樣面臨的慾望的這種奇異安排，我們什麼也不說。整整一冬，都屬於這種癲狂。」這就是愛情，果然，「當事情轉向不那麼嚴重以後，一個愛情的故事出現了。」

蓬勃的激情過去了，女主角卻若有所失。「翠袖不勝寒，欲向荷花語」，此處她所感受到的寒冷，似乎更是心靈上的感受，有惆悵、有孤獨、有困惑。她甚至不想將自己的心裡話告訴他，而寧願告訴面前那一片脈脈的荷花。

人類的情感就是這樣的奇妙，身心完美融合的感情可遇而不可求，大多數的感情都在若即若離之間。古龍說，人之所以會有痛苦，那是因爲人類是有情感的動物。你只有在眞正愛上一個人的時候，才會有眞正的痛苦。這本來就是人類最大的悲哀之一。此刻，她爲何痛苦呢？是害怕愛情稍縱即逝，還是害怕他有萬丈雄心？

荷花不會給出答案，流水也不會。詩人馮至寫過一首名爲《我是一條小河》的詩：「我是一條小河，我無心從你身邊流過，你無心把你彩霞般的影兒，投入河水的柔波。」愛人們紛紛走向水邊，是不是因爲流動的江水激盪起了人們尋求更高人生體驗的慾望？

比小山稍晚的宋人李之儀，有一首《蔔算子》：

我住長江頭，君住長江尾。日日思君不見君，共飲長江水。
此水幾時休？此恨何時已？只願君心似我心，定不負相思意。

此詞與小山的這首《生查子》頗有異曲同工之妙，卻更爲激越與直白。

其中，「只願」二句，用顧敻《訴衷情》中「換我心，爲你心，始知相憶深」的詞意。借水寄情，始於建安詩人徐幹的《室思》：「思君如流水，何有窮已時。」在唐宋文人詩詞中，對這種手法的運用卻更爲嫻熟、精到與豐富。

兩地情思，一水相牽；既然同飲一江之水，自必心息相通。跌宕之間，深情畢見。「此水幾時休？此恨何時已？」作者使用設問句式，讓人彷彿聽到了女主角呼天告地時的心靈顫音。雖然接連使用兩個問句，卻並不需要聽到對方的回答，因爲答案早已在女主角心中：以江水之永無竭時，比喻離恨之永無絕期。這是反用《上邪》中「江水爲竭」之意，卻是同樣的不容商量、同樣的斬釘截鐵。

結尾「只願君心似我心，定不負相思意」二句，表達了女主角對心上人的期望——期望他能夠像自已一樣心無旁屬、守情不移。

李之儀此首《蔔算子》，托爲女子聲口，發爲民歌風調，以滔滔江流寫綿綿情思，不敷粉不著色，而自成高致，堪稱小山此首《生查子》之姊妹篇也。毛晉《姑溪詞跋》推許作者「長於淡語、景語、情語」，並稱讚此詞「眞是古樂府俊語矣」。連評語也與李調元對小山《生查子》的評語驚人地相似！

那些接近樂府的詩詞，也就是接近大地的詩詞。《詞學通論》吳梅認爲：「蓋詩亡而樂府興，樂府亡而詞作。變遷遞接，皆出自然也。」小山詞與樂府詩歌之間的關係，雖然小山本人說得明明白白，後人卻一直未能理解。

毫無疑問，只有將小山詞放在樂府詩歌天然本色、直白熾熱的語境下，方能體會其佳處。否則，以「樂而不淫、哀而不傷」的儒家標尺來衡量，小山詞眞就太出格了。小山還有一首《生查子》：

墜雨已辭雲，流水難歸浦。遺恨幾時休？心抵秋蓮苦。
忍淚不能歌，試托哀弦語。弦語願相逢，知有相逢否？

相思與相逢，是一對離不開的難兄難弟。小山直抒胸臆，不避俗語，因爲愛情從來沒有那麼多的城府和迂迴。正統文人對小山詞的這些「出格」之處，往往頗有非議，即便藝術感覺良好的陳廷焯也在《白雨齋詞話》批評說：「晏元獻、歐陽文忠皆工詞，而皆出小山下；專精之詣，固應讓渠獨步。然小山雖工詞，而卒不能比肩溫、韋，方駕正中者，以情溢詞外，未能意蘊言中也。故悅人甚易，而復古則不足。」他又說：「北宋晏小山工於言情，出元獻，文忠之右，然不免思涉於邪，有失風人之旨；而措詞婉妙，則一時獨步。」

陳氏以孔夫子「詩無邪」的中庸含蓄的標準來度量小山詞，正犯了一個絕大的錯誤。「思無邪」是不懂文學的孔夫子的謬論。孔子所謂的「邪」，恰恰是人生中的「正」。試想，如果沒有男歡女愛、兩情相悅，文學還能剩下些什麼呢？

「思有邪」的詩歌，方是好詩啊。正是小山百無顧忌、全拋一片心式的寫法，才給詞壇帶來了一股撲面而來的新風。因此，吳梅才在《詞學通論》中讚嘆說：「艷詞自以小山爲最！」＊

人情似故鄉

阮郎歸・天邊金掌露成霜

天邊金掌露成霜，雲隨雁字長。綠杯紅袖趁重陽，人情似故鄉。
蘭佩紫，菊簪黃，殷勤理舊狂。欲將沉醉換悲涼，清歌莫斷腸。

痴並不可笑，因爲惟有至情的人，才能學得會這「痴」字。
「痴」和「呆」不同。只有痴於劍的人，才能練成精妙的劍法：只有痴於情的人，才能得到別人的眞情。

——古龍《多情劍客無情劍》

不知爲什麼，人世間大部分的愛情都不能有一個美滿的結局。小晏所寫的，大都是失敗的愛情，是「盈盈一水間，脈脈不得語」的愛情，是「要問相思，天涯猶自短」的愛情。因此，小山詞可以被失戀者當作治療心靈創痛之良藥。當然，若想要藥石產生療效，首先病人非得有十分的信心不可。

同樣的道理，作爲一種「側耳傾聽」式的閱讀，讀者非得要用全部的心思投入不可。錢斐仲在《雨花庵詞話》中說：「讀詞之法，心細如發，先摒去一切閒思雜慮，然後心向之，目注之，諦審而咀味之，方見古人用心處。若全不體會，隨口唱去，何異老僧誦經，乞兒丐食？丐食亦須叫號哀苦，人或與之，否則也不可得。」那種例行公事式的閱讀、那種一目十行式的閱讀，那種爲了金榜題名、升官發財而進行的閱讀，跟心靈無關，也就不知痛癢，痲木不仁。

如今，有多少人會以那種寧靜而謙卑的心態，面對昔日那些美好的詞句和美好的情感呢？

當年，四方征伐之後夢想長生不老的漢武帝，在長安的建章宮鑄造了高達二十丈的銅柱。柱上有仙人手執黃金打造的承露盤，以之承接從天而降的露水，專門供漢武帝服用，故稱金掌。江湖術士說，服下這甘甜的露水，便可長生不老。

如今，那伸向天空的金掌還在，飲用甘露的帝王卻早已化爲白骨。秋天到了，金掌中的露水凝結成霜，天空中大雁的隊伍越來越長，滿城的菊花宛如黃金一般。重陽是一個熱鬧的節氣，陳元靚《歲時廣記》中記載：「都城人家婦女，剪彩繒爲茱萸、菊、木芙蓉花，以相送遺。」年輕時在重陽佳節，翩翩佳公子的小山，必定是為歌管舞袖、明珠玉璧所圍繞，必定享盡了世間最奢華綺靡的佳筵盛典。至於佩上嫣紫的芳蘭、簪上嬌黃的幽菊，熱熱鬧鬧地應景，則更是意料中的事情。

如今呢？那段愛情已經隨風而逝。「蒹葭蒼蒼，白露為霜。所謂伊人，在水一方。」這是一個傷感的季節，因為寒冷的冬天即將來臨。

心會被傷透嗎？

心不會被傷透。

《宋詞舉》中云：「小山多聰俊語，一覽即知其勝。此則非好學深思，不能知其妙處。」表面上看，小山似乎已經對愛情絕望了；實質上，他還是割捨不下這份「不了情」。在重陽登高的時節，遍插茱萸少一人，這才聽見內心破碎的聲音。

古龍說，你要我等你的時候，你自己豈非也同樣在等！世上本就有很多事就像是寶劍的雙峰。你要去傷害別人時，自己也往往會同樣受到傷害。有時你自己受到的傷害甚至比對方更重！

「人情似故鄉」，愛情就像是故鄉一樣，只有離開之後方才感到它的珍貴。而回憶，猶如在沙中淘金，不知不覺間便將那些美好的時刻定格下來。

小山領我們回到故鄉，那裡是生命的源頭，那裡是人間的淨土。

那裡是戴望舒的雨巷，有一位丁香一樣的姑娘，打著油紙傘在雨中漫步；那裡是海子的德令哈，姐姐在星空下唱歌，讓國王的金頂帳篷漸次熄滅；那裡是梭羅的瓦爾登湖，湖邊有一棟小木屋，和一個不服從的公民；那裡是普希金的彼得堡，詩人在千里冰封的流放地，給愛人寫情書。

耶穌說，先知在故鄉是不受歡迎的。但是，人們還是無法抑止對故鄉的思念。與異鄉相對詞語，便是故鄉。許巍在歌中唱道，你在我心裡永遠是故鄉，你總爲我獨自守候沉默等待，在異鄉的路上每一個寒冷的夜晚，這思念它如刀讓我傷痛。

「殷勤理舊狂」句，況周頤在《惠風詞話》中說：「五字三層意：狂者，所謂一肚不合時宜，發見於外者也。狂已舊矣，而理之；而殷勤理之；其狂若有甚不得已者。」人生充滿了無奈。那麼，令小晏「不得已」的是什麼呢？是千古不變的至情。

爲情而狂，爲情而理之，爲情而殷勤理之，「殷勤理舊狂」此五字值得反覆玩味。難怪陳邇冬大發一通議論：「余謂此句三層意法可通詩文，如老杜之『白頭搔更短』，頭已白矣，又頻搔之，搔之發更短，亦三層意也。又如蘇子由文：『江出西陵，始得平地，其流奔放肆大。』是一層。『南合湘沅，北合漢沔，其勢益張。』是第二層。『至於赤壁之下，波濤泛濫，與海相若。』則第三層也。」小山詞中的感情之流，比之自然之流，又不知要曲折婉轉、細膩敏感多少倍？

美人的頭髮，以及頭髮上所有的飾品，都讓他牽掛於心。

拜倫的愛情亦從美人的頭髮開始。捷克詩人賽弗爾特寫道，正如米蘭市安勃西安那美術館裡收藏的金髮美人盧克雷齊亞·波吉亞的一縷死的捲髮一樣，在米蘭，拜倫爵士曾不幸地愛上了這頭金髮。

小山在汴梁，愛上的是她那一頭的黑髮，依然生機勃勃的黑髮。那黑髮變成白髮之後，她會是什麼模樣呢？

不知道她會是什麼模樣，只知道我不能承受這時光的壓榨。於是，「欲將沉醉換悲涼」——沉醉真的能換走悲涼嗎？此語如同在平緩的吟唱之中，忽然崛起一個高音，幾乎要將琴弦彈斷了。酒只是一種暫時的麻醉品，醒來之後的世界其實更難面對。這裡便有些自我懺悔的意思了。

《古今詞論》中說：「小令佳者，最爲警策，令人動蹇裳涉足之想。」又說：「小詞以含蓄爲佳，亦有作決絕語而妙者。如韋莊『誰家年少足風流。妾擬將身嫁與，一生休。縱被無情棄，不能羞』之類是也。牛嶠『須作一生拚，盡君今日歡』，抑其次也。柳耆卿『衣帶漸寬終不悔，爲伊消得人憔悴』，亦即韋意而氣加婉。」與此相似，小晏在這裡所說的「欲將沉醉換悲涼」，也是一句賭氣的話，也有「不到黃河心不死」的效果。

但是，即便到了黃河，又如何呢？

末句「清歌莫斷腸」，前面沒有主語，更是耐人尋思：是斷吾之腸，還是斷汝之腸？或者是男女雙方一起斷腸？

而以一「莫」字冠於「斷腸」二字之前，卻分明是在說，其實已經斷腸也！《蕙風詞話》中說：「『清歌莫斷腸』，仍含不盡之意。此詞沉著厚重，得此解結句，便覺竟體空靈。」

斷腸人在哪裡？

斷腸人在天涯。

斷腸人爲何斷腸？

表面上是爲那一曲清歌，實際上是爲那已經斷裂的愛情。

如此以淺襯深、以淡顯濃的句子，大概也只有小山才寫得出來，正如吳世昌在《詞林新話》中所評論的那樣：「謂我但欲藉爾清歌，助我沉醉而已，求我沉醉以忘悲涼而已，爾莫因歌斷腸，使我更增悲涼也。蓋不欲因己之悲涼，引起歌者之斷腸也。仁人用心隨處可見，此小山得天獨厚處。」換言之，小山寧願自己傷心，也不要對方傷心。那曲清歌，如同那束光一樣，不知從何而來。但那唱歌的女子，是可以尋覓到的。但是，她還有昔日的容顏嗎？「絳蠟等閒度日，吳蠶到了纏綿。綠鬢能供多少恨，未肯無情比斷弦。今年老去年。」蠟已盡，蠶化蝶，弦已斷，人呢？人在一年又一年地老去。

這才是眞正的有情郎啊，那根荊棘刺向的是自己的胸膛。

沉醉雖然趕不走悲涼，眞心卻可以感動上蒼。

古龍小說《天涯·明月·刀》中的主角傅紅雪，本是爲了仇恨而生，他那蒼白的手永遠握著一柄漆黑的刀。他帶給對手以死亡，卻不知自己的死亡何時來臨。

當傅紅雪即將揮出那致命的一刀時，他才發現自己仇恨的乃是一個無物之陣。

那一瞬間，他被虛無摧毀。

他還能站起來嗎？這個如同《白痴》中的梅詩金公爵一樣飽受癲癇折磨的畸人，還能找到生命的支點嗎？

爲了那個住在寂寞的小屋中寂寞的女人，傅紅雪站了起來，戰勝了那個最可怕的對手。

那一天終於來到了。

她提著一籃衣服，走上小溪頭，她一定要洗完這籃衣服才能休息。她自己的衣襟上戴著串小小的茉莉花，這就是她唯一的奢侈享受。

溪水清澈，她低頭看著，忽然看見溪水中倒映著一個人。

一個孤獨的人，一柄孤獨的刀。

她的心開始跳，她抬頭就看見一張蒼白的臉。

她的心又幾乎立刻要停止跳動，她已久不再奢望自己這一生中還有幸福。

可是現在幸福已忽然出現在她眼前。

他們就這樣互相默默凝視著，很久都沒有開口，幸福就像是鮮花般在他們的凝視中開放。

此時此刻，世上還有什麼言語能表達出他們的幸福和快樂？

這時明月升起。

明月何處有？

只要你的心還未死，明月就在你的心裡。

煙雨依前時候，霜叢如舊芳菲。

故鄉雖然回不去了，但對於有情人來說，處處都可以成爲故鄉。武功天下第一的傅紅雪，偏偏愛上了一名淪落風塵、飽受凌辱的女子，他們終於擁有了最平凡也最寶貴的幸福；貴為相國公子的晏小山，也全身心地愛著那些喪失自由的歌女，雖然他們不得不面臨分別，心卻可以穿越時空互相連接，直到永遠。

小山對女子的感情，是那種可以掏出心窩子來的感情，與那些虛僞文人迥然不同。

宋初以寫婉約詞聞名的張先，是晏氏父子的朋友，卻從來沒有過小山那樣的眞情。《古今詞話》中記載：「子野晚年，風韻未已。嘗宅一姬，頗艷麗。但姬亦士族，不肯立名。子野以六娘呼之。而子野閨中性嚴，堅稱立名，以綠楊呼之，蓋取聲音與六娘相近也。既而不相容，將欲逐去之，子野乃作《蝶戀花》一曲，以寫拳拳之意。綠楊將行，子野更作《浪淘沙》以令送別。」讀其詞，處處有「腸斷」、「咨嗟」、「灑淚」之語——明明是他將愛人無情驅逐，卻故作哀痛之語，爲文造情，自我感動，乃一自憐自艾之小人也。

小山的感情既眞淳，又深沉，是那種披肝瀝膽式的。清人陳廷焯云：「情有所感，不能無所寄；意有所欲，不能無所洩。古之爲詞者，自抒其性情，所以悅己也。今之爲詞者，多爲其粉飾，務以悅人，而不恤其喪己也，而卒不值識者一噱。」況周頤云：「眞字是詞骨，情眞、景眞，所作必佳。」情眞、情假與悅己、悅人，乃是詞及一切文學藝術高低優劣的分水嶺。

悅人之作，即便費盡推敲之思，也難於打動人心；悅己之作，即便脫口而出，也必定打動人心。

小山詞自成一透明的情感世界，任何一名有情之人都能毫不費力地進入它。

在漂泊的路上測量了故鄉的面積，在相思的折磨中知道了愛情的深度。

宗白華在《美學散步》中說：「深於情者，不僅對宇宙人生體會到至深的無名的哀感，擴而充之，可以爲耶穌、釋迦悲天憫人，就是歡樂的體驗也是深入肺腑，驚心動魄。」中國文學中最缺乏的便是悲劇精神，小山詞是少有的具備了深切的悲劇情懷的作品。

小山對人生有著極其深刻的體驗，偏偏用那些最爲淺白的語言來抒發，如：「明月如因緣，欲圓還未圓」，「腰自細來多態度，臉因紅處轉風流」，「悵恨不逢如意酒，尋思難値有情人」，「莫道後期無定，夢魂猶有相逢」，「天涯豈是無歸意，爭奈歸期未可期」等等，簡直就是明白如話的新詩。今天的少男少女寫情書的時候，完全可以隨手拈來，嵌入其中。

人情似故鄉，人人大約都有此感受，偏偏小山脫口而出。小山詞確實很淺，馮煦評價說：「其淡語皆有味，淺語皆有致，求之兩宋詞人，實罕其匹。」此藝術效果，絕不可等閒視之。小山之「淺」、小山之「眞」，非稚子之心，而是歷經憂患後的返樸歸眞。小山的「淺」以「深」爲底子，故能「淺處皆深也」。❈

傷心最是醉歸時

踏莎行・雪盡輕寒

雪盡輕寒，月斜煙重。清歡猶記前時共。迎風朱户背燈開，拂檐花影侵簾動。
繡枕雙鴛，香苞翠鳳。從來往事都如夢。傷心最是醉歸時，眼前少個人人送。

酒入唇，
愛入眼；
那是我們的眞理，
在老去與死去之前；
我舉杯唇邊，

看著你，輕嘆。

——葉慈《飲酒歌》

小山獻身於文學，也獻身於愛情。

大半的文學，不都與愛情有關嗎？

文學之於文學家，並非點石成金之術，相反，文學將文學家逼入到「古道西風瘦馬，斷腸人在天涯」的窘迫境地。小山後半生衣食不繼的邊緣地位，顯然是有意爲之。

小山與父親一樣，都是神童，早年便「聲名九鼎重，冠蓋萬夫望」，連仁宗皇帝對他的作品都愛不釋手，當然也就有許多機會和若干條件在仕途上青雲直上。然而，他卻選擇了自我放逐。

冠蓋紛華塞九衢，聲名相軋在前呼。獨君都不將爲事，始信人間有丈夫。小山是一名大丈夫，因其眞，便顯其狂；因其狂，愈見其眞。他出身高門貴第，故深味權力運作之秘密：那些由權力所支撐的道貌岸然、威風凜凜的外表，皆不過是紙糊的老虎，一戳就破了。

官場的黑暗與齷齪，小山自小就耳薰目染。父親晏殊是太平宰相，當時黨爭未起，遂能一心致力於文教，倒也輕車熟路，成就斐然。此後，新黨舊黨水火不容，新舊黨內部也你死我活。小晏目睹了好友黃庭堅、鄭俠等人在仕途上所遭受的坎坷羞辱，更是一意潔身自好，早早退休閒居。他感嘆說，「官身幾日閒，世事何時足。君貌不長紅，我鬢無重綠」，「齊鬥堆金，難買丹誠一寸眞」。

是的，那裡本就是一片腐臭的淤泥，所以根本不必「出淤泥而不染」，既然早已洞悉其本質，何不先就遠遠避開呢？

小山是一名如同壓傷的蘆葦不折斷的精神貴族，其舉手投足之間皆有貴族氣派，其文字更是充溢著一股如雲中仙鶴般高貴的品質。

那是一個剛剛下過小雪的日子。雪化了，月亮升起來了。客人們一個個散去了。

天下沒有不散的宴席，散去的時候恰恰是最傷感的時候。

在半醉半醒之間，身邊的景物都是模模糊糊的，朦朧的燈光之下，究竟是門口的簾子在動，還是花園裡的花影在動，或者是我的心在動呢？更奇怪的是，錦繡的鴛鴦和翠鳳似乎也游動了起來，這是在夢中嗎？錢斐仲《雨花庵詞話》中說：「迷離惝恍，若近若遠，若隱若現，此善言情者也。」此首《踏莎行》，大半詞句都籠罩在煙霧迷離之中。

從來往事都如夢，是因爲往事太歡暢了，還是因爲往事太苦楚了？

離人鬢華將換，路比此情猶短。一個靈魂與另一個靈魂就這樣擦肩而過。一顆星眼看著另一顆星離開，卻無法掙脫自己的軌道前去相會。縱使相逢應不識，塵滿面，鬢如霜……這就是我們的來生嗎？

此時此刻，經冷風一吹，我的意識逐漸清醒過來。

突然之間，才發現那個最該來送別的人兒卻沒有來。

剛剛在酒宴之上，我們倆不是有過親密無間的合作嗎？

你的歌聲，我的詩詞；你的羅扇，我的酒杯；你的舞衣，我的醉眼。

這屬天的音樂，原本便是我們倆人之間的竊竊私語，筵席上的其他人全都聽不懂。如同《風語者》中用印第安語編成的密碼，誰也破譯不了。

小山還有一首《南鄉子》，寫給這少年不識愁滋味的女孩：

綠水帶青潮，水上朱闌小渡橋。橋上女兒雙笑靨，妖嬈。倚著闌干弄柳條。

月夜落花朝，減字偷聲按玉簫。柳外行人回首處，迢迢。若比銀河路更遙。

李易安筆下的女孩，倚門回首，卻把青梅嗅；晏小山筆下的女孩，卻是倚著欄杆撫弄柳條。一樣的青春綻放，一樣的風情萬種。

曉來竹馬同遊客，慣聽清歌。今日蹉跎，惱亂工夫暈翠娥。花的傷痛從蕊開始，不，從根開始；簫的傷痛從唇開始，不，從心開始。

今宵酒醒何處，楊柳岸，曉風殘月。分別居然來得如此之快，分別對於我這個醉鬼來說又是何其的艱難！而你，居然連出來送別的勇氣都沒有。

讀至此處，便想起了那首傳唱八十餘年的《教我如何不想她》。歌詞作者劉半農，作曲家趙元任，名詩佳曲，珠聯璧合。詞云：「月光戀愛著海洋，海洋戀愛著月光。啊！這般蜜也似的銀夜，教我如何不想她？」在這「傷心最是醉歸時」的當頭，眞個是「教我如何不想她」！

這首詩作於一九二〇年，是最早的也是最好的白話詩之一。十年之後，劉半農還寫過一首自嘲詩：

教我如何不想她？
可能相共吃杯茶？
原來這樣一老朽？
教我如何再想他？

並在詩末注釋說：「余十年前所作《教我如何不想她？》一歌，曾由趙元任兄製譜，傳唱甚廣。近有一音樂會又唱此歌，余亦在場，唱畢，大家鼓掌，主會者堅欲介紹余與聽衆相見，余遂如猢猻被牽上臺，向大家一鞠躬而退。退時微聞一女郎言：『原來是這樣一個老頭兒。』因記之以詩。」在年輕女子高高在額頭上的眼中，當然只有翩翩佳公子了，半農先生倒也知趣得很！

陽關聲巧繞雕粱，美酒十分誰與共？想她又能如何？

天下確實沒有不散的筵席，但筵席散去之後的境遇卻各不相同。與「傷心最是醉歸時」意思相反的詞句，則是周邦彥之《少年遊》：

並刀如水，吳鹽勝雪，纖指破新橙。錦幄初溫，獸香不斷，相對坐調箏。

低聲問，向誰行宿，城上已三更。馬滑霜濃，不如休去，直自少人行。

並州的刀和吳地的鹽，都是人間至品。纖纖手指，剝開新橙，在溫暖的房間裡，我們相對而坐，一起探討音樂與文學。時光很快流逝。

這是一個無比寒冷的夜晚。歸去還是不歸，這是一個問題。

她開口了。

先說馬、後說人。

霜太濃，馬易滑，你不妨留下來吧！

含蓄委婉之中，纏綿偎依之情自現。

小山卻沒有遇到如此優待，便只好一個人孤零零地上路了。

在這首《少年遊》的背後，還有一個曲折的故事，與大宋朝第一名妓李師師有關。

徽宗皇帝微服來到李師師家，恰好周邦彥在，來不及迴避，才子詞人只好躲在床下。

徽宗自己帶來了一個新鮮的橙子，討好地說，這是江南剛剛進貢來的。於是，他與師師一起打情罵俏起來。周邦彥在床下聽到了兩人的對話，便寫了這首詞。

下一次，徽宗再到李師師家，李師師歌唱此詞來取悅之。徽宗問，這是誰寫的？李師師回答說，這是周邦彥寫的。徽宗大怒，因爲皇帝的秘密不足爲外人道也。

次日坐朝，徽宗宣諭蔡京說：「開封府有一個名叫周邦彥的稅監，聽說他沒有完成徵稅的份額，爲何沒有看到京尹報告此事？」

蔡京茫然不知，只好敷衍說：「容臣退朝，召京尹叩問，得到確切消息之後再奏報上來。」

京尹至，蔡京將皇帝的聖旨給他看。京尹回答說：「唯獨有周邦彥負責的稅額大大增加。」

蔡京說：「上意如此，只得遷就。」蔡京便按照皇帝的心意做了一份誣蔑周邦彥的報告。於是聖旨下：「周邦彥職事弛廢，可日下押出國門。」

隔了一兩天，徽宗再次到李師師家，不見李師師，詢問之下，知道她去送周監稅去了。徽宗想，情敵終於被趕走了，大喜。誰知久久等候，李師師遲遲未歸，直到更初始歸，且愁眉淚睫，憔悴可掬。看到這樣的情形，徽宗大怒說：「妳究竟到哪裡去了？」這是明知故問。

李師師答道：「臣妾萬死，聽說周邦彥得罪，押出國門，便略致一杯送別，不知官家來。」

徽宗問：「曾有詞否？」

李奏雲：「有《蘭陵王》詞。」

徽宗說：「唱一遍看。」

曲終，徽宗大喜，復召周邦彥為大晟樂正。這首《蘭陵王》中有「登臨望故國，誰識、京華倦客。長亭路，年去歲來，應折柔條過千尺」、「沉思前事，似夢裡、淚暗滴」之句。貴為天子的徽宗卻完全沒有料到，自己將遭遇比這更加不堪的命運。

不過，這個故事裡的徽宗皇帝還是頗讓我喜歡的。他是個喜歡吃醋的尋常男子，他是個憐香惜玉的情人，他是個為藝術而藝術的藝術家。最終還是對藝術的敬重壓倒對情人的嫉妒。

因此，周邦彥才得以保全。雖然他是皇帝的情敵，但有情人之間方可惺惺相惜。

因此，徽宗才丟了江山。因為他太看重美人了，如同甘願放棄王冠的溫莎公爵。

在那北國苦寒之地，這名俘虜屈辱的晚年，讓人如何憐憫。他再也寫不出那一手冠絕天下的瘦金體，他再也聽不到李師師金聲玉振的歌唱。

他一步步地走向死亡，被寒冷凍僵。

紅塵自古長安道，故人少。

酒醉之後，回家的路分外長。一步深，一步淺，不知道是如何走回家的。

小山倒是沒有經歷日後的國破家亡，得以安享晚年。但他敏銳地捕捉到了地震前夕的波動。他也曾經激憤地說：「我盤跚勃窣，猶獲罪於諸公。憤而吐之，是唾人面也！」眞相是可怕的，所有過於聰明的人們都不去說破。小山偏要說，該說的話都已經說完了，但依然沒有人聽。聽不聽是別人的事，說不說是自己的事。固執如牛的小山，對這個時代投下了他的那張沒有分量的「棄權票」。

是啊，患病的是這個時代，而不是看出時代病症的先知。看到了這個彎曲悖謬的時代已經身患絕症卻無力拯救之，更是痛上加痛。衆人哪，你們爲什麼要爲難先知呢？衆人哪，你們爲什麼不接受先知的愛呢？《聖經．耶利米書》十章二十三節說：「我曉得人的道路由不得自己，行路的人也不能定自己的腳步。」耶利米在耶路撒冷城中的哀哭，有誰聽見了呢？

「傷心最是醉歸時」，不能讓人傷心欲絕的感情，自然不是愛情。小山踉踉蹌蹌地踏上回家的路，回去之後還是要面對冰冷的現實。不用說手無縛雞之力的小晏，古龍筆下多少英雄俠客，即便武功蓋世，也仍要去千金買醉。

春風未放花心吐，尊前不擬分明語。杯盞交錯的時候所說的話是當不得眞的。醉中的人根本忘卻了自己究竟是誰。古龍形容說，可怕的醉，多麼讓人頭痛身酸體軟目紅鼻塞得醉，又多麼可愛。一種可以讓人忘卻了一切肉體痛苦的麻醉，如果它不可愛，誰願意被那種麻醉所麻醉。只可惜，這種感覺既不能持久也不可靠。這大概就是，普天之下，每一個醉人最頭痛的事。

更可怕的是，每一個人醒來後，所面對的現實，通常都是他所最不願面對的現實。

古龍自己便是酒醉而死，他不顧醫生的叮囑，病中狂飲，以至胃出血不治。

他眞的是愛喝酒，還是借酒來躲避什麼？

他是用酒來製造歡樂，還是用酒來加劇痛苦？

沒有人知道答案。醉酒之人已經不能回答「我是誰」了。

歸路上的小山，是否會與我相遇在中途？❋

天將離恨惱疏狂

鷓鴣天·醉拍春衫惜舊香

醉拍春衫惜舊香，天將離恨惱疏狂。年年陌上生秋草，日日樓中到夕陽。
雲渺渺，水茫茫，征人歸路許多長。相思本是無憑語，莫向花箋費淚行。

難道我們人類應該是互相隔絕，不得不與孤獨同入墓下的麼？
——郁達夫《孤獨的悲哀》

此首《鷓鴣天》是對逝去的眞愛的回憶。
主角在醉中輕輕地拍打昔日的春衫，剛一拍打便停住了。

不忍啊，因爲衣服上還能聞見你舊時留下的香味。

那是愛人的香味，那是愛人的體溫，沁人心脾，歷久而彌新。

美得讓人心碎。

美得讓人掉淚。

一個「惜」字，將柔情蜜意全盤托出。

愛人的離去，是因爲我疏狂的性情嗎？

那是發生在爛漫的春天的愛情，如今已經是滿目蕭瑟的秋天。

離離原上草，一歲一枯榮。夕陽無限好，只是近黃昏。這些普普通通的自然景物，被小山編織成一張抒情之網。眞是感時花濺淚，恨別鳥驚心。

因爲萬水千山的阻隔，相逢不是一件容易的事情。歸路那樣漫長，如同《荷馬史詩》中的那些歸家的戰士，等他們回到家時才發現，家已經蕩然無存，妻已經變成他人的妻，子已經變成他人的子。

當歸人發現自己成爲一個「多餘人」的時候，絕望像蛇一樣撕咬著他的心。

你在那間寂寞如雪的房子裡，等候了一年又一年。此刻卻等不及了。

那件舊衣服已經破了。衣不如新，人不如舊，他眞的會這樣想嗎？

《西廂記》說，鶯鶯把書信「修時和淚修，多管閣著筆尖兒未寫早淚先流」。小山反其意而爲之——那最爲微妙的相思之情，既然無法用有限的文字來表達，那麼連信也不必寫了，免得讓眼淚打濕了這張信箋。

詩筆幾次都沒有落下來，「相思本是無憑語，莫向花箋費淚行」，這是一句決絕之語，也是至情之語。這不是你的錯，也不是他的錯。這是天與多情，不與長相守。

自古以來，中國邊患不斷。有宋一代，更是常常受北方剽悍游牧民族的欺負。於是，良人成了征人。

征人歸路許多長。征人是什麼模樣呢？

提起征人，我便想起了魯迅筆下那個衣衫襤褸、破缽芒鞋的「過客」來。

這名「過客」，從來不知道自己的稱呼——「從我還能記得的時候起，我就只一個人，我不知道我本來叫什麼。我一路走，有時人們也隨便稱呼我，各式各樣，我也記不清楚了，況且相同的稱呼也沒有聽到過第二回。」這名「過客」，也不知道自己究竟要到哪裡去——「從我還能記得的時候起，我就在這麼走，要走到一個地方去，這地方就在前面。我單記得走了許多路，現在來到這裡了。我接著就要走向那邊去，前面！」

他一直走在路上。小山也是如此。一邊走路，一邊做夢。

這名「過客」一直在尋覓愛情。愛情是無法定義的，如同那渺渺之水、茫茫之雲。沒有形狀，難以把握。

許多時候，人們偏偏會愛上那個不該去愛的人。古龍小說《飛刀，又見飛刀》中的主角李壞，是小李飛刀的後人，卻愛上了號稱「月神」的薛家女子——她的父親喪命於他父親的手下。這就是愛情，不是該不該的問題，而是會不會的問題。

他們兩人是敵人，卻有了一個嬰孩。他懵懂不知，她不告訴他。

最後，他們爲了各自家族的榮譽走向生死之戰。這是一個羅密歐與茱麗葉式的大悲劇。

他會對他下手嗎？她會對他下手嗎？

他們都不知道。生死存亡是一刹那間的事，感情卻是永恆的。

故事到了最後，連古龍也寫不下去了，只好對讀者說：「每一種悲劇最少都有一種方法可以去避免，我希望每一個不喜歡哭的人，都能夠想出一種法子，來避免這種悲劇。」

小山詞及所有文學的主題都是闡釋人生的愛慾生死。

愛情是一個問題，慾望是一個問題，生是存一個問題，死亡也是一個問題。

這是哈姆雷特的問題。這也是每個人的問題。所有人的一生，都避不開這四個詞語。

那封滴著點點淚水的信函是否已經寄出；而那位遠方的愛人，是否還在默默地等待？

與那遠行的征人之間唯一的聯繫便是：我們都在同一片天空之下。希斯內羅絲在《芒果街上的小屋》中說，你永遠不能擁有太多的天空。你可以在天空下睡去，醒來又沉醉。在你憂傷的時候，天空會給你安慰。

可是憂傷太多，天空不夠。蝴蝶也不夠，花兒也不夠。大多數美的東西都不夠。於是，我們取我們所能取，好好地享用。

可是，小山卻沒有這樣一份從容，他實在是放不下，放下了，也就不是小山了。如果沒有這些哀歌，小山便是一個殘疾人。他還有一首《虞美人》，也是代傷心的女子立言：

濕紅箋紙回紋字，多少柔腸事。去年雙燕欲歸時，還是碧雲千里，錦書遲。
南樓風月長依舊，別恨無端有。倩誰橫笛倚危樓，今夜落梅聲裡，怨關山。

有情不管別離久，情在相逢終有。情書遲到，不敢怨人，只能怨關山。關山太高太險，讓驛卒一步一回頭，囊中的書信也就遲到了。

情書如同每日的飲食，情書如同定海的神針。小山知道情書對於女子的重要性，「佳期應有在，試倚鞦韆待」，「玉容長有信，一笑歸來近」，這是最樂觀的結果；「雁書不到，蝶夢無憑，漫倚高樓」，「魚箋錦字，多時音信斷」，這是最悲觀的結果。

儘管如此，還是不能臨淵慕魚。史蒂芬．金說，愛吧，唯有此，靈魂才會發出一種微笑，生活才會碩壯而豐實；唯有此，太陽才不致枉然朗照，大地才不會無故奉春。如同登山者，再難也不能回頭。一回頭，她便成了一根千年的鹽柱。

爲什麼說相思是靠不住的諾言呢？

被譽爲「世界第一記者」的法拉奇，一生只愛過一個男人。在此之前，她一直認爲愛情就是一個捕殺獵物的圈套，它被虛構出來用以安慰不幸的人們。但是，當愛情降臨的時候，這個鐵娘子與那些不諳世事的姑娘一樣，猝不及防、束手就擒。

一九七三年八月二十三日，當法拉奇四十四歲時，在雅典遇到了三十四歲的希臘抵抗運動英雄帕納古利斯。儘管已經過了爲愛情而怒髮衝冠的年齡，他們卻一見鍾情。帕納古利斯雖然沒有古希臘雕塑中美男子的容貌，甚至還有點醜，卻像格瓦拉一樣，有一種粗獷狂野之美。

他是戰士，迂迴在死亡的溝壑之間；他是詩人，渾身充滿了幻想與激情。表面上，放蕩不羈的帕納古利斯與溫文爾雅的胡蘭成是男人的兩個極端，在骨子裡卻一模一樣都是天眞自私漢。

誰也沒有想到，這朵帶刺的玫瑰忽然順服下來。法拉奇像母親一樣無私地幫助這個比她小十歲的情人。她陪同他一次次地出入雅典，好幾次差點被獨裁政府的殺手追得車毀人亡。他在約會的時候也攜帶著炸彈，隨時可能把他們兩人都炸成碎片。他肆無忌憚地追求死亡，甚於追求熱戀中的女人。

他最喜歡的三本書是：杜斯妥也夫斯基的《白痴》、卡繆的《異鄉人》和卡山札基的《耶穌的生平》，他渴望上十字架。但是，如果沒有愛，再悲慘的死亡也無濟於事。

她說帕納古利斯是唐吉訶德，自己則是他忠實的僕人桑丘。她的使命是跟著主人夢囈、說謊，忍受無法忍受的痛苦，與想像中的敵人戰鬥。

在革命者的陣營中，那些表面上最「左」的革命者，往往都是此類天眞自私漢。

帕納古利斯夢想著拯救深陷在水深火熱中的同胞，卻無情地對待愛他的法拉奇。他像殘酷無情的榨汁機一樣，非得將她這顆檸檬榨乾不可。他忽而讓法拉奇爲其準備一艘遊艇，忽而提出送一輛轎車作爲生日禮物。當她懷孕之後，帕納古利斯居然與她討論墮胎的費用如何分配，並提議兩人各出一半！

在與他一起生活了十四個月以後，她感到筋疲力盡。她不再渴望陪伴他，撫慰他的孤獨。她獨自前往倫敦、紐約和巴黎。在旅途中，她收到了他的信，便又回到了他的身邊。但是，和他躺在床上時她感到噁心。

這個革命家對她說，作爲報復，他要去誘姦他的前監獄長的妻子。他在監獄裡就制定了這一計劃，他要求法拉奇爲他提供一輛轎車。有一天，他們在佛羅倫斯的秘密住所被間諜發現，從此他們的一舉一動都遭到監視。一天晚上，盛怒中的帕納古利斯想衝出去與他們較量。法拉奇拼命攔住他。

兩人在黑暗中扭打起來。打鬥中，她的肚子被踢了一腳，腹中的孩子因此而流產。

法拉奇爲這個沒有出生的孩子寫了一本書，名爲《給一個未出生孩子的信》。他居然偷看她的手稿，並且忝不知恥地建議說，應當讓書中的主要人物都活著，因爲「生命不死」。

被他折磨的苦難日子，直到三年之後才得以終結。這個近乎無賴的革命者，在革命成功之後的榮耀中，死於一場由國防部長親自策劃的車禍。帕納古利斯像一只美麗的銀色海鷗在沉睡的城市上空飛翔，突然牠垂直扎入水中，激起一股水柱。

法拉奇爲愛人寫了一本書，名叫《男子漢》。爲了寫這本書，她投入了全部的生命：「我會因此而死，因為它每天都消耗掉一點我的生命：它像癌症一樣吞噬著我。」在這本書中，帕納古利斯被關押在水泥墳墓中，他曾經嘗試逃跑，他懷念開闊的空間、湛藍的天空和性格各異的人們。後來，他用心靈反抗，他一直寫詩，幾乎每天寫一首。他所有的紙和筆被沒收之後，他還想了一個辦法繼續寫：用剃刀劃破左腕，以一根火柴或牙籤當作筆，蘸著鮮血當作墨水，把詩句寫在紗布或菸盒上。

但是，他始終不會愛，雖然他宣稱：「我很快將會死去，而你將永遠愛我。」

小山說，相思本是無憑語；法拉奇說，愛情是一個捕獸器。但是，儘管愛情大多數時候是令人絕望的，人類卻從來沒有停止對絕望的愛情的求索與堅守。

這種絕望的愛情，從反面證實了人性的偉大。也許，人類生存的價值正在於此吧。

相思其實可以作為憑據的，否則，當愛人在天堂裡相遇的時候，如何識別對方呢？我記得韓國電影裡有不少前世今生的故事。在《情約笨跳豬》中，一對大學戀人相約去紐西蘭高空彈跳，沒有料到美麗的女孩命喪於飛馳的卡車。

時光流轉，男女主角都轉世為人：男孩成為一名中學語文老師。

有一天，語文老師在黑板上畫了一條橫線，說這代表著地平線；又在橫線上垂直畫一條豎線，說這是一根針；他繼續在豎線上畫了一條短的橫線，說這是一粒麥穗。

對於這幅畫，語文老師解釋道：「大地上被插了一根針，風吹過，一粒麥穗剛好滑過並釘在了針尖。我就是麥穗，而同學們就是那根針。我們的相遇並不容易，這就是緣分。」講臺下一位男生聽得入神，於是師生之間發生了奇妙的感情，他們被指爲同性戀。

偶然一個瞬間，學生看到自己的前生，「原來我就是老師多年前的女友啊。我投生於此，便是爲續那未完的前緣。」

於是，這兩個相戀的人執手跳下了山崖，做了最後一次沒有任何安全保護的「高空彈跳」。縱身一躍，頓成永恆。這對穿越時空的戀人有一番讓人不忍聽完的對話——

「從人生的絕壁上跳下去不是終結，只是開始。」

「下輩子我一定投生成女人來找你。」

「可是我也成了女人怎麼辦？」

「那就再等下輩子。」

「我和你跳下去不是因爲我愛你，是因爲我只能夠愛你一個人。」

愛吧，這無法用語言來言說的愛情，可以戰勝死亡。今世不能愛，來世也要在一起。

小山說，多應不信人腸斷，幾夜夜寒誰共暖。欲將恩愛結來生，只恐來生緣又短。是的，只要今生愛過，來生還要在一起；今生已經苦短，即便有來生，還是嫌不夠。在熱戀中的人，是何其貪心！這貪心，是可以吞象的貪心。

這樣的愛情，從《詩經》以後，在理學氣日重的中國就已經不多見了。

唯有小山這樣愛過，唯有納蘭這樣愛過，唯有曹雪芹這樣愛過。

當年，里爾克也這樣愛過，愛比他大十多歲的莎樂美，這首詩便是證明：

挖去我的眼睛，我仍能看見你
堵住我的耳朵，我仍能聽見你
沒有腳，我還能找到你
沒有嘴，我還能祈求你
折斷我的雙臂，我依然能將你擁抱

用我的心，如同用手一般
鉗住我的心，我的腦子不會停息
即便你燃燒到我的腦子
我仍將託付你，用我的血

一棹碧濤春水路

清平樂・留人不住

留人不住，醉解蘭舟去。一棹碧濤春水路，過盡曉鶯啼處。
渡頭楊柳青青，枝枝葉葉離情。此後錦書休寄，畫樓雲雨無憑。

無論鮮花，白雪或海洋，
萬物皆有興有衰，
對我只有兩樣東西：空虛
和飽經滄桑的我。

——戈特弗里德・赫爾德《只留下兩樣東西》

江淹《別賦》云：「黯然銷魂，唯別而已。」此首《清平樂》是一首送別之詞。小山詞中，送別是一個極為重大的題材。一次戀人的分別，甚於一場國族之間的戰爭。他將送別的不僅是一位刻骨銘心的愛人，更是一段風鈴聲中飄逝的青春。

起筆「留人不住」四字，寫出了送者和行者雙方截然不同的情態：一個曾誠意挽留，一個卻去意已定。「留」其實是一種絕望的姿態，而「去」也是「無可奈何」、「身不由己」。「留」而「不住」，表明愛情已經無法持續下去了。

若問相思何處歇？相逢便是相思徹。忽然有了衰老的感覺，古龍在《邊城浪子》中說：「一個人只有在自己心裡有了衰老的感覺，才會真的衰老。」

人生恰是飛鴻踏雪泥。君問歸期未有期。下一次的相逢真的不知是何年何夕，也許平生他與她再沒有相逢的機會了。那麼，繼續保持對她的相思，難道不是一種過於多情的舉動嗎？

此時此刻，他還不如喝得酩酊大醉，在醉中與她告別。

當船夫解開纜繩的那一刻，他假裝沒有看見她那滿面的淚水。他害怕自己心一軟，又命令船夫改期。上路的日期已經改了好幾次，今天確實非走不可了。

「一棹碧濤春水路，過盡曉鶯啼處」，這兩句寫的是春晨江景。她在岸上，他在水中。棹，即船槳，長的為棹，短的為楫。棹，也是用槳划船的動作。《後漢書．皇甫嵩傳》說：「是猶逆阪走丸，迎風縱棹。」陶淵明《歸去來兮辭》中寫道：「或命巾車，或棹孤舟。」蘇東坡《前赤壁賦》則說：「桂棹兮蘭槳。」

徐彥伯《採蓮曲》有此句：「春歌弄明月，桂棹落花前。」劉長卿《渡水》云：「不知淮上棹，還弄山中月。」但是，這些句子都沒有小山的這一句來得悲哀與決絕。

他的船配備的是長長的棹，速度自然很快。雖然不一定是「千里江陵一日還」，但在這切切的棹聲裡，那艘小船轉眼之間便看不到了，成了天邊外一個若有若無的小黑點。他們再也不能一起觀賞兩岸的景色了。江中是碧綠的春水，江上有宛轉的鶯歌，如果換在平時，如果與她一起欣賞，指指點點，一切都將是那麼的心曠神怡。

她也許在猜想，他的心境與這兩岸瀲灩的風景是否相似？

她在岸邊，在她的眼中，「渡頭楊柳青青，枝枝葉葉離情」，一路的楊柳，一路的離情，一路的眼淚。用里爾克的話來說，這確實是一個「嚴重的時刻」。結句卻突然轉折，她寄語他說「此後錦書休寄」，因爲「畫樓雲雨無憑」。這陡然一轉，由輕快變低沉，終於說出了決絕之語，周濟云：「結語殊怨，然不忍割。」（《宋四家詞選》）

自憐輕別，拚得音塵絕。小山詞飽經滄桑之後的那種澄明單純，唯有南唐後主李煜的「流水落花春去也，天上人間」可以媲美。此句見之《浪淘沙》：

簾外雨潺潺。春意闌珊。羅衾不耐五更寒。夢裡不知身是客，一晌貪歡。

獨自暮憑欄。無限江山。別是容易見時難。流水落花春去也，天上人間。

《能改齋漫錄》記載說，《顏氏家訓》云：別易會難，古人所重。江南餞別，下泣言離，北方風俗，不屑此事，歧路言別，歡笑分首。李後主長短句，蓋用此耳。故云「別時容易見時難」，又云「別易會難無奈何」。顏說又本《文選》陸士衡答賈謐詩云：「分索則易，攜手實難。」

李煜沒有當好皇帝，卻是詞中一帝；小山當不了宰相，卻是詞中一相。李晏二人之詞，均是博學深思之余、歲月蹉跎之後，如春蠶吐絲般嘔心瀝血、穿雲裂帛地寫出來的。

陳廷焯《白雨齋詞話》云：「李後主、晏叔原皆非詞中正聲，而其詞則無人不愛，以其情勝也。情不深而為詞，雖雅不韻，何足感人？」明代藏書家毛晉不吝讚譽說，欲以晏氏父子追配李氏父子（李璟、李煜）。近人夏敬觀亦云：「晏氏父子，嗣響南唐二主，才力相敵，蓋不特詞勝，尤有過人之情。」在這兩對父子之中，兒子的詞都勝於父親。

有人說，古今四大傷心之詞人為李煜、晏幾道、秦觀和納蘭性德。

從冰點中升騰起的溫暖，方能穿透層層設防的人心。傷心人的呼喚，如春雨，隨風潛入夜，潤物細無聲。在詞風上影響小晏最大的人，不是大晏，而是李煜。王國維在《人間詞話》中說：「詞至李後主而眼界始大，感慨遂深，遂變伶工之詞而為士大夫之詞。」《詩藪》中說：「（後主）樂府，為宋人一代開山祖。蓋溫、韋雖藻麗，而氣頗傷促，意不勝辭。至此君方是當行作家。清便婉轉，詞家王、孟也。」清人沈謙《填詞雜說》云：「南中李後主，女中李易安，極是當行本色。前此李太白，故稱詞家三李。」李煜未能保全他的家國，大半是拘於時勢，而非人之罪也。即便是秦皇漢武的雄才大略，換在他的位置上，也未必能爭得一個繼續劃江而治的局面。

李煜有負於宗廟，卻無愧於詞史。

元人劉壎在《隱居通議》中評析了四位皇帝的詩詞文字：漢高帝《大風》之歌曰：「大風起兮雲飛揚。威加海內兮歸故鄉。安得猛士兮守四方？」宋太祖詠日出之詩曰：「欲出未出紅剌剌，千山萬山如火發。須臾湧出大火盆，趕退殘星逐退月。」陳後主之詩曰：「午睡醒來晚，無人夢自驚。夕陽如有意，偏傍小窗明。」南唐後主之詞曰：「櫻桃落盡春歸去，蝶翻金粉雙飛。」又曰：「門巷寂寥人去後，望殘煙草淒迷。」他認爲：「合四君所作而論之，則開基英雄之主，與亡國衰弱之君，氣象不同，居然可見。」

這樣的見解未免太過可笑了。文學藝術的歷史不是成王敗寇的政治史。劉邦的《大風歌》不過是小人得志後的猖狂，趙匡胤的《詠日詩》不過是半文盲的打油。雄才大略的皇帝與腹有詩書氣自華的詩人各自占據歷史的一角，上帝是公平的，不會讓某人兩者兼而有之。

王國維在《人間詞話》中說：「詞人者，不失其赤子之心也，故生於深宮之中，長於婦人之手，是後主爲人君之短處，亦即爲詞人所長處。」趙匡義占據了疆域意義上的帝國，李煜卻占有了詩歌意義上的帝國。

李煜只活了短短的四十一歲。他於二十四歲繼位，在風雨飄搖中當了十五年偏安一隅的君王。《唐音戊簽》中記載：「煜少聰慧，善屬文，性好聚書，宮中圖籍充軔，鐘、王遺墨尤多。置澄心堂於內苑，延引文士居其間。……兼善書畫，又妙於音律雲。」城破的時候，他本想自焚於宮殿之中，卻憐惜那些書籍字畫，終於還是打消了玉石俱焚的念頭。

然後便是兩年「此中日夕只以眼淚洗面」階下囚的日子。既然被宋太宗侮辱性地封爲「違命侯」，他本該更加謹小慎微，方能苟活一段時日。然而，李重光畢竟不是劉阿斗。劉阿斗可以樂不思蜀，李重光卻不是這樣沒有心肝的人。

與他一起夫唱婦和的大周后，是他一生的摯愛。他們一起復原了唐明皇與楊貴妃的《霓裳羽衣》曲。當大周后患病去世時，他甚至要跳井來殉她。自古只有皇后殉皇帝的，以皇帝之軀而要殉皇后，後主當是第一人。

後來，多虧又有了小周后，他才有了活下去的動力。「弱骨豐肌別樣姿，雙鬟初綰發齊眉」，那時，幸福像一朵花兒。

但是，國滅之後，他卻連愛人也不能保全。據《江南錄》中記載：李國主小周后隨後主歸廟，封鄭國夫人，例隨命婦入宮，每一入，輒數日，出，必大泣，罵後主，聞聲於外，後主多宛轉避之。「剗襪步香階，手提金縷鞋。畫堂南畔見，一晌偎人顫」的歡愉時光，早已不復存在。堂堂一國之后，如今如同娼妓般被侮辱；堂堂一國之君，亦只能忍氣吞聲而已。

於是，李煜拿起了筆。拿起了這支惹禍的筆。

在小山，是「一棹碧濤春水盡」；在重光，則是「一江春水向東流」。傷心人各有懷抱。小山失去了愛人，重光則既失去了愛人也失去了故國。《韻語陽秋》中說：「自古文人，雖在艱危困踣之中，亦不忘於製述，蓋性之所嗜，雖鼎鑊在前不恤也，況下於此者乎？」李後主在危城中，可謂危矣，猶作長短句，所謂

「櫻桃落盡春歸去，蝶翻金粉雙飛。子規啼月小樓西。」文未就而城破。東坡在獄中作詩贈子由云：「是處青山可埋骨，他年夜雨獨傷神。」猶有所託而作。李白在獄中作詩上崔相云：「賢相燮元氣，再欣海縣康。應念覆盆下，雪泣拜天光。」猶有所訴而作。是皆出於不得已者。劉長卿在獄中，非有所託訴也，而作詩云：「鬥間誰與看冤氣，盆下無由見太陽。」一詩云：「壯志已憐成白髮，余生獨待發青春。」一詩云：「冶長空得罪，夷甫不言錢。」又有獄中見畫詩。這難道不是天生的嗜好嗎？即便是縲絏之苦，也不能易其雕章續句之樂。

李煜在嚴密的監視之下，又開始了奮筆疾書。此時重新提筆，比起城破時刻以吟詩作賦強作鎮定來，又是另外一種況味。這可以看作是一種自殺的舉動。此時，早年那些濃艷的筆墨，一變而為沉鬱頓挫的絕唱。李煜當然知道宋太宗是一個猜忌心極重的人，自己所寫的那些讓舊臣們為之泣下的詩詞，宋太宗怎麼會容忍呢？

死亡的陰影緩緩逼近。《默記》中記載了這樣一則故事：南唐大臣徐鉉歸順宋朝，為左散騎常侍，遷給事中。太宗一日假裝不經意地問他：「曾見李煜否？」

徐鉉回答說：「臣哪裡敢私自會見他呢？」

趙匡義說：「你去看看他吧，就說是我讓你去看的。」

徐鉉便到了李煜居住的地方，望門下馬，發現只有一個老兵守門。

徐鉉說：「我想與太尉見面。」

老兵說：「皇帝有旨，不得與外人會面，你豈能見他？」
徐鉉說：「我正是奉旨而來。」
老兵便進去通報。
徐鉉進去之後，站立在庭院裡。很久，老兵才過來，取了兩把舊椅子面對面放在大廳裡。
徐鉉遠遠看見，便對老兵說：「只取一把椅子放在正衙就夠了。」
頃刻之間，李煜紗帽道服而出。
徐鉉剛要跪拜，李煜立刻走下階梯，拉著他的手走入大廳。
徐鉉還想以昔日的禮節對之，李煜說：「今天哪裡敢行這樣的禮？」
徐鉉把椅子拉到稍稍偏一些的位置，才敢坐下來。
李煜牽著他的手大哭，然後坐下來，很久都沉默不言，忽然間長嘆說：「當時眞是後悔殺了潘佑、李平。」昔日，內史舍人潘佑有感於國運衰弱，用事者充位，憤切諫言，連上八疏，詞窮理盡。潘佑說：「陛下既不能強，又不能弱，不如以兵十萬助收河東，因率官朝覲，此亦保國家之良策也。」後主大怒，以爲是其友李平所激，殺李平，潘佑亦自盡。
徐鉉不敢答話，告辭而去。
翌日，趙匡義召見徐鉉，詢問他見後主的時候，說了些什麼話。
徐鉉知道，趙匡義一定派遣了耳目在一旁偷聽，便不敢隱瞞，一一告知。

這是趙匡義設計好的計策。欲加之罪，何患無辭？

於是，便有了七月七日賜「牽機藥」的結局。

李煜七月七日出生，七夕節是中國的情人節，七夕節出生的人當然是個有情郎。他生於七夕，死於七夕，也算是死得其所了。

不過，李煜死得實在是太慘了。所謂「牽機藥」者，「服之前卻數十回，頭足相就，如牽機狀也」。一定是疼痛得受不了，才會頭足相就，縮成一團，如同回到母親子宮裡的模樣。

趙匡義爲奪取帝位，連哥哥都敢殺，哪裡又會對李煜這個軟弱的亡國之君手下留情呢？

後人有感於李煜的慘死，爲之不平，遂有冤冤相報的傳說不脛而走。人們說，北宋的亡國之君徽宗皇帝便是李後主的投生轉世，是特地來丟了大宋朝天下的。徽宗皇帝與李後主一樣，也是琴棋書畫無一不通，這個玲瓏剔透的聰明人，偏偏就不是當皇帝的料。

當他聽到城外的戰鼓聲聲的時候，已經遲了。

徽宗、欽宗父子，成了比昔日的李後主還要悲慘的俘虜。

在天寒地凍的五國城，徽宗哀號道：「而今在外多蕭瑟，迤邐近胡沙。家邦萬里，伶仃父子，向曉霜花。」一家人相抱而哭。後作《燕山亭》：

裁剪冰綃，輕疊數重，冷淡胭脂勻注。新樣靚裝，艷溢香融，羞殺蕊珠宮女。易得凋零，更多少、無情風雨。愁苦。問院落淒涼，幾番春暮。

憑寄離恨重重，這雙燕、何曾會人言語。天遙地遠，萬水千山，知他故宮何處。怎不思量，除夢裡，有時曾去。無據。和夢也、有時不做。

《詞苑叢談》中說，哀情哽咽，彷彿南唐後主，令人不忍多聽。《皺水軒詞筌》中也說，南唐主《浪淘沙》曰：「夢裡不知身是客，一晌貪歡。」至宣和帝《燕山亭》則曰：「無據。和夢也、有時不做。」眞情更慘矣。嗚呼，此猶《麥秀》之後有《黎離》耶？

一棹碧濤春水盡，而一江春水依舊東流。❋

深情惟有君知

臨江仙・身外閒愁空滿

身外閒愁空滿，眼中歡事常稀。明年應賦送君詩。細從今夜數，相會幾多時。
淺酒欲邀誰勸，深情惟有君知。東溪春近好同歸。柳垂江上影，梅謝雪中枝。

朋友是不分尊貴貧賤、職業高低的，朋友就是朋友。朋友就是你在天寒地凍的時候，想起來心中含有一絲絲暖意的人。……朋友就像一杯醇酒一樣，能令人醉，能令人迷糊，也會令人錯。有一點不可否認的，能令你傷心、痛苦、後悔的，通常都是朋友。

——古龍《那一劍的風情》

男人與女人之間的愛情是突然之間發生的；男人與男人之間及女人與女人之間的友情，卻是日積月累形成的，如同美酒佳釀，積存的年月越久便越發醇香。

此首《臨江仙》是小山寫給其友人的，好朋友並不在乎天天在一起耳鬢廝磨，好朋友即便遠在天涯海角，亦能「深情惟有君知」。

宦海風波惡，小山想著天天與朋友們一起垂釣、賞梅、飲酒、吟詩，而那些身負官職的朋友們卻都身不由己。他們之間總是聚少散多，歡聚的日子屈指可數，分別的日子則漫漫如水。

由於生平資料無比稀缺，就目前所知，在晏幾道生前與之有交往的友人，僅有黃庭堅、鄭俠、王稚川、蒲傳正等數人而已。「近墨者黑，近朱者赤」，什麼樣的人，便會交什麼樣的朋友。

晏幾道的這幾個朋友，個個與之性情相近。

比如蒲傳正，早年中進士，青雲直上，在神宗皇帝身邊當貼身秘書。神宗皇帝憂愁身邊缺少得力的人才，蒲傳正趁機進言批評王安石的新政。他明知皇帝欣賞王安石，讓其放手實施新政，仍然直言不諱地說：「其實，人才有很多，可惜大部分人都被王安石迷惑了，成了王安石一黨的人。」聽到這樣逆耳的話，神宗皇帝很不高興，不久便將蒲傳正外放到地方去了。

倘若小晏身居廟堂之上，估計也會如此「以愛心說誠實話」的。

小晏的另一位朋友鄭俠，更是人如其名，頗有古代的豪俠之氣，如同從司馬遷《史記》之《遊俠列傳》中走出來的人物。

因爲與鄭俠之間的友誼，晏幾道被連累下到獄中。這大約是他一生中唯一一次的坐牢。

熙寧七年（西元一〇七四年），晏幾道以鄭俠事下獄。據《侯鯖錄》載：「熙寧中，鄭俠上書，事作下獄，悉治平時往還厚善者。俠家搜得叔原與俠詩云：『小白長紅又滿枝，築球場外獨支頤。春風自是人間客，主張繁華得幾時。』裕陵稱之，即令釋出。」那時，已經有文字獄和株連罪的雛型了。

還是美好的詩詞救了小山一命。皇帝從這些詩詞唱和中亦能理解，晏鄭之間並非「政治共同體」，而是以情義相交的詩詞之友。宋代的皇帝們，大都還是敬重讀書人，這才換得了士大夫忠義之氣的高昂。要是在明清兩代，再多美好的詩詞也救不了小山。

宋代畢竟還是一個寬厚的朝代。清代史學家趙翼在《廿二史札記》中說：「其待士大夫可謂厚矣。唯其給賜優裕，故入仕者，不復以身家爲慮，各自勉其治行。……及有事之秋，猶多慷慨報國，紹興之支撐半壁，德祐之畢命疆場，歷代以來，捐軀殉國者，惟宋末獨多。雖無救於敗亡，要不可謂非養士之報也。」

還是回到鄭俠的故事上。鄭俠的父親鄭雄，曾任南京稅監，居此肥缺而兩袖清風。俠幼年家貧，多弟妹，生活清苦，矢志苦讀成名。時王安石知江寧府，聞鄭俠才華出衆，多次召見，給予激勵。

鄭俠二十七歲即中進士，授秘書省校書郎。王安石升任參知政事之後，任命鄭俠爲光州司法參軍，主管一州刑、民案獄。鄭俠在光州平反數起冤獄，得到王安石支持，鄭俠「益感知己，願盡忠告」。任期滿後，鄭俠進京見王安石，面陳各州縣施行新法產生的諸多弊端，卻被視爲反對變法，被貶爲不入流的京城安上門監門小吏。

鄭俠不以爲意，到任之日，依禮向王安石辭行。王安石面帶慍色說：「卻受監門去。」雖遭冷遇，鄭俠也不計較。當王安石經過安上門時，他「迎揖道左」，盡禮盡節。

王安石感到內疚，「面加慰勞」，並派兒子王雱前來告訴鄭俠：「父欲使人薦俠試新法，願俠就。」鄭俠卻以「讀書無幾」辭謝不就。

王安石又遣侄婿黎東美以官位相誘，說：「凡人仕，都希望先當京官，然後可別圖差遣，你爲何介僻如此？」

鄭俠回答說：「果欲援俠而就之，區區所獻有利民物之事，行其一二，使俠進而無愧。」他的回答，於公於私，皆不亢不卑，有理有節。道不同，不足爲謀也。黎東美遂無言而退。

熙寧六年六月，蝗蟲成災，七月起，又大旱九個月，赤地千里，民不聊生。加之各地地方官催迫災民交還青苗法貸款的本息，致飢民逃荒，大批流入京城。鄭俠在安上門目睹慘狀，決心爲民請命。

熙寧七年三月，鄭俠畫成《流民圖》，撰寫《論新法進流民圖疏》奏本，請求朝廷罷除新法。奏疏送中書省不被接納，遂假稱緊急邊報，發馬遞送銀臺司，直接呈給神宗皇帝。奏疏中聲稱：「如陛下行臣之言，十日不雨，即乞斬臣宣德門外，以正欺君之罪。」神宗連夜觀圖覽疏，「長吁數四，夜寢不寐」。

王安石仍然不以爲是，輕輕鬆鬆地說：「水旱常數，堯、湯所不免，此不足招聖慮，但當修人事以應之。」

至此，慈聖宣仁二太后流涕謂帝曰：「安石亂天下。」神宗對王安石的信心發生了動搖，遂罷其爲觀文殿大學士，知江寧府。翌日，下詔發常平倉糧食救濟災民，清理兵籍軍費，罷去青苗、免役法對飢民的追索，取消保甲等法。神宗下詔後，「越三日大雨」。

儘管天公佑忠良，鄭俠仍被治罪，其親友皆受牽連。這是北宋前期一次較大規模的文字獄。晏幾道便是因此被捕入獄。

此後，鄭俠被放逐英州編管。英州人士仰慕鄭俠賢名，爭送子弟拜俠爲師，並築屋讓他居住。哲宗登位後，大赦天下，鄭俠遇赦，經蘇軾、孫覺聯名推薦，起用爲泉州教授。不久，再次被貶。徽宗繼位，追復被貶黜的三十三人官階，鄭俠得官復原職。蔡京入相，立「元祐黨人碑」，俠名列雜官第十五名，被罷職回鄉。此後家居十二年，直至逝世。

小晏的另一位好朋友則是大名鼎鼎的黃庭堅。

黃庭堅是山西詩派的鼻祖，在其詩集中，保存了多首與晏幾道的唱和之作，而晏幾道的原作均已失傳。元豐二、三年間，黃庭堅赴京，於吏部等候改官；另一友人王稚川亦於元豐初調官京師。黃庭堅於作《次韻叔原會寂照房》、《次韻答叔原會寂照房呈稚川》、《同王稚川晏叔原飯寂照房》等詩。由此可知，晏幾道必作過一首《會寂照房》，惜已亡佚。

黃庭堅的詩是小山的一面鏡子。這是僅有的幾首由小山的同代人與之應和、且存留下來的詩歌。黃庭堅寫道：「故人哀王孫，交味耐久長。置酒相暖熱，愜於冬飲湯。吾儕痴絕處，不減顧長康。」顧長康，即顧愷之，東晉畫家，以痴愚著稱。黃庭堅認爲，小山的痴絕不下於顧。

黃庭堅又說：「平生所懷人，忽言共榻床。常恐風雨散，千里憂初望。斯游豈易得，淵對妙濠梁。晏子與人交，風義盛激昂。」當年兩人共剪西窗之燭，甚至在一張床上抵足夜談，當然不是泛泛之交。詩中稱小山「風義盛激昂」，既是指晏氏之本性，亦是指他所交之友人，當然也包括黃庭堅自己在內。

政事日漸糜爛，我輩如何面對？黃庭堅入世遠比小山深，卻非常羨慕小山遺世獨立的處境。「出門事衮衮，鬥柄莫昂昂。苦寒無處避，唯飲酒中藏。」此句中的「衮衮」與「昂昂」截然對立，傳神地刻劃出晏、黃二人嶙峋的風骨。這個世界太苦寒了，他們只能逃避在酒窖之中。但這瞬間溫暖又能維持多久呢？

小山是從那個時代過來的人，可以講述那些已經成爲傳奇的故事。黃庭堅詩云：「中朝盛人物，誰與開顏笑。一公老韻事，似解寂寞釣。對立空嘆嗟，樓閣重晚照。」相交滿天下，知心能幾人？看身邊知己零落，固然倍感凄楚，但轉念一想：既是知心人，一人足矣。

此次別後，晏、黃二人或許再未曾晤面過。黃庭堅以罪人身份被編管，喪失了行動自由，再也無法來京城的廢園裡來探望小山了。

後來，黃庭堅於鞍馬間得十首小詩，其中有《寄懷叔原》云：「雲間晏公子，風月光如何？猶作狂時語，鄰家乞侍兒。憶同嵇阮筆，醉臥酒家床。酬春無好語，懷我文章友。」後人夢想能生活在歌舞昇平的宋代，晏、黃二人卻更願意生活在魏晉時代，因爲那個時代有嵇康和阮籍作伴。

耿直不阿的黃庭堅與見風使舵的官場顯然格格不入，其《次韻感春五首》云：「高蓋相磨戛，騎奴爭道喧；吾人撫榮觀，宴處自超然。」朝廷讓他負責編撰《神宗實錄》，他不僅沒有秉承聖意、爲尊者諱，反而秉筆直書神宗朝政的疏失，讓哲宗感到「語尤不遜」。

在後半生中，黃庭堅背著「不實」、「幸災謗國」等罪名，不斷被貶謫羈管。但是，「世波雖怒，而難移砥柱之操」，他的骨頭比他的詩還要硬，在《送陳季常歸洛》中說：「我官塵土間，強折腰不屈。」他一邊自嘲說：「萬死投荒，一身吊影，不復齒於大夫矣。」一邊又驕傲地聲明：「已成鐵人石心，亦無兒女之戀也。」像山谷這樣的「詩好似君人有幾」的朋友，如何不被小山「心心念念憶相逢」？

朋友們都飄零在天涯海角。只有小山一個人住在父親日漸荒廢的園子裡。小山沒有錢重新裝修殘破的屋舍，每當風雨飄搖的時候，他便懷念起遠方的黃庭堅和鄭俠。他們恪守著自己的生活方式，如惠洪《跋山谷字二首》其一所描述的那樣：「山谷初謫，人以死吊，笑曰：『四海皆昆弟，凡有日月星宿處，無不可寄此一夢者。』此帖蓋其喜得黔戎，有過從之詞，其喜可掬。山谷得瘴鄉，有遊從，其情如此。使其坐政事堂食，箸下萬錢，以天下之重，未必有此喜也。」

英國神學家、作家、牛津大學教授 C.S. 路易斯曾經在《四種愛》中論及「友愛之情」。這位魔幻文學《納尼亞傳奇》的作者指出，愛人是臉對臉的，友人是肩並肩的。

C.S. 路易斯反問說：統治者爲什麼非常不樂意看到友誼發生在他的臣民之間呢？因爲一個友人的認同，抵得上千萬外人的置疑。

任何一群眞正的朋友都是一群分離主義者，甚至可以說是一群叛逆者。這種叛逆，既可以是一群嚴肅思考者對陳規陋習的叛逆，也可以是一群標新立異者對善良風俗的叛逆；既可以是一群眞正的藝術家對貧乏審美觀的叛逆，也可以是一群濫竽充數者對良好品味的叛逆；既可以是一群好人對社會的「壞的叛逆」，也可以是一群壞人對社會的「好的叛逆」。

C.S. 路易斯指出，每一個朋友群都有自己的一套行事為人的標準，而這套標準就像一座要塞一樣，把他們跟社會大多數人的意見隔離開來。所以，任何的朋友群都是對社會的一股潛在反抗力量。擁有眞正朋友的人都較難被駕馭或支配：好的統治者會發現他們很難被糾正，壞的統治者會發現他們很難被腐化。

如此看來，小山無法與他的朋友鄭俠、黃庭堅、蒲傳正相聚在一起，乃是皇帝們有意為之。皇帝雖然自稱「天子」，自稱「奉天承運」，其實內心虛弱得緊。

朋友之愛雖不及愛情，亦是生命中不可或缺的瑰寶。朋友，就是那個可以溫暖你冰冷靈魂的人。朋友，就是那個可以陪同你觀賞「梅謝雪中枝」的人。朋友，就是那個可以跟你一起喝杯濁酒的人。朋友，就是那個與你一起吟詩作賦的人。

美人、詞、酒、夢和朋友，支撐著小山活了下來。雖然他沒有找到那更高的信仰，但他已經成為一個不可歸類的人。

胸次九流清似鏡，人間萬事醉如泥。感受著朋友的溫暖，暢飲著友誼的芳醇，晏幾道於昏濁世界，保持一分天眞、一分單純、一分高傲和一分疏狂。❃

一寸狂心未説

六幺令・綠陰春盡

綠陰春盡，飛絮繞香閣。晚來翠眉宮樣，巧把遠山學。一寸狂心未説，已向橫波覺。畫簾遮帀，新翻曲妙，暗許閒人帶偷掐。

前度書多隱語，意淺愁難答。昨夜詩有回文，韻險還慵押。都待笙歌散了，記取來時霎。不消紅蠟，閒雲歸後，月在庭花舊闌角。

如若是還能重轉人間，
即令不美也不在乎，
我要心平氣和地織出

春草嫩色的布，
走完我一生的旅途。

——下鳥井津子《織布》

此首《六么令》是小山詞中為數不多的長調。小山並非不會寫作長調，不過小令是其更加合用的兵器罷了。

上片先從時節風景和環境氛圍寫起：這是綠茵環繞的暮春時節。柳絮翻飛如雪，片片圍繞著麗人的香閣。今天，我剛剛學會一種新流行的畫眉樣式，試試看，將眉毛畫成遠山的模樣，是不是更美了？那跳躍的心情，隱藏不住。連一句話都還沒有說出來，那雙像波浪一樣的媚眼，在偷偷看你的時候，早已將一切心思都坦白在你的面前。

在這重重的幃幕後面，我正在練習你為我新寫成的曲子。不怕閒人前來偷聽。

決定終身的那一瞥，往往是隔著簾子看的。唐詩宋詞之中，簾子是一種必不可少的物件。李商隱詩：「賈氏窺簾韓掾少。」說的是賈充的女兒，聽說父親的幕僚中新來了一名俊朗的少年郎，便躲在簾子後面偷窺。由偷窺進而偷情。

一天，賈充在韓郎身上聞到了一種奇異的香味，那是西域進貢給皇上的香料，皇上唯獨賜給了他，而他只給了女兒。於是，賈充知道了這段「不了情」。

還好，賈充是個開通的父親，放手讓有情人終成眷屬。

簾子內外，是兩個世界。但兩個世界可以被愛情打通。

日本《伊勢物語》中有一則《玉簾》，說一名男子對僅有書信來往而不知其住處的女子詠了一首和歌：「願吾身兮化吹風，得穿縫隙玉簾內，尋求君影兮閨房中。」隔著簾子，似看非看，看到的往往是最美的那一面。正如龔鵬程所云，簾子當然是一種障蔽，可是它又障而不障，不單未達成遮掩的功能，反而作了窺視時的管道。這樣曖昧、這樣矛盾的性格，恰好與男女關係相同。

簾子又不是牆，它可放下也可捲起。放下時形成了阻隔，卻也刺激了捲起簾子的慾望。捲起簾子，如同掀起新娘的紅蓋頭。

大概隔著簾子看，更有情趣吧。「隔簾花影動，疑是玉人來」，「簾卷西風，人比黃花瘦」，「簾外水潺潺，春意闌珊」、「卻下水晶簾，玲瓏望秋月」。在小山這裡，隔著簾子聽，那聲音更美了。

下片轉而寫情人之間書信來往的歷史。她說：你的來信，或是使用隱喻，或是回文詩，實在讓我難以回覆，我也無法押上你詩中的險韻。所以，在這暗香浮動的夜晚，還是約你前來相會吧。

織錦回文，又稱「璇璣圖」，爲前秦刺史竇滔之妻蘇蕙所作之回文詩，以五色絲織成。竇滔被派往襄陽駐守，其妻蘇蕙因思念丈夫，作反覆回環可讀之回文詩，織成錦文，寄給丈夫。「璇璣圖」經過歷代文人的推讀，據說已能從中讀出七千九百五十八首詩。後人遂以「回文錦」來比喻情書。如元代姚燧《越調・憑欄人》中有云：「織就回文停玉梭，獨守銀燈思念他。」

晏幾道本人沒有留下回文詩，倒是蘇東坡有回文詩流傳下來。其《記夢回文二首敘》云：「十二月二十五日，大雪始晴，夢人以雪水烹小團茶，使美人歌以飲。余夢中爲作回文詩，覺而記其一句雲亂點餘花唾碧衫，意用飛燕唾花故事也，乃續之爲二絕句云。」兩首詩如下：

酡顏玉碗捧纖纖，亂點餘花唾碧衫。
歌咽水雲凝靜院，夢驚松雪落空岩。

空花落盡酒傾缸，日上山融雪漲江。
紅焙淺甌新活火，龍團小碾鬥晴窗。

試試看，果然可以倒著閱讀。所謂「夢中得句」，於小山、於東坡，均是誇張之語。他們雖是天縱之才，但如此巧妙絕倫的回文詩，又豈是可以得之於夢中的？

於是，女主角說：「雖然我不會寫回文的詩歌，但我對你的愛不容置疑。」

煞拍三句，是全詞精彩之筆：「此時此刻，不需點燃蠟燭，待微雲飄過，彎彎的月亮照下來，那長滿花草的庭院欄杆的角落，便是我們幽會的地方。」

景物悠閒，人心卻很焦灼。

這首長調，宛如一幅潑墨山水，收放自如，緩急有序。場景之轉換，令人眼花繚亂；跳躍的意象，又具有內在的同一性，構成一個渾圓的藝術世界。綠蔭、香閣、畫簾、宴席、紅蠟、明月、庭花欄杆……強烈的色彩對比、豐富的空間變幻，好像有一臺攝影機在移動拍攝。

處在愛情中的人，多少有些癲狂的狀態。此詞在表面平緩對稱的體式之下，潛寓著波瀾起伏的情感之流，所謂「一片狂心未說」，說出來之後又將如何呢？

說出來的話，必然是這句：只有我才配得上你，你只有跟我在一起才會快樂！

這是何等驕傲，何等自信、何等專一啊！

黃庭堅稱讚小山詞有一種所謂的「清壯頓挫」之美。正是「清壯頓挫」，使得晏詞具有了一種「動搖人心」的力量。愛情是人世間最奇妙的一種感情，描摹愛情的文字，自然就是人世間最奇妙的文字。小山詞首首皆可作爲情書來閱讀，故處處讓人臉紅心動。

小山詞很像紀伯倫寫給瑪麗的情書。瑪麗是紀伯倫一生的贊助人，他們之間的精神戀愛持續了數十年。在他們最後一次見面時，紀伯倫對瑪麗說：「在我的整個人生中，我結識了一位女性，她給我充分的思想自由和精神自由，爲我提供了讓我成爲『我』的機會。這位女性就是你。」

紀伯倫又說：「在你的身上，我發現了我的所求，我發現了一顆高尙的靈魂。我的靈魂與之一起飛翔；我發現了我的最佳自我，我發現了新光、新門和靠枕。你是世上最可珍貴的造物。上帝就是一切，上帝無所不在。」

瑪麗久久地望著那張可愛的面孔，望著那暗示忍耐的、隨著語氣和眼神不住變化著的口形。落在桌面上的燈很暗。瑪麗的神志有些不安，心中激蕩起一種奇妙的感覺，她不禁一驚。

後來，她在日記中寫道：「此時此刻，人類生活中的一切潮流，從傳達給那張面孔的智慧中奔湧出來：在這個寬廣的世界上，他處於某種孤獨之中，從而成就了使他獨立於一切潮流之外的一顆心。」

愛情讓人發狂，每個人都以爲自己愛的那個人是世界上最好的那一個。故而小晏好用「狂」字，如：「狂花傾刻香，晚蝶纏綿意」，「日日雙眉鬥畫長，行雲飛絮共輕狂」，「一寸狂心未說，已向橫波覺」，「狂情錯向紅塵住，忘了瑤臺路」，「如今若負當時節，信道歡緣，狂向衣襟結」等等，以及這首《六么令》中的「一片狂心未說」句。因爲猶猶豫豫的人根本不可能獲得愛情，「狂」是愛情的專一性的必然體現。

愛情必須靠打拼而來，非唾手可得也。小晏也好用「拚」字，如：「相思拚損朱顏盡，天欲有情終歸問」，「已拚歸袖醉相扶，更惱香檀珍重勸」，「拚卻一襟懷遠淚，倚欄杆」，「難拚此回腸斷，終須鎖定紅樓」，「才聽便拚衣袖濕，欲歌先倚黛眉長」等等。

「狂」和「拚」這個字，將作者和讀者都逼入了絕地。在絕地之中，非得展開反擊不可。

古龍說過，「愛」的確是奇妙的，有時很甜蜜，有時很痛苦，有時也很可怕——它不但能令人變成呆子，也能令人變成瞎子。這種極端狀態很少在中國文人的筆下出現。小山一反此前詞人儒雅悠閒之形象，他的作品可謂百無顧忌、縱情恣肆、激情滿紙。

小山之前，婉約詞不乏錯彩鏤金者，作者通常自覺地避用「拚」和「狂」這類「有傷斯文」之字眼。小山卻情不自禁地使用「拚」和「狂」等字，既頗得莊子、屈騷及太白精神之眞髓，又像是在寫古龍筆下刀光劍影的武林故事。

愛情如同行走江湖，身不由己。正如電影《無間道》中說，出來混，欠的賬，總要還的。生活在江湖中的人，就像這暮春時節漫天紛飛的柳絮，只要你做了江湖人，就永遠是江湖人。古龍說，歌女的歌，舞者的舞，劍客的劍，文人的筆，英雄的鬥志，都是這樣子的，只要是不死，就不能放棄。這位無名的歌女，因心中還有愛，所以掙扎著活了下來。

不知道這曲歌將會唱給誰聽，不知道這支舞將會跳給誰看，不知道今晚的約會，他是否能如約而至？但愛情還得持續下去，直到被時光和謊言侵蝕得面目全非。

清代的詩人鄭板橋，便有過這樣一段不堪回首的愛情。

鄭板橋應南闈鄉試，路過揚州。窮困潦倒中，他只得靠賣畫爲生。還好，揚州是附庸風雅的鹽商們聚居之地，他還勉強可以維持下去。

這不，剛畫好的一幅墨竹，便被當地一名富商買走。

沒有想到，這名大商人，正是他多年失去音訊的表妹的丈夫。

各自的人生軌道本來不會再有交錯的時刻。可命運偏偏安排這一次意料之外的重逢。

板橋怎麼也沒有想到，在這艷艷紅燭的照耀下，眼前這位豐腴的盛裝麗人，就是當年胭脂點額，慣作男孩兒裝束的表妹。視線所及，沒有一樣略微熟悉的東西，可以爲他喚起比較生動清晰的回憶。

回憶，回憶如刀鋒。二十年前，他們是青梅竹馬的玩伴。每次他闖了什麼禍，表妹總是在母親面前幫他緩頰。而誰要欺負表妹，他體格雖弱，卻次次都會挺身而出。

他們本該有如花似玉的好姻緣。然而，表妹家貧，父親欠下賭債，便將女兒嫁給了富商。不久，表妹的父親失足落水而死，兩家再無往來。表妹的夫家，亦搬家去了繁華的揚州。

板橋家中更窮，全家上下都寄託於他能夠科場得意。然而，他已經步入中年，卻屢試屢敗。在年復一年淒風苦雨的旅途中，他已經鬢角星星。

這一次，他本來寄居在郊外的寺廟裡。熱情的妹夫卻將他單薄的行李全部取來，安排他住在自己家中，錦衣玉食，好好準備考試。

他如何能夠安下心來？

他如何才能夠忘卻那如夢幻般的往事？

像陸游的沈園，錯誤已經不可挽回。

在見到表妹的那一刻，他便知道愛情並沒有逝去，他無法欺騙自己。那道傷口，表面上癒合了，卻還在深處潰瘍。

而表妹呢，看得出來，她深得丈夫的寵愛，但她的眼神裡仍然有那麼多的寂寞與空洞。從這雙眼睛中便可以看出，在她的心靈深處，也仍然在搖曳著表哥那清瘦的影子。

佛洛伊德說：「痛苦，是一句隱語。」比信中的隱語還要難以索解。痛苦與我們的出生一起降臨，與生俱來，無法拒絕。

那麼，痛苦是什麼顏色呢？

與我們眼睛的顏色一樣。

夜已經深了。板橋一個人待在房間裡面，趁著殘餘的酒興，剔亮了油燈，鋪開花箋，打出墨盒，從二十年前想起，句隨意到，一氣呵成了《金縷曲》：

竹馬相過日，還記汝雲鬟覆頸，胭脂點額，阿母扶攜翁負背，幻作兒郎妝束。小則小寸心憐惜，放學歸來猶未晚，向紅樓存問春消息，問我索，畫眉筆。

二十年湖海長爲客，都付與風吹夢杳，雨荒雲隔。今日重逢深院裡，一種溫存猶昔，添多少周旋形跡。回首當年嬌小態，但片言微忤容顏赤，只此意，最難得！

寫完之後，他重新讀了一遍，卻不甚滿意，覺得近乎隔靴搔癢。凝神細想，自己還是不敢說出那埋在心底的情愫。既然是寫給自己看的詞，何必還要遮遮掩掩呢？於是，他重新寫了一首直抒胸臆的《踏莎行》：

中表姻親，詩文情愫，十年幼小嬌相護。不須燕子引入畫，畫堂到得重重户。
顛倒思量，朦朧劫數，藕絲不斷蓮心哭！分明一見怕銷魂，卻愁不到銷魂處。

錯、錯、錯，一錯再錯；誤、誤、誤，一誤再誤。

但是，倘若表妹眞的嫁過來，如此清苦的生活，豈不辱沒了她？一向眼睛長在額頭上，清高如阮籍、嵇康的板橋，不禁搖頭嘆息起來。

一夜無眠。

那還沒有說出來的話就不必說了吧。

明天，又將啓程。❋

從今屈指春期近

鷓鴣天・曉日迎長歲歲同

曉日迎長歲歲同，太平簫鼓間歌鐘。雲高未有前村雪，梅小初開昨夜風。羅幕翠，錦筵紅，釵頭羅勝寫宜冬。從今屈指春期近，莫使金樽對月空。

每當社會風氣遞嬗變革之際，士之沉浮即大受影響。其巧者奸者詐者往往能投機取巧，致身通顯，其拙者賢者，則往往固守氣節，沉淪不遇。

——陳寅恪《柳如是別傳》

這首詞並非晏詞中的一流佳作，我對它的興趣乃是緣於其背後的一則小故事。據王灼《碧雞漫志》記載：叔原年未至乞身，退居京師賜第，不踐諸貴之門。蔡京重九、冬至日，遣客求長短句。欣然爲作兩《鷓鴣天》「九日悲秋不到心」云云、「曉日迎長歲歲同」云云，竟無一語及蔡者。

當時，奸相蔡京一手遮天、爲所欲爲，以爲沉入下僚的晏幾道可以任其擺布，讓其獻詞兩首豈不易如反掌？不料卻碰了一個軟釘子。

千載而下，我仍然可以想像出這個要風得風、要雨得雨的奸臣「啞巴吃黃連，有苦說不出」的尷尬。

這首寫冬至，另一首《鷓鴣天．九日悲秋不到心》則寫重陽，全詞爲：

九日悲秋不到心。鳳城歌管有新音。鳳凋碧柳愁眉淡，露染黃花笑靨深。

初見雁，已聞砧。綺羅叢裡勝登臨。須教月戶纖纖玉，細捧霞觴灩灩金。

從這兩首詞中可以看出，在宋代，重陽和冬至是兩個相當重要的節氣，宋人在重陽時登高，在冬至時酒宴。

花開花落，雲卷雲舒，大雁南飛，明月皎皎。晚年的小山心情寧靜如水。他走在那些重陽登高的百姓之中，他坐在那些冬至賞月的百姓之間。大隱隱於市，清水出芙蓉。他與他們一同歡笑。

那時候的登高，便是平日深居簡出的貴婦們也能夠拋頭露面的時刻；那時候的酒宴，便是平日「養在深閨人未識」的小姐們也可以放蕩形骸一番。

那時候的音樂，那時候的舞蹈，那時候的羅裙，那時候的醇酒，無不顯示出中國歷史上罕有的太平氣象與平安喜樂。

亂哄哄的五代十國、「千里無雞鳴、白骨露於野」的殺戮終於過去了。「寧作太平犬，不爲亂世人」的百姓，總算可以喜慶地過節、安穩地生活了。

這兩首小詞中，果然沒有一句對蔡京的阿諛奉承。

晏幾道不動聲色地將這個權臣奸相拒之於門外，這份勇氣自然與他自小生長在鐘鳴鼎食的相府有關。什麼樣的大場面他沒有見過呢？什麼樣的權勢才能讓他折腰呢？

「古來多被虛名誤，寧負虛名身莫負」，只要先把一切都看透了，無所求了，便自由了，誰也拿你沒轍了。

小山不是一名尋常之人，他作詞僅僅是「自娛」。倘若不是「自娛」，即便刀架在脖子上，他也不會動筆。有的人就是那麼迂腐，擺在眼前的種種好處皆視而不見。小山珍惜自己的筆墨，因爲他知道筆墨一旦玷污敗壞，便像江淹一樣，永遠地「江郎才盡」了。

王灼《碧雞漫志》中說：「叔原如金陵王謝子弟，秀氣勝韻，得之天然，將不可學。」這樣一位「開張天岸馬，俊逸人中龍」式的人物，又怎會像韓愈之流的僞君子那樣，爲了豐厚的潤筆而熱衷於寫作「諛墓之文」呢？

「紫衣金帶盡脫去，便是林間一野夫。」蔡京眞是找錯人了。這兩首平淡無奇的《鷓鴣天》，既是研究當時民風民俗的好材料，亦斬釘截鐵地表明了小晏對權勢的拒絕態度。

宋代有三大特徵：一是重文輕武，二是經濟文化中心南移，三是民間社會坐大。日本東洋史大師內藤虎次郎有唐宋社會變革期之說，法國漢學家白樂日也認爲宋代的歷史，一半屬於中世紀，一般屬於近代。

宋代亦是中國文化面臨重大變局的時代，以及中國士大夫逐漸被整合、被體制化的時代。嚴復認爲：「若研究人心政俗之變，則趙宋一代歷史，最宜研究。」錢穆也說：「論中國古代社會之變，最要在宋代。」

幸運的是，小山恰好生活在這一整合和體制化完成的前夕，這才得以享受了最後一抹自由的餘暉。朝廷積弱，民間社會卻生機勃勃。吳熊和教授指出，宋詞中展示的兩宋民俗，非常的豐富。有關婦女生活、婚喪喜慶、飲食服飾、百工技藝、音樂歌舞、各地物產、市井遊樂、宮廷慶典、神怪靈異、社會交際、佛道宗教，來自草木蟲魚、行話俗語、醫卜星相，都有生動如實的記載。

宋人尤其看重時令節日，宋詞中的節序詞，保存下來的也多至數百首，成爲宋詞的一大宗，與兩宋時令節日之盛正相呼應。宋人作節序詞是一種獨有的時代風氣，爲時令節日點綴應景所必須與必備。兩宋名家，幾乎沒有不作節序詞的。他們的名作在佳日良辰傳唱遐邇，遠播人口。

蔡京接到這兩首《鷓鴣天》，展讀之下，該是何種心情？

他一定大罵：這眞是個不識時務的老頭！

小山之「痴」，是謂「眞痴」而非「佯痴」也。

明代的士大夫在專制皇權的霜刀風劍之下，多被迫做「佯狂」狀，如唐寅、徐渭、李贄等，幾近乎精神病人。

沈雄《柳塘詞話》記載，唐寅素性不羈，考中解元，春風得意馬蹄疾，一日看盡長安花。卻不明不白地捲入科場弊案，九死一生之後，益遊於醇酒美人以自娛。

陰謀造反的寧王朱宸濠前來禮聘之，唐寅發現其有異志，便裸形箕踞以處，終被遣送歸家。

又傳說他鬻身梁溪學士家，以求其家中之美婢。由此可見，周星馳飾演點秋香的唐伯虎，還是有些歷史淵源。

徐渭更可怕。

他曾經用斧猛敲頭部，頭骨破裂，血流如注，不死，又用三寸長的鐵釘塞入耳竅，耳中鮮血猛噴，仍不死，乃用鐵錘擊碎睪丸，仍不死。在徐渭這一系列殘酷自虐行爲的背後，隱藏著怎樣一顆苦痛的心靈？

再度顚狂的徐渭持刀殺死了據說與僧人私通的繼妻張氏，被捕入獄。「出於忍而入於狂，出於疑而入於矯，事難預料，大約如斯。」這是他獄中的供狀。

老友沈青霞之子沈成叔到獄中探望，看到一代文豪帶著枷鎖縮成一團，與老鼠爭殘炙冷飯，蟣虱瑟瑟然滿身皆是。沈流涕呼：「叔儻至此乎！衪吾搏虎手何爲？」

李贄的下場則更悲慘。

當錦衣衛使者馬蹄聲至時，重病中的七十六歲老翁掙扎而起，行數步，搖晃欲倒，乃大呼曰：「是爲我也，爲我取門片來！」遂臥其上，疾呼曰：「速行！我罪人也，不宜留。」一向如狼似虎的錦衣衛校尉，在這位老人面前驚訝得目瞪口呆。

這一場景，我曾以爲只有在莎士比亞暴風驟雨式的悲劇中方可出現，沒有想到居然在明朝那個大黑暗的時代裡上演了！

李贄用侍者爲他剃頭的剃刀自刎於獄中。侍者問這名鮮血淋漓、尚未斷氣的犯人說：「和尚痛否？」當時他已不能出聲，乃用手指在侍者掌心寫字作答：「不痛。」又問：「和尚何自割？」答：「七十老翁何所求！」

明朝的皇帝沒有幾個正常的，明朝的文人也沒有幾個正常的。

與唐寅、徐渭、李贄們相比，小山生活在政治環境相對寬鬆的北宋初年，乃是眞名士、眞風流。

宋代畢竟還是一個「最不壞」的朝代。邵伯溫在《邵氏聞見錄》中記載，康節先公（邵雍）謂本朝五事，自唐虞而下所未有者：一、革命之日，市不易肆；二、克服天下在即位後；三、未嘗殺一無罪；四、百年方四葉；五、百年無心腹患。此五事說得雖然有些誇張，但北宋初年的文網（編按：文字獄）確實「吞舟是漏」，小山這樣的畸人自然不必天天恐懼戰慄。雖然有過一次受牽連入獄的經歷，但很快便被釋放出來，不過是虛驚一場罷了。

直到小山晚年，北宋黨爭和文禍方才露出猙獰面目來。南宋人呂中指出：「我朝善守格例者，無若李沆、王旦、王曾、呂夷簡、富弼、韓琦、司馬光、呂公著之爲相；破格例者，無若王安石、章子厚、蔡京、王黼、秦會之（檜）之爲相。」蔡京屬於一名被皇帝「破格錄用」的投機分子，於崇寧元年七月代曾布爲右相。自此以後，蔡京幾起幾落，長期弄權擅國。新黨一統天下，舊黨禁錮終身。

宋初的恬愉優柔至此一掃而空。《梁溪漫志》載：「蓋紹聖初，章子厚、蔡京、卞得志，凡元祐人皆籍爲黨，無非一時之忠賢，九十八人者可指數也。其後每得罪於諸人者，駸駸附益入籍。至崇寧間，京悉舉不附己者，籍爲『元祐奸黨』，至三百九人之多。」文采風流的宋徽宗被小人蔡京玩弄於鼓掌之上，黨錮由此形成。士大夫的社會地位隨即一落千丈，《鐵圍山叢談》中描述說：「士大夫進退之間猶驅馬牛，不翅若使優兒街子動得以指訕之。」

恐怖氣氛也逐漸在朝野間瀰漫開來。《朱子語類》中記載了一個小故事：子由（蘇轍）可畏，謫居全不見人。一日，蔡京黨中有一人來見子由，遂先尋得京舊常賀生日一詩，與諸小孫先去見人處嬉看。及請其人相見，諸孫曳之滿地。子由急自取之，曰：「某罪廢，莫帶累他元長（蔡京）去！」京自此甚畏之。

其實，蘇轍此舉僅僅是自保之計而已，他之所以要拿出蔡京昔日寫給他的祝賀生日詩歌來，表面上是讓孩子們嬉看，實際上是讓前來窺探的蔡黨知道，以造成令蔡京「甚畏之」的結果。爲什麼蘇轍要讓蔡京「甚畏之」呢？首先是他畏懼徽宗、蔡京的苛政，害怕再度遭到其傷害，故以此計謀自保。

連忠臣孝子個個都戰戰兢兢、離心離德，整個宋朝的政治焉能不走向全面衰敗？

蔡京當權時，是何等的不可一世、耀武揚威。《老學庵筆記》中記載：「蔡京賜第有六鶴堂，高四丈九尺，人行其下，望之如蟻。」也許，蔡京故意用這樣堂皇的建築來展示其無邊的權力。在這間「六鶴堂」中，前來拜訪的下屬們微小得像螞蟻一樣，而他高居堂上頤指氣使。由此滿足了某種變態的控制慾。這也是一種「暴力美學」。

蔡京原本也是一個本分的讀書人，也是科舉正途出身。當他擁有權力的時候，便成爲權力的奴隸，成了虐待狂。心理學家佛洛姆指出，當這些掌權者企圖越出人類生存的疆界，他們便發瘋了，他們再也無法找到回歸人類領域的道路。

人是多麼可憐啊，如果不依附於別人，那麼他就會選擇歷史、過去、自然力，以及一切比他強的東西。用佛洛姆的說法：「他必須使自己從屬於一個更高的權力，不管這個權力可能是什麼。但是對比他弱的人，他必須統治。這就是官僚虐待狂和一般冷虐待狂者賴以生活的系統。」蔡京是這個系統的犧牲品和建築師，而小山則是少數擺脫了這個系統的控制及玩弄的人。

當蔡京垮臺的時候，眞個是樹倒猢猻散，又是何其速也。《揮麈後錄》載：蔡元長既南遷，中路有旨，取所寵姬慕容、邢、武者三人，以金人指名索也。京作詩云：「爲愛桃花三樹紅，年年歲歲惹春風。如今去逐他人手，誰復尊前念老翁。」

在貶竄的路上，蔡京想買點食物吃，誰知所有的商販一聽說是蔡京，全都不賣給他，人們甚至湊過來當面叱罵之。蔡京在轎子中獨自嘆息說：「京失人心，一至於此。」

一個人具有無上權力，而死亡則將證明在大自然面前他是多麼無能。蔡京臨終的時候作《西江月》一首，云：

八十一年住世，四千里外無家。如今流落向天涯。夢到瑤池闕下。
玉殿五回命相，彤庭幾度宣麻。止因貪戀此榮華。便有如今事也。

可見其終生未懺悔也。

小山與蔡京，形成了中國古代士大夫當中貴與賤、眞與僞、善與惡的兩個極端。人們依舊奔波在成爲蔡京的道路上。❇

下卷

留著蟾宮第一枝

鷓鴣天・清穎尊前酒滿衣

清穎尊前酒滿衣，十年風月舊相知。憑誰細話當時事，腸斷山長水遠詩。金鳳闕，玉龍墀。看君來換錦袍時。姮娥已有殷勤約，留著蟾宮第一枝。

請給我火
火
在冰層下發出聲音
請給我火
因為溫暖

讓蒼白的臉頰變得紅潤
那同樣的火
焚燒人骨

——谷川俊太郎《火》

《鷓鴣天》是小山寫得最多的詞牌之一。此首《鷓鴣天．清穎尊前酒滿衣》中，小晏破天荒地談到了對科舉制度的看法。

晏幾道的父親晏殊之所以成為太平宰相，大半原因是其詩文受到皇帝的賞識。晏殊七歲能詩文，以神童召試，賜進士出身。

《夢溪筆談》載：晏元獻為童子時，張文節薦之於朝廷，召至闕下，適直御試進士，便令公就試。公一見試題曰：「臣十日前已作此賦，有賦草尚在，乞別命題。」上極愛其不隱。

看來，晏殊既是七步成詩的才子，亦是忠厚誠實之人。

像胡適之一樣，晏殊屬於是「但開風氣不為師」的人物。王水照在《宋代文學通論》中指出：「宋代士人的身分大都是集官僚、文士、學者三位於一身的複合型人才，其知識結構一般比唐人淹博，格局宏大。政治家、文章家、經術家三位一體，是宋代『士大夫之學』的有機構成。」晏殊即是此類士大夫，他雖沒有傑出的政績，卻獎掖後進，儲備人才，倡導文化，造福無限。但他卻未能將自己的人格模式和人生道路在兒子身上加以複製。

這首《鷓鴣天．清潁尊前酒滿衣》是小山詞中少有的寫給同性友人的作品。

十年友情，詩酒生涯，少年情懷，總是難忘。如今，友人已經換上錦袍，走向科場，小山對其深深祝福：月亮上的嫦娥早已殷勤地同你定下了約定，蟾宮中的第一根枝條乃是爲你而留。

那麼，晏幾道本人呢？處江湖之遠，而不覺其遠。即便有大魁天下、天子門生的機會，亦不足讓其動心。小山讀書極多，卻完全是憑著自己的興趣來讀書，讀書對他來說是天下少有的快樂之事。因此，他與那些念念不忘「書中自有千鐘粟，書中自有顏如玉，書中自有黃金屋」的范進式的人物截然不同。

昔日，唐太宗得意洋洋地說，科舉一設，天下英雄，皆入吾彀中也。小山卻是少有的一個例外。他悠游自得，處處爲家，如游魚脫網，如仙鶴衝天，「忍把浮名，換了淺酌低唱」。同時，小山亦是一位寬容之人，他並不因爲自己不願參加科舉，就瞧不起那些選擇參加科舉的友人。志雖不同，道仍可合也。

父親的恩澤已逐漸黯淡，也曾經熟悉的「金鳳闕」和「玉龍墀」也日漸遙遠。

古代中國沒有中世紀歐洲的那種代代相傳的貴族制度。宋代的官僚體制，既給達官家族以相當優厚的照顧，給予他們的子弟以大量的恩蔭資格，又在使用上嚴格控制，防止形成唐代的那種尾大不掉、威脅朝政的

「門閥世家」。達貴子弟如果不重新通過科舉考試，就會始終被抑制在官僚階級的下層。晏幾道在短短數年間從繁華到寥落的生活道路，便是最爲典型的例證。

其實，小山也有過接近皇家的機會。

譚瑩之《論詞絕句》云：「詞同珠玉集俱傳，直過花間恐未然。人似伊川稱鬼語，君王卻賞鷓鴣天。」前一聯說，晏幾道的《小山集》與父親晏殊的《珠玉集》一起流傳，譚氏認爲它們均未超越花間詞的水準。其實，小山詞與花間詞之淵源，前人多有論及，如周濟云：「晏氏父子，仍步溫、韋，小晏精力尤勝。」但是，小山詞與花間詞之高低，則仁者見仁，智者見智。以眞性情而論，花間詞不若小山詞也。

後一聯的前半句，說的是程頤欣賞的那首「夢魂慣得無拘檢，又踏楊花過謝橋」的《鷓鴣天·小令尊前見玉簫》；而後半句者，則以「卻」字申明皇帝欣賞的是另一首《鷓鴣天》。

蘿蔔白菜，各有所愛。

所謂「君王卻賞鷓鴣天」，仁宗皇帝喜歡的那首《鷓鴣天》，偏偏卻是小山詞中最不堪的一首應景之作。

仁宗皇帝是中國歷史上少有的賢明君主，歷史學家高陽如是說：「仁宗臨御四十年，深仁厚澤，能使延壑之士，甘效驅馳。」但是，仁宗皇帝是高明的政治家而非高明的藝術家（與是藝術家而非政治家、以致成爲亡國之君的宋徽宗恰恰相反）。仁宗顯然沒有太高的文學鑑賞力——且看他喜歡的是一首什麼樣的《鷓鴣天》：

碧藕花開水殿涼，萬年枝上轉紅陽。升平歌管隨天仗，祥瑞封章滿御床。
金掌露，玉爐香，歲華方共聖恩長。皇州又奏圜扉靜，十樣宮眉捧壽觴。

通篇都是些吉祥如意、花團錦簇的好話。連綴在一起，遂成爲一首了無新意、四平八穩的劣詞。這大約是爲數不多的、讓晏幾道深感懊悔的「少作」吧？

那是慶曆八年（西元一〇四八年），大宋朝正值四海無事、垂拱而治的太平盛世。包拯們斷案如神，范仲淹們用兵如神，百姓們如《清明上河圖》上的熙熙攘攘的人影一樣安居樂業。

宋朝的官家全面實施偃武修文的國策，大部分的士大夫都活得有滋有味。從宋太宗開始，諸位皇帝在翰墨自娛的同時，常常賜示作品，延召大臣唱和。這對於朝臣來說，無疑是一種恩澤，即如當時的文學侍臣田錫慶所云：「陛下既以文學知臣，臣敢不以文學報答陛下。」

一時間，「千載君臣遇」、「寒儒逢景運」之類詩文層出不窮，風靡朝堂。「西昆體」詩歌即在此背景下盛極一時。晏殊也算是「後西昆體」詩人之一。

黃升《花庵詞選》在小山這首平鋪直敘的《鷓鴣天．碧藕花開水殿涼》下面，有如下之注文：「慶歷中，開封府與棘寺同日奏獄空，仁宗於宮中宴樂，宣晏叔原作此，大稱上意。」連首都關犯人的監獄亦空空如也，政通人和的光景，確實值得好好讚美一番。而這首詞居然能夠「上達天聽」，說明作爲「太子黨」的晏幾道，早已具備了充當「御用詞人」的終南捷徑。

要是換了別人，豈能不沿著這條道路高歌猛進？

但是，以小山的性情、以小山的傲骨，哪裡肯從此便「低眉順首」呢？年輕時候，曾違心地寫過一兩首討好皇帝的作品，這無損於小山的清白——他很快走上了另一條崎嶇的荊棘路。

天地經緯他顧不了，顧得了的只有那塊「自己的園地」。

《聖經．馬太福音》七章十三節說：「你們要進窄門，」歷世歷代，進窄門、走小路的終究是極少數人。那條看似康莊大道的仕途上，卻有士子們絡繹不絕。一旦陷入其中，便出不來了。蒲松齡在《聊齋誌異》中說，參加科舉考試，等待結果出來的時候，草木皆驚，夢想亦幻。時作一得志想，頃刻而樓閣俱成；作一失意想，則瞬息而骸骨已朽。那時候，真是行坐難安，好像被捆綁而又企圖掙扎的猴子一樣。這就是范進們的處境，這就是千年來大部分讀書人的處境。

小山卻生活在別處。當年，父親晏殊在朝堂上向皇帝坦陳：這道試題我前幾天早已做過了，請換一道我沒有做過的吧。此舉絕非尋常的十年寒窗的讀書人所能做出，一生的命運繫於此次考試，有此巧合還不偷著樂？小山比他的父親更絕，他乾脆連參加此遊戲的機會都放棄了。這種決絕的姿態，千載而下，究竟有幾人呢？

不過，小山也曾將自己的詞作送給長官，不是求獲得青睞，乃是求表明心志。

元豐五年（西元一〇八二年），小晏出任「監穎昌許田鎮」的低級官職。時韓維知許州，晏作新詞獻之。《邵氏聞見錄》載：「晏叔原爲臨淄公晚子，監穎昌府許田鎮，手寫自作長短句，上府帥韓少師。少師報書：『得新詞盈卷，蓋才有餘，而德不足者。願郎君捐有餘之才，補不足之德，不勝門下老吏之望云。』一監鎮官敢以杯酒自作長短句示本道大帥，以大帥之嚴，猶盡門生忠於郎君之意。在叔原爲甚豪，在韓公爲甚德也。」

這是一則很有意思的材料，它展示了三種迥然不同的價值立場。

第一種是晏氏的價值觀。小山將文學藝術當作極爲高尚的事業，他不顧自己身分之低微，敢於向權高位重的韓維獻上新詞，本身便是十足的自信。在晏氏內心的天平上，只稱得出文學水準的高低，而稱不出世俗權力的大小。當時的士大夫一般瞧不起詞這種「低俗」文體，小晏卻不以作詞爲恥。

在小山看來，詞亦可安身立命，詞亦可通往永恆。田同之在《西圃詞說》中指出：「昔人云，塡詞小道。然黃魯直（黃庭堅）謂晏叔原《樂府》爲《高唐》、《洛神》之流，張文潛謂賀方回『幽潔如屈、宋，悲壯如蘇、李』。夫屈、宋三百苗裔，蘇、李五言之鼻祖，而謂晏賀之詞似之，世亦無疑二公之言爲過情者，然則塡詞非小道可知也。」可以說，確立「塡詞非小道」的觀念，小晏乃是宋代第一人。詞由俗變雅、最終登上大雅之堂，小晏做出了不可低估的貢獻。

第二種是韓維的價值觀。

韓氏身居封疆大吏之高位，卻頗爲念舊，可見是一位性情純厚之人。唯其如此，小山才會主動向其獻詞。《全宋詞》中收有韓維的幾首詞作，皆枯澀平庸，可見其並非文學中人。因此，他才會從正統思想出發，批評小晏「才有餘而德不足」。

　爲什麼說「才有餘」呢？因爲小晏之「才」突破了一般的社會規範，其獨特性已經對傳統倫理標準構成了挑戰；爲什麼說「德不足」呢？因爲晏詞缺乏詩經傳統之「溫柔敦厚」，言情無所禁忌，小晏爲人行事也不遵循宋儒「心氣平和」的處世原則。在韓維心目中，儒家倫理當然重於文學自覺，故以「門下老吏」的身分向小山提出諄諄勸誡。

　第三種是邵伯溫的價值觀，此褒貶臧否隱藏在邵伯溫的記載和評論之中。邵伯溫出身於大儒世家，是理學家邵雍的兒子，自小便受到相當嚴格的儒家傳統教育。不過，邵伯溫也好發議論，好讀雜書，是個比父親有個性的讀書人。趙鼎評其謂「以學行起元祐，以名節居紹聖，以言廢於崇寧。」（《宋史．邵伯溫傳》）亦是一生坎坷，故憤而著書立說。

　此時，理學已經成爲主流學說，成爲判斷人與事的最重要的參照系。邵伯溫心裡也許史欣賞晏之「甚豪」，可是在形諸筆端之際，卻又不由自主地偏向韓之「甚德」。可見時代的主流觀念對個人意志的壓抑和改寫。

　小山當然沒有接受老前輩韓維好心的建議。

　走自己的路，讓別人去說吧。他的誠與眞，不要說在僞君子橫行的中國，即便在西人之中亦不多見。英國作家中大概只有勞倫斯能夠與之媲美吧？勞倫斯說，每時每刻我在我心靈的燭芯上燃燒，純潔而超然，均衡而穩健。他把自己比喻爲一個尋找太陽的僕人，「我必須面對太空未知的黑暗，等待太陽光照耀在我的身上。這是創造性勇氣的問題。如果我蹲在一堆煤火前面，那是於事無補的。……我知道，我是具有創造力的未知入口。就像一顆在不知不覺中接受陽光，並在陽光下成長的種子，我敞開心扉，迎來偉大的原始創造力的無形溫暖，並開始完成自己的使命。」小山和勞倫斯的使命是什麼？是愛，是全心全意地去愛，去呼喚人們也去愛，去治療那些身患「愛無能」病症的人們。

於是，小山遠離了蟾宮折桂的虛榮，這榮耀父親早已獲得過，但父親不見得就有多麼快樂和幸福。晏殊辛苦政事，謹言慎行，積勞成疾，未能安享晚年；晏幾道耕讀草野，自給自足，自由自在，終於得享長壽。

《小山詞》中有不少描寫晚年情懷的句子，如：「學道深山空自老，留名千載不干身」，「吳霜發華，自悲清曉」，「霜發知他從此去，幾度春風」，「南去北來今漸老，難負尊前」等等，均可看作晏氏得享老壽的明證。❋

此情深處，紅箋為無色

思遠人・紅葉黃花秋意晚

紅葉黃花秋意晚，千里念行客。飛雲過盡，歸鴻無信，何處寄書得？

淚彈不盡臨窗滴，就硯旋研墨。漸寫到別來，此情深處，紅箋為無色。

我……究竟是誰？

我把一片放大鏡，置於我的心靈前

請世人把它細細地，查看。

我是誰？——我的心靈驅使的小丑。

——帕拉采斯基《我是誰》

《思遠人》是小山的自度曲，此調只此一詞，無別首可校，可謂「前無古人，後無來者」也。

爲什麼要「思遠人」呢？

因爲所有的人都是流亡者，所有人都無家可歸，從亞當、夏娃開始。

許多男人奔波在路上，許多女人留守在家中。於是，「思遠人」便成了一種普遍性的情感。宋人比此前所有朝代的人都更多地「在路上」。巡迴來往的商人，赴考的士子，調動的官員，朝聖者和戍邊的將士，如飛星運轉，如螞攘蜂熙。

歐洲人很少有如此刻骨銘心的「思遠人」的情感，因爲歐洲的國家大都是小國，數日之間便可往返。而中國的疆域實在是太大了，比整個歐洲都大，空間的遼闊導致了旅途時間的延展，生離宛如死別。C.S. 路易斯說，愛情的眞正標誌就是願意與愛人共享不幸。所謂「不幸」，當然包括分離的痛苦。蘇東坡說，但願人長久，千里共嬋娟。反過來猜測，相隔千里同望月的人，大約不在少數。

在路上的人們不僅在重塑中國的地理地圖，也在重塑中國的社會——當然也包括男女之情的表達方式。起首兩句，她因悲秋而懷遠，外面的景物有紅葉，亦有黃花，天涼好個秋。一個「晚」字，暗示兩人別離之久。「千里」則點明空間上相隔之遠。

所謂「多事之秋」，更是「多思之秋」。春秋代序，時令變化，彷彿安在人們身上的「心律調節器」，不同的季節，以不同的速度跳動。唐人王績詩云：「樹樹皆秋色，山山唯落暉。」那些躊躇滿志的人根本不會感受到秋天的來臨，而那些本來就心事重重的人，秋天剛一到來，便「感時花濺淚，恨別鳥驚心」。

古代通訊十分不便，官方驛站只提供少許的民間服務。因此，人們便寄託希望於雁、魚這樣一些有遷徙習性的動物來幫忙送信。她眼巴巴地望著那空中飛過的大雁，大雁卻沒有爲她帶來一紙離人的書信。

下闋詞意陡轉：窗外的景色蕭瑟，窗內的人兒傷心。

於是，兩行珠淚，如同泉水一樣流淌出來，甚至來不及擦乾淨，便滴進了案頭的硯臺之中。那麼，就用這淚水來研磨香墨吧。明知這是一封沒有地址的信，卻仍然要寫下去。一片痴情，惘惘不甘。用淚水來磨墨，也並非小山的首次發明。唐人孟郊《歸信吟》中便有「淚墨灑爲書」一句，而情眞意足，寫活了小兒女的款款情態，可謂巧而不纖、哀而不傷，較諸「和淚濡墨」的套語，自有深淺眞僞之別。類似的意象，小山詞中還有「輕風織就機中素，淚墨題詩，欲寄相思。日日樓上看雁飛」等句。

俄羅斯詩人葉拉金在《你們不要在我的頭頂落淚》中寫道：

你們不要在我的頭頂落淚。
我活過。我見過大地。然後離開。
爲了使自己與灰燼有所區別，
就需要在某個時候成爲灰燼。

太無情了，太久的流亡生活已經讓葉拉金不會流淚了。

然而，這不是小山對待生命和死亡的方式。

那麼，信中該寫哪些內容呢？當然是寫分別之後的大事小事。不管大事小事，他都會感興趣的。

結尾三句最見小山之功力。陳匪石《宋詞舉》有一段極爲透闢的分析：「『漸』字極宛轉，卻激切。『寫到別來、此情深處』，墨中紙上，情與淚黏合爲一，不辨何者爲淚，何者爲情。故不謂箋色之紅因淚而淡，卻謂紅箋之色因情深而無。」

當代詩人海子問道：你從遠方來，我到遠方去，天空一無所有，有誰給我安慰？這樣的疑問其實從小山便開始了，其《清平樂》云：

> 寒催酒醒，曉陌飛霜定。背照畫簾殘燭影，斜月光中人靜。
> 錦衣才子西征，萬裡雲水初程。翠黛倚門相送，鸞腸斷處離聲。

到遠方去的男人沒有流淚，倚門相送的女人卻流淚了。

通常意義上，女人比男人更具強烈的好奇心，她們努力去捕捉和嘗試新鮮的事物與情感，並因此而流淚。俄羅斯女詩人吉皮烏斯說過，我像上帝一樣，渴望了解每個人的一切，看別人的心靈如同我自己的一般。

小山在此處代女兒立言，儼然是鑽進她心窩裡的孫悟空。否則，他如何能將這細膩如髮的情懷表達得分毫不差？倘若那封盼望很久的情書仍然還未到達，時間將會變得無限漫長。時間突破了其物理性，而與人的感覺一起延伸。

那一頭，這封信卻一直沒有寫完，也就無法發出去。因爲，沒有一封信件能表達如此複雜的情感，沒有一個郵差能承載如此沉重的使命。

在淚眼婆娑中，一封封的信件寫完了。

除了大雁以外，魚也是古人認爲可以依託傳書的朋友。小山詞中有：「香在去年衣，魚箋音信稀」，「深意託雙魚，小剪蠻箋細字書」，「綠江春水寄書難，攜手佳期又晚」，「過盡頭流波，未得魚中素」等句。小山詞中亦屢屢提及情人之間書信的往來，以及男女雙方在等候書信時焦灼不已的心情。「書得鳳箋無限事，猶恨春心難寄」，「花間錦字空頻寄，月底金鞍竟未回」，「夢意猶疑，心期欲近，雲箋字字縈方寸」，「別來雙燕又西飛，無端不寄相思字」等等。小山是寫情書的高手，他的每一首小山詞不都是用淚和墨寫成的情書嗎？

我很喜歡「尺素」、「紅箋」、「魚箋」、「雲箋」這樣的一些閒雅從容的字眼。當代漢語太急迫、太粗陋了，被革命者們給玷污了。今天，日語中仍然稱信件爲「手紙」，亦有無窮之古意在。

老杜說，烽火連三月，家書抵萬金。那是安史之亂時候特有的感受。但是，即便是在承平時期，人們對書信的熱切期盼亦不可等閒視之。張籍《秋思》云：「洛陽城裡見秋風，欲作家書意萬重。復恐匆匆說不盡，行人臨發又開封。」那種千言萬語說不完的心情，今天的人們已經很難體會了。岑參也說過，「馬上相逢無紙筆，憑君傳語報平安」，「隴上鸚鵡能言語，爲報家人數寄書」，書信確實是古人生活中不可或缺的一環。

古代的中國便是一個乾坤朗朗的書信世界。沒有哪個民族比內心含蓄的中國人更喜歡寫信了。

加拿大漢學家卜正民在《縱樂的困惑》中寫道：「人們通過寫信互相問候、做生意、交流新思想和不斷變化的觀念。」我們已經不知道那個時代的郵件究竟是如何傳遞的了，但是傳遞之難可以想見。通常，遠距離的書信都是委託去那個方向的旅行者捎帶，當然最好是親友。也可以花一定的費用，把信交給來往的商人、執行公務的衙役、驛卒或是官府的信差。

直到明清之際，中國才出現「全國連鎖」的、爲私人發送郵件的商業機構，當時稱之爲「報坊」。那時，小山的信沒有寄出去，不僅是因爲他認爲愛情無法在書信中得以充分地表達，更是因爲他沒有找到一名值得信賴的郵差。

在電影《郵差》中，那個年輕的、充滿夢想的郵差，無比景仰在小島上隱居的詩人聶魯達，他是詩人與外部世界唯一的聯繫。他待詩人如自己的父親一般，那種感情是何等單純、何等誠摯。小山倘若能遇到這樣一名郵差，一定會寫更多情書。

也許，我們應當恢復書信的傳統。

其實，中國古代也有一個關於忠心耿耿的「郵差」的故事，那便是「柳毅傳書」。

唐人李朝威所撰之《柳毅傳》，是唐傳奇中最著名的篇目。李朝威是禮部的一名小官，嗜好舞文弄墨，編寫神怪故事。有一天，他到郊區去拜見退休的京官薛嘏。薛嘏向他講述了其表兄柳毅爲龍女傳書的傳奇故事。回家以後，李朝威反覆斟酌，撰寫成《柳毅傳》。此篇故事在中國文學史上占有一席之地。元代尚仲賢將其改編爲雜劇《洞庭湖柳毅傳書》，後世很多戲曲作品均取材於此。

這個故事講述的是：書生柳毅在風雪中趕路赴京應試，途經涇陽河畔，巧遇洞庭龍君之女三娘牧羊於雪野之中。原來，龍女的丈夫涇河王子凶殘任性，常使附近百姓遭遇水旱之災，龍女加以勸諫，反觸王子及翁姑之怒，致遭貶辱，被迫風餐露宿於此。

龍女遂哀求柳毅說：「洞庭於茲，相遠不知其幾多也？長天茫茫，信耗莫通。心目斷盡，無所知哀。聞君將還吳，密通洞庭。或以尺書，寄託侍者，未卜將以爲可乎？」

柳毅憐龍女冤苦難伸，慨然承諾代她傳書。

一路風雨，幾番周折，柳毅終於將龍女的書信送到龍宮。洞庭龍君的弟弟錢塘君，得知侄女受難，立即發兵向涇河王子問罪，殺掉了涇河王子，將龍女救返洞庭。

龍女既感柳毅傳書之恩，又敬柳毅爲人重義，因而愛上他。錢塘君乃借酒爲媒，向柳毅求婚。柳毅雖然也深愛龍女之善良賢慧，但又怕人家說他千里傳書懷有私心，竟忍痛拒絕了龍女的愛情。事後，柳毅十分懊悔。

一年之後，柳毅迫於母命，娶盧氏之女爲妻。

成親之夕，他發現新娘竟然酷肖龍女，十分詫異。新娘這才道出眞相。原來，新娘便是龍女，因知柳毅愛情不渝，故幻作盧氏之女到人間來嫁給他。一對有情人終成眷屬。

在這個手機短信和「伊妹兒」瞬間即可到達，MSN 和 QQ 可以同步聊天的時代裡，我們究竟有多久沒有提起筆來寫信了？

我們會不會寫信呢？我們會不會寫情書呢？

世界頂級鋼筆製造商萬寶龍公司的總裁韓悟夫，曾在一篇文章中談到書寫的重要性。這是我所見過的最讓人感動的「軟廣告」。韓悟夫如是說：「我始終相信，書寫是人與人之間情感最眞實、最眞誠的表達。我選了一支筆給我的孫子，我用傳統的筆給他們寫信，告訴他們『書寫』很重要，因爲能使人靜下心來，也爲人們做過的事留下痕跡。我希望他們用我的筆，看我寫的東西，把我的精神一直傳下去。有時一個簽名也代表了一個人的偉大人格。」

他認爲，寫信是愛的體現，如果你愛一個人，你怎麼會連信也不願寫給對方呢？「我覺得生活中最重要的事是『愛』。當你愛一個人，你就應該爲他花些時間。書寫就是你可以爲你愛的人做的事。這會讓他覺得很特別，這是那些電子郵件無法比擬的。我朋友親人過生日時，我都手寫賀卡給他們，即使只有幾句話也表達了我的心意。」

用眼淚磨墨寫成的信是什麼味道呢？大概只有小山知道。

有的信件是不必郵寄的，因爲人們並不一定非得等到離開之後才寫信。《雨果傳》中有這樣一個細節：當雨果寫作的時候，他的夫人因爲太愛他又不能跟他說話，就坐在他旁邊給他寫情書。這樣的情書寫給咫尺之間的愛人，同樣情深意切，纏綿感人。

沒有寫過一封情書便獲得的愛情，總不可靠。勞倫斯在情書中說，我們像一朵玫瑰。男女雙方的激情既完全分離，又巧妙地結合，一種新的形狀，一種超然狀態在純潔統一的激情中，在尋求清晰與獨立的純潔激情中誕生了，兩者合而爲一，被投進玫瑰般的完美的天堂中。而紀伯倫則在情書中說，我們彼此接近，故而對生命的孤獨，我們從不急躁，從不恐懼。你是我的世界裡的花朵。你是我的世界裡的歡樂。你是我的世界裡的祥和與美麗。我想與我那永不採摘的花朵一起升騰。因此，我現在就要外出走一走，對我的所愛道聲歡迎，一邊觀賞延命菊（編按：雛菊）；那延命菊正是你玫瑰科裡的同胞兄弟。

你爲愛人寫過這樣唇齒留香的句子嗎？

愛情所發出的信息，彷彿來自一個永恆的國度。

你說你愛，愛是看不見的，書信則是愛的工具。

書信可以存留下來，書信本來就是生命的一部分，如韓悟夫所言：「我的孩子如今已經長大，我和孩子依舊保留著用筆交流的習慣，我們家裡有一個規矩，如果她們有什麼不想告訴我的事，她們可以在我枕頭下放一張小紙條，寫上她們的悲傷，祝福或是抱怨。比如說，今天媽媽對我發脾氣，像一些這樣的話。我現在還留著孩子們寫過的那些小紙條，每次看見都覺得溫暖。這些是電郵無法相比的。」你是否爲你的愛人寫過類似的小紙條呢？如果沒有的話，可以從現在開始。

這種溫暖已經離我們遠去。在我們的生活中，有一個非常不可思議的事實是：人類的技術手段使得信息的流傳越發迅捷，人類的情感交流卻越發顯得困難。這是什麼原因呢？

回到這本薄薄的小山詞之中，你或許能找到一個讓自己滿意的答案。✻

看盡落花能幾醉

玉樓春・東風又作無情計

東風又作無情計，艷粉嬌紅吹滿地。
碧樓簾影不遮愁，還似去年今日意。
誰知錯管春殘事，到處登臨曾費淚。
此時金盞直須深，看盡落花能幾醉！

男人的開端來自女人，
在酒醉中延續生命，
最後在繩子上結束，

生命中最燦爛的一頁——
是有著藍色眼睛的酒瓶。
——布爾金《人的一生》

你在等一顆星星墜落。

你在等一個人改變你的生活。

而無情的東風，一夜之間便將滿院子的花朵吹落。根本沒有徵求你的意見。你是清晨起來之後才知道的。

花兒們向你告別。你不要悲傷。用希斯內羅絲在《芒果街上的小屋》中的話來說，我離開是爲了回來。爲了那些我留在身後的人。爲了那些無法出去的人。而用小山的話來說，則是：「朝落暮開空自許，竟無人解知心苦！」

王國維說：「大家之作，其言情也，必沁人心脾。」小山善寫離別相思之情，悲苦無奈之境，盡極沉鬱之致，蕩氣迴腸之勝，卻又表現出純眞無邪的品性，使人不覺其卑俗，不感其淫褻，雖百讀之而不厭。

過去，論者多注意到小山詞與花間詞之間的傳承關係。張舜民《畫墁錄》云：「叔原詞在諸名勝中，獨可追逼花間詞，高處或過之。」陳振孫《直齋書錄解題》云：「獨小山集直追花間。」這些觀點，過分看重兩者外表上相似的風花雪月，而沒有注意到它們內在神韻的天差地別。

在追溯宋初小令的淵源時，陳匪石指出：「由是上稽李煜、馮延巳，而至於韋莊、溫庭筠，薪盡火傳，淵源易溯。」但是，這段論述仍可作進一步的辨析：小山詞固然受花間、南唐的共同影響，但哪一派的影響更甚呢？

一言以蔽之，《小山詞》形似花間，神通南唐。與以李煜為代表的南唐詞一樣，小山詞乃是自坎坷人生中脫化而出，意有所欲，情有所感，故力透紙背、精力尤勝。這種「精力」，這種沉甸甸的份量，恰恰是花間詞中最缺乏的「華貴而不膚淺，沉鬱而不枯寂」的內在氣質。因此，陸侃如、馮沅君所著之《中國詩史》得出如是結論：「講到晏詞的來源，我們自然要推南唐。」

晏詞與花間只是神似而已，花間詞淺薄，小山詞深婉；花間詞偽飾，小山詞率真；花間詞纖濃，小山詞清麗：花間詞如披金戴玉之貴婦，小山詞如天生麗質之少女。

多數學者未能作細緻的揣摩，忽視了晏幾道在《小山集自序》中所言明的詞學淵源「續南部諸賢餘緒」，以致得出錯誤的判斷，論小山詞時，重花間之形式，輕南唐之精神。

清人汪東云：「叔原為西昆體詩，浸漬於義山者，功力甚至。故其詞亦沈思往復，按之逾深，若游絲裊空，若螺信望臣，彼與義山詩境，蓋所謂以神遇者也。觀其自記篇後，感光陰之易遷，境緣之遠實，深情苦語，千載彌新。馮煕以爲千古之傷心人，知味哉！」他又指出了小山詞與李商隱詩的內在聯繫，倒也是一種新奇的見解。

理清了線索，《小山詞》的價值和意義便浮出地表，凸顯在世人面前。小山是寂寞的，他不像蘇、辛，有那麼多的知音和追隨者；小山又是幸福的，因爲畢竟後世知己給了他「深情苦語，千載彌新」的評價。也許，能與時間抗衡的只剩下有情的文學作品了——岩石也會被風化，而《小山詞》卻能「千載彌新」。

小山此詞，一反常規，不加鋪陳，起首一句便氣勢不凡，筆力沉重。一個「又」字，言東風無情，實則言人有情，烘襯出作者內心愁怨之深。此意直貫全篇，直至最後以酒作結。天與多情，不與長相守。東風無情，再美麗的花也要凋謝。即便是則天武后，也無法讓百花按照她的意願永久地開放。人在天地面前是那麼地無能爲力，人又有什麼值得驕傲的地方呢？

第二句的正面描寫落花。「粉」是「艷」、「紅」是「嬌」，此四字，色彩與姿態全部躍然紙上。不僅描繪出了花的色彩，而且暗示花的艷麗嬌冶如人，在花的背後還有一位與之同命運的人。小山在此著力描繪花之美，也就反襯出「吹滿地」的景象之慘淡。滿目繁華，轉瞬即逝，豈不觸目驚心。又以一動詞「吹」字，暗接其主語「東風」，進一步寫東風之無情。

此聯劈空而來，萬般淒婉無奈，盡溢筆端。落英繽紛，彷彿絕代名姬的銷魂妙舞，又似無雙名伶的裂帛清音。愈是吟詠，其間的憂傷無依，愈加纏綿。

上片的後兩句，樓臺高遠，簾影層深，原來是怕見春殘花落觸動愁腸。而作者的心境，還是與去年今日一模一樣。

簾子原來是用來「遮愁」的，但結果仍然是「不遮愁」。簾子不僅遮擋不了愁緒，甚至連外邊的人影也遮擋不了。

關於簾子的功用，龔鵬程說過：「人製造出簾子來，當然是爲了隔內外。但簾子又並不足以隔內外，故因爲有了簾子，反而製造出一個曖昧的空間，引起了人們想要隔簾子窺視的慾望。」他進而指出：「在男女之間，製造出種種用以隔阻授受的制度或物事，也都是一些簾子。看似區隔，實爲吸引；看似父權男性社會對女性的禁制防閒，實爲促成男女窺視慾求而設。」

兩袖曉風花陌，一簾夜月蘭堂。這是東方文化特有的含蓄與勾引，爲西方愛情文學所不及也。在日本，也有這樣的曖昧。林文月說：「古代日本男女關係頗爲迂迴矛盾，男女之間既講究授受不親，又相當奔放，所以男女見面往往要隔著屏風、竹簾或帷幕。可是這類阻絕物實際上又很容易掀撩開來，故男女不難會晤相親。」

下闋又是一句孩子般的賭氣之語，語淺而情深。表面上自責「錯管」，實際上還是寫有情和多情，花落春去，人力無法挽回，惜春憐花，只能是徒然多事而已。每逢登臨，爲花落淚，難道這都是多餘的感情浪費嗎？

結拍兩句，回到現實中來。小山化用崔敏童《宴城東莊》中的詩句「能向花前幾回醉，十千沽酒莫辭頻」，聲稱傷春惜花、費淚無益，不如痛飲美酒、恣賞落花。語極曠達，實際上卻極爲沉痛。

落紅不是無情物，化作春泥更護花。群花飛謝，還沒有委埋泥土、墜隨流水之前，「吹滿地」的「艷粉嬌紅」還可供人憐惜。然而，即便是這種景象，亦轉瞬間即將消逝無蹤，又能看到幾次？更又能看得幾時！韓偓《惜花》云：「臨軒一盞悲春酒，明日池塘是綠蔭。」小山頻頻呼喚要多倒些酒，要將酒杯倒滿，在這「直須深」的連連呼喚中，蘊藏著無計留春、無計留情的痛苦。

「醉帽檐頭風細，征衫袖口香寒」，小晏的一生，在愛欲生死中流轉吟唱，居然還能長壽，不能不說是一個奇蹟。我在俄羅斯探幽訪古的時候，看見鄉間處處有賣酸黃瓜、蜂蜜和水果酒的老大媽，卻少有白髮童顏的老頭。當地的朋友告訴我說，俄羅斯的男人由於酗酒傷身，壽命一般比女人短二十年左右。男人在這個世界上受到的壓力比女人大，而酒成了他們緩解壓力的不二法門，也成了他們的致命殺手。

由此可見，小山雖然詩酒相隨，必不是一個善飲之人，大約像歐陽修在《醉翁亭記》中所說，「飲少輒醉」吧。

小山自詡爲「酒中仙」。詩人通常都離不開酒，最好的詩歌往往都是在沉醉之中脫口而出的。「酒」字在小山詞中出現了五十餘次，其中與酒有關的詞彙有數不勝數。如酒的種類：「淺酒」、「美酒」、「綠酒」、「桂酒」、「新酒」、「宿酒」、「芳酒」、「玉酒」、「殘酒」、「金船酒」、「金杯酒」、「如意酒」；如喝酒時的形式：「酌酒」、「對酒」、「換酒」、「滯酒」、「賭酒」、「濺酒」；如與酒有關的道具：「酒痕」、「酒色」、「酒面」、「酒筵」；以及喝酒之後的感受：「酒罷」、「酒闌」、「酒醒」、「酒初醒」、「酒成痕」、「酒初消」、「酒中仙」等等。

飲酒的直接結果便是「醉」。在小山詞中，「醉」字所出現的頻率也不亞於「酒」字。與「醉」相關的詞彙有：「醉顏」、「自醉」、「曾醉」、「且醉」、「午醉」、「宿醉」、「淺醉」、「濃醉」、「沉醉」、「爛醉」、「一醉」、「花裡醉」、「醉中」、「醉後」、「醉頭」、「醉帽」、「醉袖」、「醉枕」、「醉倒」、「醉如泥」、「醉相扶」、「醉別」、「醉拍」、「醉舞」、「醉弄」、「醉落」、「醉來」、「醉解」、「醉歸」、「醉看」、「醉鄉」等等。

另外，與飲酒有關的語彙還有：「翠樽」、「金樽」、「金盞」、「玉盞」、「尊前」、「離杯」、「賃觴」、「滿斟」、「淺斟」、「杯盡」、「酩酊」等等。

可以說，小山詞中自始至終都瀰漫著濃濃的酒香。

古龍在《彩環曲》中說：「天若不愛酒，酒星不在天；地若不愛酒，地應無酒泉；天地既愛酒，愛酒不愧天。」通常，愛喝酒的文人都與現實存在著緊張關係。

早在《楚辭》中，清與濁、醒與醉就已成爲屈原不可解脫的生命困惑。魏晉堪稱一個「沉醉」的時代，一部《世說新語》，與酒有關的條目就數不勝數，難怪魯迅會寫文章討論魏晉文章與藥及酒之關系。到了唐代，酒更成爲詩人意氣風發、俠客南征北戰的催化劑。宋人飲酒，則更多是爲著戀情與哲思。

小山飲酒，在不同時期，有不同情懷。

青年時代，小晏暢飲愛情之玉漿，親近如花之美眷。酒是歡樂的源泉，醉是愜意的調料。

這段時期，性情是愉悅的，文字也是輕快的，如：「深深美酒家，曲曲幽香路」，「畫堂秋月佳期，藏鈞賭酒歸遲」，「鬥鴨池南夜不歸，酒闌紈扇有新詩」，「良辰易去如彈指，金盞十分須盡意」，「爛醉淮西月，詩酒相留，明日歸舟」等等。有時候，還會假裝醉了，讓那意中人兒過來扶一扶，「醉後滿身花影，倩人扶」，這是何等爛漫之事。

中年時代，小晏沉淪下僚、飽受白眼，卻不願苟合於世俗價值標準。而單單倚靠個人有限的力量，難以對抗世俗潮流的強大壓力，小山便只得借助酒的幫助了。

此時所飲，乃是一杯又一杯的苦酒；此時所醉，乃是無可奈何之下強作醉意。與青年時代明朗歡快的色調不同，此一時期的詞句皆籠罩著濃濃的悲憫沉悶的氛圍。如：「一醉醒來春又殘，野棠梨雨淚闌干」，「新酒又添殘酒困，今春不減殘春恨」，「醉中同盡一杯飲，歸後各成孤枕恨」，「淚痕和酒，沾了雙羅袖」等等。

於小山，及一切傷心之人而言，酒與淚有相同的質地——淚爲解愁而流，酒亦爲解愁而飲。然而，愁豈是淚、酒所能解？

抽刀斷水水更流，舉杯消愁愁更愁。轉瞬青絲變白髮，酒卻無法將鶴髮變童顏。「酒罷凄涼，新恨猶添舊恨長」，是何等凄婉、何等惆悵、何等哀傷！

老年時代，小晏嘗盡人生三味、窺破聚散生死，遂於酒中保持最後一絲的溫馨。小山乃性情中人，他依然牽掛著殘破的人生——「勸君頻入醉鄉來，此是無愁無恨處」。

蓋棺而難定論。對於小晏其人其詞，黃庭堅仍然持「三段論」之說：「若乃妙年美士，近知酒色之娛；苦節臞儒，晚悟裙裾之樂；鼓之舞之，使宴安鴆毒而不悔，則叔原之罪哉。」（《小山詞序》）其實，人生本來就是一段飲鴆止渴的過程，豈能責怪小山呢？

最後，我想起了鄭智化的那首名爲《自由花》的歌曲。我把它轉送給小山，以及所有愛小山的朋友們：

悠悠長長，繼續前航不懂去驚怕，
荊荊棘棘，通通斬去不必多看它。
浮浮沉沉昨日人群雖不說一話，
不想清楚分析太多眞心抑意假。
但有一個夢，不會死，記著吧！
無論雨怎麼打，自由仍是會開花。
但有一個夢，不會死，記著吧！
來自你我的心，記著吧！❇

夢入江南煙水路

蝶戀花・夢入江南煙水路

夢入江南煙水路。行盡江南，不與離人遇。睡裡銷魂無說處，覺來惆悵銷魂誤。
欲盡此情書尺素。浮雁沉魚，終了無憑據。卻倚緩弦歌別緒，斷腸移破秦箏柱。

小小的女孩，在江南，慎重地捧著個小竹簍，簍裡是幾個小小的瑩白的蠶，和晶青玉潤的桑葉放在一起，竟像白花綠葉，小女孩專注地看著那蠕動的小生物，越過時間她看到蠶寶寶將要蛻皮成長，她看到雪白或鵝黃的繭。她屏息凝神，不肯一瞬，她幾乎要這樣一直看著一直看著，直到她親睹每一剎那的神蹟。

我在她沉靜而躍動的眼神裡看見了祈禱。

——張曉風《像花之有蕊》

那天晚上，小山忽然夢入江南煙水路。

江南是中國文人最後的家園。

虧得還有一個江南，不然我們這個多災多難的國度，千百年來皇帝、太監和軍閥們的横暴瘋狂，吾土吾民，何處可遁？

虧得還有一個江南，不然我們這個文網嚴密的國度，防民之口，甚於防川，文人墨客，便只能噩夢連連了。

有江南，便有溫柔夢；有江南，便有銷魂處。有江南，便有情書的大背景；有江南，便有唐詩宋詞的大舞臺。

唐詩宋詞當中，三分是將軍白髮征夫淚、西出陽關無故人的北國邊塞，七分卻是青山隱隱水迢迢、人影衣香舞斷魂的江南。

江南在離開之後方覺得珍貴，正如愛情。臺灣作家琦君在回憶杭州的生活時說：「西湖似明眸皓齒的佳人，令人滿懷喜悅。古寺塔似遺世獨立的高人逸士，引人發思古幽情。何況秋月春花，四時風光無限，湖山有幸，靈秀獨鍾。可惜我當時年少春衫薄，把天堂中歲月，等閒過了。莫說舊遊似夢，怕的是年事漸長，靈心遲鈍，連夢都將夢不到了。因此我要從既清晰亦朦朧的夢境中，追憶點點往事，以爲來日的印證。若他年重回西湖，孤山梅鶴，是否還認得白髮故人呢？」

料想這一片山水不會忘記你。

小山此詞，一落筆便是「夢入江南煙水路」。在夢中，希望看到的當然不僅僅是江南的風景，更是那位看江南風景的人兒。楊柳之外還有楊柳，畫舫之外還有畫舫，卻始終沒有找到那位心中切切掛念的離人。從夢中醒來時，在一片撕心裂肺的虛無之中，這才覺得此夢還是不做爲好。

吾友冉雲飛君說，像唐詩宋詞那樣生活。這是不可能的。便是小山也不可能。詞只是他的夢。

我們卻連這樣的夢也做不來。

《蝶戀花》的詞牌源於《鵲踏枝》，唐俗以鵲聲報喜，敦煌曲中有此調二首。晏殊采梁簡文帝蕭綱《東飛伯勞歌》詩句「翻階蛺蝶戀花情」，從此便有《蝶戀花》之名。

晏殊最有名的一首《蝶戀花》，其中有名句爲：「昨夜西風凋碧樹。獨上高樓，望盡天涯路。欲寄彩箋兼尺素。山長水闊知何處。」王國維以之爲學問的第一境界。

詩詞雖爲同一源頭，卻是楚河漢界、涇渭分明。宋人作詩遠遜於唐人，卻將詞推向了一個前無古人、後無來者的高峰。張昌耀在《詞論十三則》中說：「宋人詞才，若天縱之，詩才，若天絀之。宋人作詞，多綿婉，作詩便硬；作詞多蘊藉，作詩便露；作詞頗能用虛，作詩便實；作詞頗能盡變，作詩變板。」宋人的心思沒有唐人的雄闊高昂，詩自然寫得拘束寡味。宋人的心思卻比唐人俊逸深婉，詞恰好是他們能夠上手的文體。

小山家學淵源，善於化詩爲詞。唐人岑參有《春夢》一詩：「洞房昨夜春風起，故人尙隔湘江水。枕上片時春夢裡，行盡江南幾千里。」小山此首《蝶戀花》的開篇之句，即是從此詩中脫化而來。細細對比此處的晏詞與岑詩，景物類同，而意境迥異。唐人眉眼間的疏朗直率與宋人眉眼間的迂迴曲折，唐詩之開闊清明與宋詞之細膩朦朧，皆生氣勃勃、各顯神通。

寥寥數語間，橫刀立馬的邊塞詩人岑參與依紅偎翠的婉約詞人小山呼之欲出，可謂雙峰並峙也。

江南的路是走不完的，南朝四百八十寺，多少樓臺煙雨中。

江南的情是還不完的。絳蠟等閒陪淚，吳蠶到了纏綿，你會像那個小女孩那樣一直等候下去嗎？

與小山齊名的詞人賀鑄有《青玉案》曰：「試問閒愁都幾許？一川煙草，滿城風絮，梅子黃時雨。」沒有雨，沒有水，也就不成其爲江南了。與「古道、西風、瘦馬」相對應的，自然便是「小橋、流水、人家」。

風從北來，雁卻南飛。江南是煙水迷茫的江南，煙水之上還有彌合的天空。

小晏祖籍江西臨川，與「臨川四夢」的作者、明代劇作家湯顯祖是同鄉。小晏出生在汴京，那時候父親晏殊已經是冠蓋滿京華的高官。此後，小晏長期生活在汴京，也曾短期到外地任職。他是否到過江南、在江南居住過多長的時間，均無確切史料可以佐證。

晏殊卻不曾遠離過京畿，吳曾《能改齋詞話》記載說：「晏元獻早入政府，迨出鎮，皆近畿名藩，未嘗遠去王室。自南都移陳，離席，官奴有歌千里傷行客之詞。公怒曰：『予平生守官，未嘗去王畿五百里，是何千里傷行客耶！』」晏殊過慣了團圓順暢的生活，當然害怕歌女歌唱千里傷行客之詞。他卻不知道，晏幾道所作的小山詞，大都與「千里傷行客」有關。

這首《蝶戀花》也不例外。明人沈際飛評論說，此詞「末句有滋味」。如同一盤沒有下完的棋，這是一場沒有結束的演奏。

是愛情讓人太慌亂了，在慌亂之餘，她想用緩慢的曲調來排解離別的愁緒，在古箏上找了許久，卻未能找到那根對應的弦。

末句似乎以旁觀者的眼睛寫來，卻不曾放過任何一個小小的細節。「卻倚緩弦歌別緒，斷腸移破秦箏柱」，其原因不是「千里傷行客」又是什麼呢？

聽衆耳聾之時，歌聲還有何用？

聽著心已飛走，你演奏得再好，他也欣賞不了。

「破」是曲調名，古人樂曲普遍用的繁聲稱爲「入破」。這裡，歌女所演奏的，乃是秦時蒙恬所造之箏。而將告別時候的悲苦心情一一熔鑄其中。

中國的古箏，弦、柱數目皆爲十三，每根弦皆有一根柱支撐，「柱」可以左右移動以調節音高，弦急則高，弦緩則低。

此時此刻，她移遍箏柱，卻不免仍是斷腸之聲。

路的盡頭還有路，相思的盡頭還有相思。

無論水中羞怯的魚，還是天上展翅的雁，它們都不知道情人的行蹤及心思意念。

古人有魚雁傳書的說法，既然魚雁無憑，當然書信也就無法抵達愛人手中了。

小山詞中頻頻寫到江南，如：「風梢雨葉，綠遍江南岸」，「別浦高樓曾漫倚，對江南千里」，「堪教人恨，卻似江南舊時曲」等等。在我看來，在小山詞中所出現的「江南」，與其說指的是某一具體的地域，不如說是理想中的一片「有情天地」。

而我心目中的江南，是蘇州、杭州、紹興、南京、揚州這樣的一些地方，是唇紅齒白、吳儂軟語的姑娘，是濃妝淡抹、明媚清麗的西子湖，是魯迅的茴香豆，是周作人的烏蓬船，是俞平伯槳聲燈影裡的秦淮河，是郁達夫搗衣聲聲的富春江。

郁達夫這樣描寫那日遊西溪的經過：「搖船的少女，也總算是西溪的一景；一個站在船尾把搖櫓，一個坐在船頭上使槳，身體一伸一俯，一往一來，和櫓聲的咿呀，水波的起落，湊合成一大又圓又曲的進行軟調……」另一次的遊覽，則又有別一番的感受：「去的時候，太晚了一點，所以只在秋雪庵的彈指樓上，消磨了半日之半。一片斜陽，反照在蘆花淺渚的高頭，花也未怒放，樹葉也不曾凋落，原不見秋，更不見雪，只是一味的晴明浩蕩，飄飄然，渾渾然，洞貫了我們的腸腑。」

這樣的「江南」，如今已無法抵達了。

江南是爲美女而設的，沒有美女，江南便失去了全部的魅力。

愛是永不止息。小山是一位永遠處在戀愛狀態中的痴情人，就連進入睡夢之中時仍然在戀愛。他夢回江南，其實是要尋找那個隱身在江南的愛人。

是的，上帝之靈存在於人的身上，聖靈最爲突出的表現便是：人渴望獲得他人的愛、並去愛他人。食物和水滿足不了靈魂的飢渴，唯有愛情可以。

小山是個好色而不淫的男子，與郁達夫一樣。女詩人白薇曾經與郁達夫有過往來，人們傳說郁達夫在追求白薇。白薇感到不安，便以叔輩看他，敬而遠之。郁達夫彷彿也知道了白薇的顧慮，有一次對她說：「有人認爲我很浪漫，其實我的內心是很正直的，別看我常常和女孩子們也握握手，拍拍肩，我認爲這是友愛，不是邪愛。你不信？即使有哪個女孩子在我家過夜，我決不會觸犯她。」他確實是一名好色而不淫的君子。郁達夫的頹唐唯有魯迅能夠理解，魯迅知道他沉浮在黑暗與光明之間，差不多要被擠壓成粉末了。

小山大概也對蓮、蘋、鴻、雲們說過類似的話吧。

爲了尋找到這樣的愛情，爲了尋找到這位獨一無二的愛人，小山不惜夢入江南煙水路，不惜行盡江南。

戀愛的人在夢中，更在路上。

巴西作家保羅·科爾賀在《牧羊少年奇幻之旅》中描寫了一個爲了追夢的牧羊少年的故事。

少年聖地亞哥一路走來，在沙漠中遇到了一位肩上扛著一只水罐的少女。

時間此刻彷彿靜止不動了。當男孩望著少女那雙黑眼睛和在微笑與沉默之間遲疑不決的雙唇時，他明白了世界所講的語言中最重要和最智慧的那個部分，地球上所有的人心中都能理解的那個部分，這就是被稱爲愛情的東西，它比人類和沙漠本身更加古老，但是無論哪裡有兩雙眼睛的目光相遇，就像在一口古井前兩雙眼睛的目光相遇一樣，它都會以同樣的偉力重新出現。

少女的雙唇終於決定露出一個微笑，這是一個預兆。一個男孩一生中不知道期盼了多麼久，一個男孩曾在羊兒、書本、水晶和沙漠的沉寂那裡尋找過的預兆。

世界上總有一個人正在等待著另外一個人，無論是在沙漠中還是在大城市裡。當這樣的兩個人相遇而且目光交會在一起時，所有的過去和所有的未來便都失去了其重要性，存在的只有這一時刻本身。

爲了這一時刻的到來，小山做了多少個夢，流了多少滴淚？

保羅·科爾賀說，當我們在愛的時候，就可以成爲天地萬物中的任何一種。當我們在愛的時候，就根本沒有任何必要去弄懂所發生的事情。

是誰讓小山魂牽夢繞呢？

是那位沉魚落雁的女子，是那位精通音律的女子，是那位可耕可織、可詩可歌的女子，是那位心比天高、命比紙薄的女子，是那位「腰自細來多態度，臉因紅處轉風流」的女子。

這樣的女子當然屬於詩人。換言之，詩人必然爲這樣的女子而寫作。

江南不過是那位女子的背景罷了。

詩人里爾克這樣讚美說：「少女們，使人們向你們學習，學習如何表達你們的孤獨。」小山詞便是向少女們學習的結晶。人生就是這樣的山高水長，煙雨迷濛。

而少女們如花般綻放，「她們生命中的每一扇門，都通向廣大的世界，都通向一位詩人。」

少女理應當被愛，少女必須獲得愛。

愛，不是像戰亂時代儲存糧草那樣，可以留一些在地窖裡的。

愛，必須全部付出，有些像賭徒的心態。我在拉斯維加斯賭場的門口，看到過琳琅滿目的高級轎車，那是富豪們留下抵銷賭債的。他們開著車來，空著手走。愛情比賭博更瘋狂啊。

結果如何，你不知道，也不必知道。

即便在那個透明的夢中，小山也沒有找到最後的答案。

仍然要去愛，沒有愛，一天也活不下去。

里爾克也是這樣的一位詩人。你想要成爲詩人嗎？里爾克告訴那些想成爲詩人的青年說：「你們必須學習，你們必須用整個的生命，用一切的力量，集聚你們的寂寞、痛苦和向上激動的心去學習愛。」里爾克又說：「你必須專心一致，毫不倦怠地，將愛當成宇宙中唯一的現象」，「我只能爲愛護所有人，而不能爲反對一個人而戰鬥。」

里爾克也有過「睡裡銷魂無說處，覺來惆悵銷魂誤」的時刻。連夢也被愛人控制了，愛讓人無處逃避。但他繼續玩火自焚：「我想在你身上成長，就如同早晨歡聲笑語的孩子的禱告，就如同寂寥星空中的煙花。我要成爲你。我不願做任何你不會經歷的夢，不許下任何你不希望如願的祝福。我不做任何不使你快樂的事，不種一朵不將你裝扮的花……從今以後，我要成爲你。我的心在你的恩賜下燃燒，就如同聖母馬利亞像前的那盞小小的燭燈。」

里爾克愛上的是誰？

是莎樂美，是那個來自伏爾加河的女孩。不僅里爾克愛她，尼采也曾經向她求婚，佛洛伊德也愛她愛到了忘記分析自己心理的地步。小山希望將所有的愛全部書寫在信件之中。莎樂美也一樣。她把生命本身看作是盛夏的葉子下開放的一簇花。她說，我們情願有六隻手，以便陶醉地浸入其中，採摘大量小樹枝。

他到遠方流浪去了，這個遠方可能是江南，也可能是更遙遠的地方。而她，作爲愛人，則永遠年輕，愛人被定格在這一高峰體驗的時刻。

她們既不能爲人賢妻，亦不能做人良母。

她們永遠是少女。❇

採蓮心事年年

清平樂・蓮開欲遍

蓮開欲遍，一夜秋聲轉。殘綠斷紅香片片，長是西風堪怨。
莫愁家住溪邊，採蓮心事年年。誰管水流花謝，月明昨夜蘭船。

在所有逝去的人當中，
有那麼一個男人曾經被女人們喜歡，
有那麼一個對戀人曾經相愛多年，許許多多的故事，
富貴，貧賤，
不再流傳。

——葉慈《老人的秘密》

人心中都有一片荷塘。荷花荷葉，如人生，大大方方地迎風招展。

這首《清平樂》，詞牌來源起於李白入宮爲楊貴妃所寫的詩歌。不過，在小山這裡，它成了完全是「自娛」的蓮詞。中國人自古便愛蓮花，有愛蓮說，有蓮詩，有蓮賦，有蓮詞。

你不能忘記了這片荷花荷葉。當你半夜醒來，你會從心靈深處，聽到荷花荷葉的竊竊私語。原來，你睡在這小小的蘭船上；原來，你身邊還有採蓮的佳人。

蓮花開遍的時候，夏天就只剩下一個短短的尾巴，秋天即將登場，風也開始涼了。這最後一次採蓮應當與誰一起去呢？

水邊是詩歌的故鄉。你的家在水邊，你看著水起落，水看著你長大。那麼，爲什麼你一見到了蓮花便發愁呢？爲什麼採蓮的時候你會心事重重呢？

因爲，「蓮」的諧音是「憐」。你在想：天地水陸之間，有沒有一個眞心實意憐惜我的人呢？

我很喜歡日本畫家東山魁夷的畫和文章。

一言以蔽之，乾淨。在當代中國的作家和藝術家那裡，找不到這樣的乾淨。

東山說：「在自然風景中，我感知到作爲天地根源的生命的躍動。」他是一位善於看風景的人。當有人問他，風景是什麼的時候，他回答說：我們所認識的風景是通過每人的觀察並感知於心靈的東西。因此，從嚴格的意義上講，可以說每個人心中的風景都不一樣。但是，既然人們的心是相通的，那麼我的風景也可能成爲我們的風景。

東山又說：「我堅信，人的內心沒有情感的激動就不可能把風景看成是美的。風景，可以是人的心靈的祈望。我願意描繪清澄的風景，被污染、被踐踏的風景不能拯救人的心靈。風景是心靈的鏡子。一座座庭院最鮮明地代表著居住在這裡的人家的心靈。住在山林或田園裡的人們，他們的心靈也被反映出來了。河流和海洋也是一樣。可以說，一個國家的風景就象徵著這個國家國民的心靈。」

在唐詩宋詞中，我也可以看到那個時代的風景，以及那個時代的心靈。有今天無法想像的乾淨和清澄。在採蓮的風景中，蓮花是爲人而設的。採蓮的時候，有喜有哀。歡喜的時辰，如小山另一首名爲《採桑子》的蓮詞：

湘妃浦口蓮開盡，昨夜紅稀，懶過前溪。閒艤扁舟看雁飛。
去年謝女池邊醉，晚雨霏微。記得當時，旋折新荷蓋舞衣。

比起那首幽幽怨怨的《清平樂》來，此首《採桑子》當然要輕快了許多。今年採蓮的情形與去年採蓮的情形犬牙交錯在一起，讓人弄不清楚何爲今宵、何爲往年。花與人更是無法清晰地區分開來：紅顏藏在花朵的後面，花朵更襯紅顏的嬌艷。

那絕色的美人卻有著頑童般的心思，她將那一片片碧綠的荷葉摘下來，當作鋪蓋蓋在自己身上。只有一襲鮮艷的舞衣，從綠葉的縫隙之間露了出來。詩人便痴痴地想，倘若她穿上這荷葉做成的舞衣來舞蹈，又該是何等的美！

人生最幸莫過於採蓮人，乘一葉扁舟，攜一帆柔風，淺酌低唱之間，猛然發現望不盡白雲碧水、綠葉紅蓮。

此花端合在瑤池，人間能得幾回現？唯有江南，唯有水光瀲灩的江南、煙雨空濛的江南，也唯有這一河悠悠綠水，這萬般深情，方能滋養出如此絕世的紅顏。

也有惆悵與彷徨的時刻。蓮花象徵著一種品質，面對撕心裂肺的痛苦，它願意與人類一起受難，雖然，本來可以遠遠地在水一方關注著的。如小山在《鷓鴣天》中所寫：

守得蓮開結伴遊，約開萍葉上蘭舟。來時浦口雲隨棹，採罷江邊月滿樓。
花不語，水空流，年年拚得爲花愁。明朝萬一西風動，爭奈朱顏不耐秋。

少女們愛惜蓮花，爲蓮花即將被雨打風吹去的際遇而擔憂。或許，她們在採蓮的時候，也從蓮花的身上看到了自己如蓮花一般盈盈的影子。好花易謝，常用來象徵少女青春易逝、好景不常。少女們愛惜蓮花、關切蓮花，也就和愛惜自己的青春、關切自己的命運密切相關。

無論是映日還是邀月，蓮花卻一直安謐地等候著採蓮女。「花不語，水空流」，好花無語，流水無情，深情無法傾訴，好景不斷流逝，人無可奈何，花也無可奈何，那就只有「年年拚得爲花愁」了。而最急迫的愁是「明朝萬一西風動，爭奈朱顏不耐秋」。怕萬一西風驟然吹來，嬌艷柔弱的蓮花抵擋不住，馬上就會陷於飄零、憔悴。

蓮花謝去了，留下的是蓮子。

蓮子是苦的，就像此刻的心情。

其實，蓮子就是蓮花的心啊。

眞正喜歡蓮花的人，應當品嚐得了蓮心的苦。

相約去採蓮，顯然又不只是爲了採蓮。

採蓮是男女之間產生愛情的最好機會。在採蓮的間隙裡，你可以蕩舟過去，尋覓那平日裡躲在閨中的愛人。理學家設立的男女之防再嚴密，到了這碧波蕩漾的水上，便全都無能爲力了。這種自由，即便整天呼喚自由的「自由派」李太白也不敢面對。可見，與那些沐浴著陽光雨露長大的少男少女比起來，讀書太多的李白仍然是個「僞自由派」。李白在《湖邊採蓮婦》中模擬了這樣一段酸腐不堪的對話：

小姑織白紵，未解將人語。
大嫂採芙蓉，溪湖千萬重。
長兄行不在，莫使外人逢。

願學秋胡婦，貞心比古松。

現實生活中的小姑們，哪裡會裝模作樣地說些「願學秋胡婦，貞心比古松」的胡話，她們早就跟著大嫂一起採蓮去了。採蓮的時候，她們總能偷偷避開大嫂的監督，與那早已心心相印的男孩歡暢地幽會。

天地間有大美，在清水與芙蓉之間的愛情，即是此種「大美」之一。純潔，輕盈，有歌，有舞，有詩，有畫，有汗，有淚。小兒女在這舟中，在這紅花綠葉之間，終於徹底獲得了自由，無需父母之命、媒妁之言，願意親近誰便親近誰，願意愛誰便愛誰。

採蓮時刻，也許是我們這個過於拘謹的民族少有的自由時光吧。

還記得王昌齡的那首《採蓮曲》嗎？

荷葉羅裙一色裁，芙蓉向臉兩邊開。
亂入池中看不見，聞歌始覺有人來。

這位氣壯山河的邊塞詩人，寫這採蓮的小小場景，寫這小兒女的嬌憨親暱，絲絲入扣，筆底春色無邊。這筆，是蘸著荷塘的水肆意揮灑的吧？

聽到了那歌聲，方能尋覓到佳人的腳蹤。除了歌聲之外，還有笑聲，白居易之《採蓮曲》云：

菱葉縈波荷颭風，藕花深處小舟通。
逢郎欲語低頭笑，碧玉搔頭落水中。

那低頭一笑，讓情郎心醉情迷，雙手幾乎握不穩了雙槳；那低頭一笑，卻也讓自己珍貴的碧玉簪子落到了水中。

是偶然的嗎，還是故意的？如此，便要讓這如浪裡白條般的情郎跳入水去，替自己撈起這根母親傳下來的碧玉簪子來。

如果撈上來之後，會不會給他一個甜蜜的吻作爲獎賞呢？

在小山詞中，蓮與梅是小山最爲鍾愛的兩個精靈，採蓮與賞梅也是他不可或缺的兩大樂趣。關於採蓮場景的描寫，可謂數不勝數，如：「採蓮時候慵歌舞，永日閒從花裡度」，「浦口蓮香夜不收，水邊風裡欲生秋」，「渚蓮霜曉墜殘紅，依約舊秋同」，「時節南湖又採蓮」，「湘妃浦口蓮開盡，昨夜紅稀，難過前溪」，「採蓮舟上，夜來陡覺，十分秋意」，「蓮葉雨，蓼花風，秋恨幾枝紅」等等。他確實是蓮的知己，更是採蓮女的知己。

中國的農夫農婦實在是太苦了。興，百姓苦；亡，百姓苦。如果不是有這片荷花荷葉，如果不是有這採蓮的幸福光景，如果不是有這水邊孳生的愛情，面朝黃土背朝天的生活還有什麼指望呢？

南朝樂府民歌《西洲曲》中說：

憶梅下西洲，折梅寄江北。
單衫杏子紅，雙鬢鴉雛色。
西洲在何處？兩槳橋頭渡。
日暮伯勞飛，風吹烏臼樹。
樹下即門前，門中露翠鈿。
開門郎不至，出門採紅蓮。
採蓮南塘秋，蓮花過人頭。
低頭弄蓮子，蓮子青如水。
置蓮懷袖中，蓮心徹底紅。
憶郎郎不至，仰首望飛鴻。

天地初設，原沒有那麼多的規矩和束縛，愛情直白得就像柴米油鹽一樣。《聖經》中，以色列的新娘說：「我的良人在男子中，如同蘋果樹在樹林中。我歡歡喜喜坐在他的蔭下，嚐他果子的滋味，覺得甘甜。他帶我入筵宴所，以愛為旗在我以上。求你們給我葡萄乾增補我力，給我蘋果暢快我心，因我思愛成病。他的左手在我頭下，他的右手將我抱住。」（《雅歌》二章三至六節）這是同一種的美。

蓮詞多為小令。小令之體制，恰如蓮之清新自然。與七寶樓臺般的長調相比，小令正像這朵別樣紅的映日荷花。

在宋初的兩位最傑出的婉約派詞人當中，柳永善作長調，小山喜為小令。長調之鋪敘如八寶樓臺，小令之靈通如懷中佩玉，可謂各有所長。相比而言，作小令之難，更難於作長調。正如寫作短篇小說難於寫作長篇小說，因為作家可以利用長篇小說龐大的篇幅來藏拙，而短篇小說卻惜墨如金，字字皆見功力，一句也馬虎不得。

我喜歡小令甚於慢詞，喜歡絕句甚於長律。然而，小令因為篇幅短小，長期受到忽視和輕視。詞人張炎在《詞源》中指出：「詞之難於令曲，如詩之難於絕句，不過十數句，一句一字閒不得。末句最當留意，有有餘不盡之意始佳。」因為短小，收尾更難，尾句要有「有餘不盡之意」更難。小山的這三首蓮詞，《清平樂》之尾句「誰管水流花謝，月明昨夜蘭船」、《採桑子》之尾句「記得當時，旋折新荷蓋舞衣」、《鷓鴣天》之尾句「遺恨幾時休，心抵秋蓮苦」，皆有此「不盡之意」，讓人回味無窮。

佳句不是靠推敲而來。張炎說：「（小令）當以唐《花間集》中韋莊、溫飛卿為則。又如馮延巳、賀方回、吳夢窗亦有妙處。至若陳簡齋『杏花疏影裡，吹笛到天明』之句，真是自然而然。大抵前輩不留意於此，有一兩曲膾炙人口，餘多鄰乎率易。近代詞人，卻有用力於此者，倘以為專門之學，亦詞家之射雕手。」確實，當時諸多詞人不看重小令，在創作時隨意塗鴉，故難以出現佳作。北宋中葉之後，長調逐漸取代小令，成為詞體中的主流。在小令逐漸衰微的趨勢下，像陳與義「杏花疏影裡，吹笛到天明」之類的佳句，百裡挑一而已。

張炎並未推崇眞正的小令大家晏幾道，卻將以作慢詞著稱的吳文英視爲小令的行家裡手。這是他個人的偏見。其實，小山才是第一位專心致志地寫作小令、且將小令這一體裁發展到登峰造極地步的作者，才堪稱小令之「射雕手」。

小山之小令，不是文人案頭把玩的清供，乃是筆墨未乾便由歌女歌唱的歌詞。小山之小令，不是官場應酬的文書，乃是可以立刻教那些採蓮的少女歌唱的天籟之音，故吳世昌在《詞林新話》中稱讚說：「以言明白自然，清麗宛轉，千古無如小山。」❋

相逢還解有情無

浣溪沙・家近旗亭酒易酤

家近旗亭酒易酤，花時長得醉工夫。伴人歌笑懶妝梳。
户外綠楊春繫馬，床頭紅燭夜呼盧。相逢還解有情無？

我躺倒在溫暖的石楠花上，忘掉
曾經遭受的長久的磨難，讓愛情浮現。
在太陽的強光下，我閉起眼睛，
再一次愛上你，永遠地愛你。

——波普拉夫斯基《在水的太陽音樂之上》

北宋初年，小令作家中出現了歐陽修、晏殊等大家。尤其是晏氏父子二人，均屬轉折時期的關鍵作家，以前早已有人注意到二晏的相似之處，進而有人提出小山詞出於珠玉詞的觀點，如馮其庸即認爲：「晏幾道的藝術風格完全是與他的父親晏殊一致的。」在我看來，這樣的說法完全不符合事實，它抹殺了二晏詞風的差異，否定了小山詞的獨特性與創造性。

晏殊和歐陽修在小令創作上的局限是明顯的。第一，他們身居高位，顧忌良多，性情拘謹。他們在小令中所表達的情感，力求疏雋閒雅，避免濃艷之辭，不作驚人之語，不越主流文統之雷池。清人劉熙載說過：「馮延巳詞，晏同叔得其俊，歐陽永叔得其深。」（《藝概詞曲概》）後人常常將三人的某些作品混淆，從另一方面也說明，他們的詞作少創新、少個性。出現這種狀況，根本原因便在於：晏歐與馮延巳等人，都是朝廷的重臣，他們有著相似的富貴閒適的社會地位和生活方式，審美情趣也比較接近。

其次，晏殊、歐陽修等人一直重視詩歌而輕視小令。他們的心目中存在著相當嚴重的文體偏見。與他們同朝爲官的錢惟演，即認爲小令是「廁上」讀物，可眞是輕蔑到家了。因此，他們寫作小令，多屬公務之餘的遊戲之作，並沒有全身心投入其中。

有一段晏殊與柳永的對話最能說明問題。晏公曰：「賢俊作曲子嗎？」三變曰：「只如相公亦作曲子。」公曰：「殊雖作曲子，不曾道『彩線慵拈伴伊坐』。」柳遂退。

在這個故事裡，曾經驕傲地宣稱「忍把浮名，換了淺酌又低唱」的柳永，試圖申明自己所寫的詞曲與晏殊所寫的一樣，晏殊卻不予認可。晏殊認爲，柳詞過於直露、過於風月，像「彩線慵拈伴伊坐」這樣的句子，簡直有點色情味道了。

晏殊、歐陽修等人將填詞當作副業，故而三心二意、淺嘗輒止；晏幾道將填詞當作主業，故而全神貫注、嘔心瀝血。晏殊、歐陽修中止的地方，恰恰是晏幾道起步的地方。

關於晏幾道的小令，李清照曾經有過一段著名的論述：「『小歌詞』知之者少……後晏叔原、賀方回、秦少游、黃魯直出，始能知之。又晏苦無鋪敘，賀苦少典質，秦即專主情致，而少故實。譬如貧家美女，雖極妍麗豐逸，而終乏富貴態。」（《詞論》）

易安雖然肯定了小晏在令詞史上的特殊貢獻，卻又批評其「苦無鋪敘」、「乏富貴態」。這一觀點影響後世尤爲深遠。論者由「苦無鋪敘」推展出小晏醉心小令，在創作形式上滯後的論調，認爲「晏幾道傾心於小令的創作而置慢詞這一新體形式而不顧」，乃是「創作上保守思想在作怪」；「其詞風顯得偏於保守，不能創新」等等。

其實，這類論調不僅有違於事實，也有悖於情理。此問題可從兩方面思考。

首先，寫作小令是否就意味著保守？

我的回答是否定的。作家有權利選擇自己喜歡和擅長的創作形式，一雙穿慣舊鞋的腳難道非得穿上並不適合它的新鞋才算美嗎？是否創新，形式僅僅是一個層面，舊瓶未嘗不能裝新酒。在小令將衰、慢詞漸興的時代，小晏不隨時尚、不跟大流，堅持創作能發揮自己才華的小令，更需要膽識和勇氣。後人怎能因此指責他呢？

其次，小令是否就全部都是「苦無鋪敘」呢？

小令固然受到篇幅限制，難以展開敘述，但小令之中也可山重水複、柳暗花明，極盡騰挪跌宕之能事。小山詞中多數都是短小輕靈、真情告白的詞章，但也不乏婉轉盤旋、移步換景的佳作。詞評家劉開濟云：「小山詞能於小令之中，具有長調之氣勢。」小晏多層次、多角度地拓展了小令的藝術時空，將小令的藝術容量拓展到了極致。

說小山詞缺乏富貴氣，更是大謬。小山詞中讓他人無法學習的地方，恰恰就是其遮蓋不住的富貴氣。清人張德瀛在《詞徵》中批評當時學小山得其形而失其神的作家時說：學小山體不可太過，孫松坪《浣溪沙》云：「稱撥香弦彈指爪，怯回珠袚小腰身。倦倚檀槽調淨婉，戲拋瓊諛泥櫻桃。」是學小山體而過者。確實，如此畫虎不成反類犬之作，恰好表明小山的神俊飄逸不可複製。

天才，天才，可遇而不可求。

小山與誰同住？明月清風與納蘭。

千載而下，詞人中能與小山心心相印的，大約也就是一個納蘭性德而已。這樣的人是「人英」，是「神仙中人」，上天給了他們一支永遠也不會收回去的彩筆，更給了他們一顆知冷知熱、敢愛敢恨的心。

他們後天似乎也沒有怎麼頭懸梁、錐刺股，佳詞妙句便如繁花疊卉般誕生了。古龍說過：「一個人武功能有多大成就，天生就註定了的，後天的苦練並沒有太大的用處。這正好像是下棋、畫畫一樣，要看人的天分。否則你縱然練死，也只能得其形，卻得不到其中的神髓。所以千百年來，王羲之、吳道子，這種人也不過只出了一兩個而已。」天縱之才，千百年來，寥若晨星，小山便是其中之一。

讀小山詞，我常常想起唐吉訶德，想起尙萬強，想起那些被蔑視、被侮辱、被嘲笑卻痴心不改的人們。我更想起《白痴》中的主角梅詩金公爵。

那也是一個滔天的洪水即將洶湧而來、席捲一切的時代。庸人們卻都茫然不知，依舊歌舞昇平。梅詩金公爵試圖去愛、去喚醒，卻宛如石沉大海，從來沒有回應。在一次聚會上，梅詩金公爵站起來對大家說：「我雖已快到二十七歲，但是我知道，我像個孩子。我認爲當一個可笑的人有時甚至是件好事，更好的是使人們比較容易互相諒解和彼此忍讓。我不明白，當一個人從一棵樹旁走過，看到它怎會不感到幸福？跟一個心愛的人談話，怎會不感到幸福？你們不妨去看看嬰兒，看看神奇的朝霞，看看小草怎麼生長，看看那些瞧著你們並愛著你們的眼睛吧。」公爵說完這段話之後，癲癇病突然發作了，他的面孔因爲痛苦而扭曲了。他倒在了地上。

先知就這樣成了白痴。在一個由無情之人占統治地位的世界上，有情之人便被當成了「痴人」。

小山早已適應了那些怪異的眼光。

於是，他也像阮籍那樣「能爲青白眼」。

每一彎流水，每一叢花朵，每一棵楊柳，每一盞紅燭，在小山眼中都是有情之物。

此首《浣溪沙》正是小令中層層鋪敘、迷離蕩漾之典範。

上闋的第一句，小山宣布說，人生中最高興的事情，就是家在酒店旁邊，隨時可以前去買醉。眞個是：醉鄉路常至，他處不堪行。一醉解千愁，醉死勝封侯。

第二句，卻立刻構成了對第一句的否定。人生苦短，光陰似箭，其實我連醉的時間都沒有啊！

對此二句，明人沈際飛評論說：「不恨無花，不恨無醉，恨無工夫耳。叔原可誇。」

第三句則迅速切換到別處，連背後隱形的敘事者也悄然發生了轉換：一、二句的主角爲男性，爲放浪形骸的公子；第三句的主角卻爲女性，爲一往情深的歌女。

因爲那個心愛的人兒還沒來，即便這些顯貴的客人要我立即爲他們表演舞蹈，我也不願精心梳妝打扮。不是因爲我懶惰，而是「女爲悅己者容」，既然來的不是我所喜歡的那個人，爲何要爲他們來梳妝打扮呢？最美的容顏，要留給愛人。

下闋中的兩個場景相映成趣：戶外的駿馬急著歸家，室內的蠟燭卻慢慢搖曳。急緩之間，是男女雙方犬牙交錯般進退不定的心情。

馬留在了戶外，不說馬繫在了綠楊樹上，而是說春天繫住了馬，眞是神來之筆。春天可以繫馬，卻繫不住動盪的愛情。

馬尚在，人到哪裡去了呢？

此聯工整之極：「戶外綠楊」對「床頭紅燭」，「春繫馬」對「夜呼盧」，有器物，有色彩，有人物的動態與對白，有季節的更迭和白晝的變幻。

此二佳句亦頗有淵源。《能改齋漫錄》載：晏叔原「戶外綠柳春繫馬，床頭紅燭夜呼盧」，蓋用樂府《水調歌》云：「戶外碧潭春洗馬，樓前紅燭夜迎人。」然叔原之辭甚工。小山對原作稍加修改，即脫胎換骨，使之氣格高絕。

短短的十四個字，簡直就是兩幕「此時無聲勝有聲」的戲劇。這不是豐富多彩的鋪敘又是什麼呢？讀到此首小令，誰還能輕率地說小山詞中缺乏「鋪敘」呢？

最後一句乃是點題之筆——「相逢還解有情無」，久別之後，突然再次相逢，千言萬語，一時之間，眞不知該先說哪一句。我不是對你沒有信心，而是對時間沒有信心。我們畢竟分別太久的時間了。

於是，從口中不由自主地迸出一句話來：你還愛我嗎？

一顆忐忑不安之心躍然紙上。

誰是歡愉者？誰是不幸人？誰還在愛？誰已經不愛了？還沒有得到對方確切的回答，全詞便戛然而止，留下一大片飛白，留給每個讀者無窮的想像餘地。

這首小詞讓我想起了古龍的小說。在古龍小說中，那些英雄美人不能比翼雙飛。主角們的愛情千變萬化，卻始終是痴人情、遊子情，浪漫而憂傷、溫暖而淒涼、坦率而深沉。楚留香與李紅袖、宋甜兒、蘇蓉蓉等幾個女孩之間的單純而濃烈的愛情，若撤去江湖刀光劍影的背景，簡直就是小山與蓮、蘋、鴻、雲之間的愛情的翻版。

詞中之小令，如同詩中的絕句。此首《浣溪沙》，六句七言，總計四十二字而已，與四句的七絕總共二十七字相比，同樣一個字也浪費不得。

江湖中，武器講究「一寸短，一寸險」，操持短小兵器者，往往是武功最爲高絕者。如小李飛刀，之所以成爲武林中空前絕後的傳奇，正是源於它的「小」。古龍如此描寫說：「正因爲看不見，所以它就無所不在，無所不至。它可能已到了你眼前，已到了你咽喉，已到了你靈魂中。直到你整個人都已被它摧毀，還是看不見它的存在！」

同樣的道理，小令之難，小令之佳，正是因爲它以極端精煉的篇幅，表達了極端深邃的情感。小令並不因爲其篇幅短小，在表現力上就趕不上慢詞。才氣有限者，不得不選擇慢詞，以慢詞龐大的篇幅來掩飾個人才華的平庸；只有那些才華卓異者，方會大膽寫作小令，在小令中千錘百煉，化文字爲閃閃發光的鑽石。

故而小令比慢詞更有滋味與神氣。田同之在《西圃詞說》中記載了顧璟芳的一短妙論：「詞之小令猶詩之絕句，字句雖少，音節雖短，而風情神韻正自悠長，作者須有一唱三嘆之致。淡而艷，淺而深，近而遠，方是勝場。且詞體中，長調每一韻到底，而小令每用轉韻，故層折多變，姿態百出，索解正自不易。」寫作小令正如同在一個狹窄的小屋子裡跳芭蕾舞，比在大舞臺上更見功力。一般人都沒有認識到這一點。數千字的、鋪陳蔓延的漢賦，真的就比數十字的、字字珠璣的小令更有魅力嗎？

詩文之好壞，與長短無關。這是一個無須論證的常識，卻又是一個被長期遮蔽的常識。田氏緊接著發表了一番自己的評論：「璟芳之論是矣！而專攻長調者，多易視小令，似不足炫博奧。即遇小令之佳者，亦不免短兵狹巷之譏，而豈知樂府之古雅，全以少勝多許乎！且柔情曼聲，非小令不宜，轉之長調，難以概論，而必欲以長短分難易，寧不有悖詞旨哉？」田氏真是小令及小令作者的知己！聽到這樣的貼心話，小山大概會心有戚戚焉。✻

誰堪共展鴛鴦錦

鷓鴣天・一醉醒來春又殘

一醉醒來春又殘，野棠梨雨淚闌干。玉笙聲裡鸞空怨，羅幕香中燕未還。
終易散，且長閒。莫教離恨損朱顏。誰堪共展鴛鴦錦，同過西樓此夜寒。

不了解女人，不曾接觸一個女人的身體，也許從來沒有讀過女人寫的書，女人寫的詩，這樣的作家在從事文學工作，他是在自欺欺人。人們對類似的既成事實不能無所知。

——杜拉斯《物質生活》

由於生平資料欠缺，後人無法知道小山的婚姻狀況如何。他是否娶到了一位與之心心相印的妻子？他是否享受過如同《浮生六記》中那樣的幸福時光？

小山之「痴」，並未得到妻子的理解與認同。《墨莊漫錄》中記載了一則小小的家庭風波：晏叔原聚書甚多，每有遷徙，其妻厭之，謂叔原有類乞人搬漆碗。叔原戲作詩云：

生計唯茲碗，般擎豈憚勞。
造雖從假合，成不自埏陶。
阮杓非同調，顏瓢庶共操。
朝盛負余米，暮貯籍殘糟。
幸免皤間乞，終甘澤畔逃。
挑宜筇作杖，捧稱葛爲袍。
儻受桑間餉，何堪井上螬。
綽然徒自許，呼爾未應饕。
世久輕原憲，人方逐於敖。
願君同此器，珍重到霜毛。

這是小山存世不多的五言詩作之一。大概天下所有讀書人都有過類似的「搬書難於搬家」的經歷吧？小山學識淵博，愛書如命，其藏書中大約有不少是父親晏殊傳下來的，一本也捨不得丟棄。

蘇格拉底家有惡妻，於是一代哲人每天都到街頭去宣講眞理。小山之妻大概還不至於如此蠻橫，但兩人靈魂之「隔」，從妻子的「厭」中便可見一斑。貧窮像黑暗一樣，日漸迫近。一次次搬家，家越來越狹小，小山仍然像將軍一般，安穩地坐擁書城。

妻子終於忍無可忍了，斥責丈夫說：你愛書就像乞丐愛那討飯的碗！別家的相公眞的是「書中自有黃金屋」，你呢？

小山是個豁達之人，聽到妻子的埋怨，乾脆便將妻子的這個刻薄的比喻繼續下去，並敷衍成了一首詩歌。

這是一首爲碗「代言」的詩：碗是我最知心的朋友，碗是我任勞任怨的僕人，碗每天都會與我相遇，碗每天都會對我有所供應。誰能離得開這最尋常亦最珍貴的碗呢？

當然，小山表面上寫的是碗，實際上寫的是書，以及一顆愛書人的心。是的，碗中之米可以驅趕肚腹之飢，書中之字卻可以安慰靈魂之痛。妻子啊，希望妳能像珍惜這個盛飯的碗那樣珍惜我這四壁的藏書。

在這首爲了消解妻子埋怨的短詩中，既有透脫的幽默，也有濃鬱的孤苦；既有悲涼的自嘲，又有堅持的自傲。

不得不承認，他們的婚姻生活並不美好。也許，妻子是父親在世時爲他選擇的一名門當戶對的閨女，是侯門高第的出身，她滿以爲晏公子能夠做出像父親那樣輝煌的事業來。小山卻讓她徹底失望了。

妻子並不理解丈夫之「痴」。到了每天都必須與油鹽醬醋打交道的地步，她想不變成「母老虎」都難了。

妻子並不是小山詞中那位「意中曾經許，欲共吹花去」的佳人。小山自己可以做到安貧樂道，妻子卻是怨言多多。

不知道滿腹牢騷的妻子讀了這首詩之後，會不會對「詩到十分瘦，名傳一字貧。若繩三尺法，我輩是遊民」的丈夫多一分理解與憐憫呢？

不過，這對貧賤夫妻，總算熬到了白頭。

幸耶，不幸耶？

小山的這首詩中用了孔子的兩個弟子的典故。

一個是顏子。有一次，孔子問顏子說：「回來，家貧居卑，胡不仕乎？」顏子回答說：「不願仕，回有郭外之田五十畝，足以給飯粥；郭內之田十畝，足以爲絲麻；鼓琴足以自娛，所學夫子之道者，足以自樂也。回不願仕。」

又有一次，顏子問孔子說：「淵願貧如富，賤如貴。無勇而威，與士交通。終身無欲難。亦可至乎？」孔子說：「善哉，回也！夫貧如富，其知足而無欲也；賤如貴，其讓而有禮也；無勇而威。其恭敬而不失於人也；終身無患難，其擇言而出之地。若回者，其至乎！雖上古聖人，亦如此而已。」

還有一次，孔子稱讚顏子說，顏回眞高尙啊，用一個竹筒吃飯，用一瓜瓢喝水，住在一個簡陋狹窄的小巷裡。別人忍受不了那樣困苦，顏回卻不改變他的樂趣。

另一個是原憲（子思）。原憲的小屋是用茅草搭的，門是用蒿草編成的，門樞（門扇的轉軸）是用桑樹條製成的。有一天，富可敵國的師兄子貢穿著雪白的衣服、駕著高大的馬車前來拜訪他。原憲戴著破裂開口的帽子、拄著藜木拐杖開門迎接子貢。子貢看到原憲這副模樣，便問他說：「您生病了嗎？」原憲回答說：「我聽說，沒有財產叫貧困，學道而不能身體力行叫病，我是貧困不是生病。」子貢聽了面有愧色，因爲按照這樣的標準來衡量，「生病」的原來是他自己啊。

有意思的是，這兩個孔子弟子的故事，卻被《莊子》記載下來了。可見，故事說的是誰並不重要，重要的乃是故事所要表達的價值觀。顯然，這是老莊的價值觀，而不是儒家的價值觀。

耶穌也曾經對門徒們說：「我告訴你們：不要爲生命憂慮吃什麼，喝什麼，爲身體憂慮穿什麼。生命不是勝於飲食嗎？身體不是勝於衣裳嗎？」（《馬太福音》六章二十五節）天上的飛鳥和野地裡的百合花，都是我們的榜樣啊！

小山是灑脫之人。淡泊功名，不治產業。詞與歌、書與酒，都不能換來世俗的榮耀。

一個人的時候，當然可以按照自己的意願生活。但有了妻子，有了孩子，有了一個家，便不得不妥協了。古龍筆下的英雄，往往是在娶妻生子的時候，突然喪命於仇家之手。因爲，那時他心中最柔軟，已經沒有了殺氣，武功也不復當年的凌厲銳利。

俗話說，貧賤夫妻百事哀。像飛鳥和百合花那樣，不爲明天的事情憂慮，夫妻之間要達成這樣的共識並非易事。於是，爭吵便發生了。這就是魯迅所說的，日常生活中無所事事的悲劇。

小山於此深有體會。此首《鷓鴣天》便是透骨悲涼之語。「誰堪共展鴛鴦錦，同過西樓此夜寒！」幸福的婚姻各有各的幸福，不幸的婚姻也各有各的不幸。小山不可謂不了解女人，青年時代他交往過的女子太多了，他從她們表面上的一顰一笑中便洞悉了她們心中的所思所想。但是，他卻不了解就在身邊的妻子，這個與自己同展一床鴛鴦錦被的女子，這個與自己同在一個屋簷下的女子。

今夜尤其寒冷，被中男女更需要互相溫暖。但是，如果旁邊的那個女子，人在這裡，心卻不在這裡；或者，你的所思所想，她全然不明白；那如何能互相溫暖呢？

就像兩只刺蝟一樣，一旦靠近了，便傷害了對方。

同床異夢的生活不是小山所期盼的。

小山的意中人是誰呢？

如那首《憶江南》所唱：

平生願，願作樂中箏。得近玉人纖手子，砑羅裙上放嬌聲。便死也爲榮。

這首小詞的作者與本事，卻有兩個不同的版本。

第一個版本是：作者爲黃損，登梁龍德二年進士第，後仕南漢，當過尙書左僕射，因爲進諫直率得罪了君王，退居永州。《詩餘廣達》載：有一個商人家的女兒裴玉娥，善於演奏古箏，與黃損有婚姻之約。後來，裴玉娥被大官呂用之看上了，派人搶劫到其府邸之中。

黃損一介書生，一籌莫展，遂至一家酒坊，借酒澆愁。不巧遇到了一名風塵僕僕的胡僧，兩人因酒成友。胡僧見黃生滿面愁容，表示可以幫助其解決難題。黃生便向其講述了自己的遭遇。聽了這番講述之後，胡僧生出了慷慨救助之心。

入夜，胡僧乃施展其絕世武功，飛身潛入呂府，找到了終日以淚洗面的裴女，攜其逃出虎口。黃裴二人終於得以夫妻團聚。兩人合奏一曲，以感謝路見不平、拔刀相助的胡僧。故事到了這裡，便有些「風塵三俠」的味道了。

這只是一個簡簡單單的故事梗概，如果稍稍加以潤色，可以歸入唐傳奇或者《聊齋》之中。此詞的中間兩句，出自唐代崔懷的詩。於是，也有人說，此詞爲崔懷所作。關於崔懷，則更有一個曲折的故事。

宋代陳元靚《歲時廣記》引《麗情集》，有此動人的故事：唐明皇的時候，擔任「樂供奉」這一官職的人是楊羔，他是一名才華出衆的音樂家，而且跟楊貴妃同姓，所以得到了皇上和貴妃特殊的寵愛，楊貴妃甚至親密地稱呼他爲「羔舅」。

天寶十三年，到了清明節，皇帝下令讓宮女們出宮門，高高興興地遊玩踏青。這是宮女們一年一度被允許出宮自由玩耍的日子。當然，宮女的隊伍來了，平民百姓遠遠地避開。

有一個狂生崔懷，假裝來不及避開，便隱身在一棵大樹之下。忽然，他看到了馬車中有一位宮女，斂容端坐，流盼於生。又看見一個人，戴著巍峨的官帽，穿著鑲有黃邊的衣服，正是「羔舅」也。

楊羔發現了躲在樹下的崔懷，斥責說：「何人在此？」

崔懷惶駭，老老實實地說出了自己偷看的罪過。

楊羔笑著說：「你眞是一個大憨漢，你認識剛才過去的女子嗎？她就是我們教坊的第一箏手。如果你眞的有心，你敢不敢爲她冒險呢？今天晚上你可以到永康坊東間的楊將軍宅來。」

崔懷拜謝而去。

晚上，崔懷果然如約而至。

楊羔有意要考考他的才學，便對他說：「君能作小詞，方得相見。」

崔懷不假思索，立刻吟出一詞，即是此首《憶江南》。確有曹子建七步成詩的才華。

楊羔大喜：果然自己沒有看錯人，將女孩子的終身託付給他不會錯！

他立即將躲在屛風後面偷聽的美人叫出來，讓她與崔懷相見，並介紹說：「美人姓薛，名瓊瓊，本良家女，選入宮中擔任箏長。今與崔郎永奉箕帚。」

於是，楊羔賜給他們兩人各自一杯薰香酒。這可是大內的寶貝，「此酒爲春草所造，飲之白髮變黑，致長生之道」。

到。

這一天，宮中走失了首席箏手。愛好音樂的唐明皇很著急，便專門下令讓各地官府尋找，卻一直沒有找到。

不久之後，崔懷調補荊南司錄，兩人準備好行李上路了。

楊羔特地前來叮囑他們說：「瓊瓊喜歡施展自己的音樂才華，崔郎一定要約束她，不要讓她展示出那一手驚世駭俗的本領來，恐怕會讓別人認出來。」遂感咽敘別。

但是，瓊瓊還是感到手癢，她一天也離不開手上的箏。一路上，夫妻二人時常以互相唱和爲樂。薛瓊瓊有詩云：「黃鳥翻江樹，青牛臥綠苔。諸宮歌舞地，輕霧鎖樓臺。」

後來，中秋賞月，瓊瓊拿出古箏來彈奏，聲韻不同尋常。附近的官吏們先是感到詫異，後來便產生了聯想：「近來皇宮中下令追查逃走的箏人，命令非常急迫。崔懷夫婦又恰好是從京城來。」

於是，他們將崔、薛二人召來查問，果然絲毫不差。

大禍臨頭了。夫妻二人一起被捕，被押送回京，由內侍司負責處理此案。

崔懷被迫供出了眞相，招認說：「這是楊羔安排的。」

消息傳來，楊羔趕緊求救於楊貴妃。

楊貴妃遂哀求唐明皇說：「這是楊二舅安排的姻緣，求陛下留恩。」

唐明皇宅心仁厚，聽說崔薛二人在詩文音樂上正是良友，便有心成全這樁姻緣。於是，赦免了他們，還特地下旨賜瓊瓊與崔懷爲妻。

這是一個明朗清正的故事。故事中的人，個個都是有情人。

即便是等級森嚴的宮廷裡，似乎也瀰漫著濃濃的人情滋味。

冒險觀美人、脫口即成詩的崔懷很可愛；此曲只應天上有、時時手癢要弄箏的薛瓊瓊亦很可愛；如江湖豪俠般幫助有情人成眷屬的楊羔很可愛；徜徉在愛情的雨露之中、便願天下有情人皆能如願的唐明皇和楊貴妃亦很可愛。

誰堪共展鴛鴦錦？是那個可以立即在古箏上演奏你的詞曲的女子啊！夫唱婦和，這豈不是小山所憧憬的愛情？❉

無處說相思，背面鞦韆下

生查子・金鞭美少年

金鞭美少年，去躍青驄馬。牽繫玉樓人，繡被春寒夜。
消息未歸來，寒食梨花謝。無處說相思，背面鞦韆下。

我的良人下到自己園中，
到香花畦，
在園中牧放群羊，
採百合花。
我屬我的良人，

我的良人也屬我，
他在百合花中放牧群羊。

——《聖經・雅歌》六章二至三節

爲什麼那位遠去的良人不肯告訴你，他即將要去的地方？

有時候，世間最遙遠的距離，是兩人心靈之間的距離。你以爲已經很近了，卻還很遠很遠。

《生查子》這一曲調，在小令中算是頗爲短小者，僅八句，每句五言，共四十字而已。小山偏偏就是「戴著鐐銬跳舞」的高手，在此四十字的束縛之中，居然將少男少女之情寫得青蔥動人。獨具慧眼的詞評家劉開濟云：「小山詞能於小令之中，具有長調之氣勢。」

此詞以兩句爲一個場景，共四個不同的場景。寫四個場景，卻有兩種視角。第一個場景爲女子之視角，後三個場景卻是男子之視角。

第一個場景，是一名俊美的少年躍上一匹配有金鞍的、青白相間的千里馬，絕塵而去。

這美少年，乃是少女眼中的美少年。小山在此處所採用的是女性的限制性敘述視角，從而將少女對意中人的凝神專注、欣賞愛慕寫得栩栩如生。

黃蘇在《蓼園詞評》中說：「『去躍』二字，從婦人目中看出，深情摯語。」少年在馬上看行人，少女卻在樓上看這鮮衣怒馬的少年。有卞之琳《風景》之韻味。「去躍」二字之中，有出於少年本人的驕傲與輕狂，更有出於女子的愛慕與憐惜。可是，這番柔情蜜意，不曾回首的少年是否能夠體察於心呢？此二字動感十足，背後則隱然有一顆忐忑之心。

妙詞之妙，在於「欲說還休」。沈謙在《塡詞雜說》中論及作詞的要訣時說：「詞要不亢不卑，不觸不悖，驀然而來，悠然而逝。立意貴新，設色貴雅，構局貴變，言情貴含蓄，如驕馬弄銜而欲行，粲女窺簾而未出，得之也。」此二句所描述的情景正是如此：在少年躍上馬鞍的那一瞬間，白馬尚未嘯西風，一切卻已盡在不言中。

他走了，何時回來呢？

樓上的少女，就像沈從文《邊城》裡的翠翠，在楊柳青青的渡口，靜靜地等候著遠去的愛人。他還會回來嗎？如果他不回來，是否要一直等他到地老天荒？

這名揚鞭而去的美少年，早已沒有唐詩中「五花馬，千金裘，呼兒與之換美酒」的豪俠意氣，卻更有宋代書生特有的文弱與俊逸。

小晏之詞，從無「鐵馬冰河入夢來」的凌厲之氣，卻另有一番疏朗清明、珠圓玉潤的氣質。太平盛世，朗朗乾坤，並不需要絕世武功來護身。既然已經是相府公子，當然也不需要千里覓封侯的辛苦。無須爲國事而操勞，暢飲愛情的瓊漿便足矣。小山筆下的這名少年，或許就是他自己的化身。

陳廷焯在《詞壇叢話》中說：「北宋之晏叔原，南宋之劉改之，一以韻勝，一以氣勝，別於清眞、白石外，自成大家。」可以說，晏幾道與劉改之分別標示了北宋南宋截然不同的詞體與詞風。

北宋南宋詞的分別，一是體制。田同之《西圃詞說》曰：「詞曲一道，小令當法汴京以前，慢詞則取諸南渡。」也就是說，北宋之前及北宋初年，小令是主流，而南渡之後，隨著音樂自身的發展，慢詞成爲大宗。

二是風格。北宋人是從容閒散的，金鞍駿馬僅僅作爲華美的裝飾；南宋人卻是緊張激憤的，鐵馬鏗鏘則隨時邁向戰場。因此，唯獨雲蒸霞蔚的北宋初年，方能孕育出以韻勝的《小山集》；唯獨風聲鶴唳的南宋初年，方能誕生放浪湖海的《龍洲集》。

劉過與小山位於宋詞的兩端，倒也相映成趣。劉過，字改之，爲辛棄疾之門客。他的名與字，後爲金庸在小說中沿襲：《神雕俠侶》中的主角楊過，其名便是取「有過則改之」之意。劉詞多壯語，後人多謂「學稼軒者也」。其實，諸多辛詞皆爲劉所代筆，劉詞高於辛詞也。

劉過其人，心比天高，而運氣蕭然。這樣末路的英雄，處境大抵還不如一滿足於小康生活的庸人，如其《念奴嬌》所云：

知音者少，算乾坤許大，著身何處。直待功成方肯退，何日可尋歸客。多景樓前，垂虹亭下，一枕眠秋雨。虛名相誤。十年枉費辛苦。

不是奏賦明光，上書北闕，無驚人之語。我自忽忙天未許，贏得衣裾塵土。白壁堆前，黃金買笑，付與君爲王。蓴鱸江上，浩然明月歸去。

此詞大致可以看作其生平自述。《山房隨筆》中記載了一則劉過的一事：辛稼軒帥浙東，當時朱晦庵、張南軒在軍中任倉憲使。劉改之欲見辛，不納。二公爲其出主意說：「某日公宴請客人，你可以來。如果門衛不讓你進門，你就在外面大聲喧嘩，如此便一定可以進來。」

劉改之果然按照二人的建議行事，門外果然喧鬧不堪。辛棄疾問是什麼原因，門衛如實告知。辛大怒。

二公趁機進言說：「改之豪傑也，善賦詩，可試納之。」

改之至，長揖。公問：「能詩乎？」曰：「能。」

時方進羊腰腎羹，辛命賦之。改之對：「寒甚，願乞卮酒。」

酒罷，乞韻。時飲酒手顫，余瀝流於懷，因以「流」字爲韻。即吟云：「拔毫已付管城子，爛首曾對關內侯。死後不知身外物，也隨樽酒伴風流。」

辛大喜，命共嘗此羹，席終而去，厚饋焉。

這個故事與小晏向韓維獻詞的故事有異曲同工之妙。

小晏亦有此種逆時代潮流而上的執拗性情，陳振孫在《直齋詞評》中說：「《小山集》……在諸名勝中，獨可追逼花間，高處或過之。其爲人雖縱馳不羈，而不苟求進，尙氣磊落，未可貶也。」陳廷焯比較晏劉之不同，認爲晏以韻勝，劉以氣勝，難分伯仲。就我個人而言，卻更喜歡晏之韻。劉之氣，尙有逞才使氣、紙上談兵之嫌，未脫功名利祿之心。而晏之韻，乃是看虛名如觀落花，心甘情願地「不跟他們玩」了。

近代詞人桂念祖有詠小山之詞云：「才華已爲情鎖損，那堪又被多情困？珠玉女兒喉，新詞懶入眸。清愁消不得，夢入蓮花國。方信斷腸痴，斷腸天不知。」桂念祖爲同治年間生人，與夏敬觀同師皮錫瑞，經史詞章，根柢深厚。以甲午戰敗深受刺激，戊戌從康、梁變政，主滬萃報館。梁啓超離湖南，舉其代爲時務學堂講席。還沒有來得及出發政變就發生了，桂念祖藏匿在鄉間，不久到金陵，嗣後留學日本十餘年。民國四年客死異鄉。

臨終時，桂念祖自撰輓聯云：「無限慚惶，試回思囊日壯心，只餘一慟。有何建白？唯收拾此番殘局，準備重來。」桂氏比小山多一分時務的熱忱，在金甌殘缺之時，卻也選擇了自我放逐。

古今傷心人，未語淚先流。什麼都看透，但還有一顆溫柔的愛心。

禪宗公案中有三境之說：一曰「見山是山，見水是水」，二曰「見山不是山，見水不是水」，三曰「見山又是山，見水又是水」。《小山詞》乃在第三境中也。

緊接著的三個場景，不知不覺間轉換成了作者本人的全知全能視角。

其一爲「牽繫玉樓人，繡被春寒夜」句，寫居住在玉樓上的少女，登高遠眺，望不斷青山隱隱。蓋著精美的繡被，在這春寒長夜中，她卻孤枕難眠。通宵輾轉反側，思念的偏偏是那個絕情的人兒。除了當事人之外，誰都看得出來，這是一場沒有未來的愛情。

其二爲「消息未歸來，寒食梨花謝」句，寫寒食時節（即清明前一日或二日），連最後的一片梨花也凋謝了。這就意味著春天的正式結束。

遠去的愛人仍然沒有消息傳來，那些日子裡他的承諾難道都是謊言？她也許在自言自語：我並沒有逼迫他去尋覓封侯的機會，也沒有讓他去考取功名蟾宮折桂，那麼他究竟到哪裡去了呢？

其三爲「無處說相思，背面鞦韆下」句，是寫少女悄立鞦韆之畔，只見其削瘦的背影，而不見其愁眉粉淚。

鞦韆是那個時代閨中常見的遊戲之物，相思沒有辦法向旁人訴說，便只好背面站在鞦韆下。少女在晃鞦韆的時候，眼中的世界動盪搖曳，這種感覺正像是在熱戀之中，看世界與平常完全不同。

在小山詞及諸多宋人詞作中，鞦韆是一件必不可少的道具，如「長安道，鞦韆影裡，絲管聲中，誰放艷陽輕過了」，「羅幕遮香，柳外鞦韆出畫牆」，「柳下笙歌庭院，花間姊妹鞦韆」，「已拆鞦韆不奈閒，卻隨蝴蝶到花間」，「鞦韆散後朦朧月，滿院人間，幾處雕闌」等等。歡快的事情，哀傷的事情，都在鞦韆之下發生。

往日兩人一起盪鞦韆的歡聲笑語，竟然也隨著這千樹萬樹梨花的消失而消失了。定格這一切的，是一個似乎能夠伸縮和移動的攝影鏡頭。

如今，在汴京瓦藍的天空下，她連玩鞦韆的興致都沒有了。秋天靜靜地懸在那裡。

小山的《菩薩蠻》也是以鞦韆爲背景：

嬌香淡染胭脂雪，愁春細畫彎彎月。花月鏡邊人，淺妝人未成。
佳期應有在，試倚鞦韆待。滿地落英紅，萬條楊柳風。

雖然萬條楊柳，數也數不清，根卻只有一條，穿越那青春時代所有說過謊的日子。鞦韆可以作證。

「無處說相思，背面鞦韆下」一聯，乃是點睛之筆。此十字，有景語，亦有情語，情景交融，全無凝滯。前人評論說，小令中有「排蕩之勢力」者，吳彥高之「南朝千古傷心事」，范希文之「塞下秋來風景異」是也。其實，小晏之「無處說相思，背面鞦韆下」，同樣是盪漾不已，讓人神往。曾季貍在《艇齋詩話》中說：「晏叔原小詞『無處說相思，背面鞦韆下』，呂東萊極喜誦此詞，以爲有思致。然此語本李義山詩『十五泣春風，背面鞦韆下。』」

在這個時候，再說一句話也顯得多餘，因爲沒有任何一句話可以安慰這顆正在破碎的心靈。

那種如同吃了一顆沒有成熟的梨的酸楚，根本就是無法向別人分享的。明人沈際飛評論小山的這首詞，稱讚其「味在言外」。到了這最後的兩句，所有的讀者亦迷失了方向：小山究竟是當事人，還是旁觀者呢？

愛情的味道有點像巧克力，剛開始品嚐的時候覺得很甜，當你深深陷入其中的時候，你才逐漸覺得苦不堪言。勞倫斯說，完整的男女之愛是雙重的，既是一種融化的運動，把兩者融合爲一，又是一種強烈的、帶著摩擦和性激情的分力運動，兩者被燒毀，被燒得徹底分開，成爲迥然不同的異體。

杜甫在《憶李白》中說：「世人皆欲殺，吾意獨憐才。」小山全身心地去愛那些「把鏡方知人容老」的少女，可是又有多少人憐惜和尊重小山的才華呢？

其實，小山自己何嘗不是那位背對鞦韆的佳人？他背對的不僅是晃盪的鞦韆，更是這個沉浮不定的世界。

卡夫卡說過，有些人通過指出太陽的存在來拒絕苦惱，而某些人則通過苦惱的存在來拒絕太陽。卡夫卡又說，在身體與靈魂完全健康的地方，不會存在精神的生活。匈牙利作家因惹·卡爾特斯繼續發揮說：「這是卡夫卡的突然頓悟。用他火一樣燃燒的字句和比喻，能從那些看起來最無足輕重的東西裡創造出生命，創造出偉大的生命。簡直是令人難以置信的智慧。跨過所有的門檻兒，撕破所有的面紗，前行，前行，直到抵達自我。」古往今來，有多少人能夠抵達自我呢？

小山之「畸」，證明著這個世界的不完善，也使這個世界趨向於完善。小山既不求榮名利祿，也不在意在「歷史」中的座次。他活過、愛過、寫過，這就足夠了。❉

詩成自寫紅葉

訴衷情・憑觴靜憶去年秋

憑觴靜憶去年秋，桐落故溪頭。詩成自寫紅葉，和恨寄東流。
人脈脈，水悠悠，幾多愁。雁書不到，蝶夢無憑，漫倚高樓。

愛情具有一種把最道地的「需要之樂」轉化為一種最強烈的「激賞之樂」的奇妙能力。密爾頓曾經設想出一種類似於天使般的生物，由光所構成，可以整個被穿透：一對愛侶大概會很嚮往成為這樣的生物，因為如此一來，他們就可以達到擁抱所達不到的親密度了。查爾斯・威廉士則如此表示：「愛你？我就是你啊。」

——C.S. 路易斯《四種愛》

冥冥之中，有一根姻緣線，牽著世間的一男一女。最美好的愛情乃是天作之合，而不是將雙方的各種條件進行量化評估，然後再一一對應。在亂點鴛鴦譜的「一九八四」和「美麗新世界」裡，是沒有愛情的。尋求愛情的人都是叛徒。愛情能力的恢復，也就意味著精神奴役的垮臺。

我們正在日益遠離愛情。在社會生活高度物質化和商品化的今天，報紙雜誌上每天都刊登著鋪天蓋地的徵婚廣告，明目張膽地標明著求偶所需的各種條件，諸如身高、相貌、戶口、年齡、學歷、財產、豪宅與名車等等。當然，最好還要是美籍華人，具有讓自己移民海外的能力。

前些時候，上海某公司策劃了一次在豪華遊輪上的「相親會」。只有那些資產超過一億的「鑽石王老五」方有資格報名參加。於是，年輕美麗的女子趨之若鶩，入選之難甚至難於某些選美比賽。

但是，她們能否找到有情郎呢？或者，對她們而言，「有情郎」根本就不是一個考慮的前提？

錢比情重。慾望的瘋狂膨脹與道德的急劇敗壞幾乎成正比，愛情正在成爲一種遭到人們嘲笑的、「過去時態」的陳腐觀念，「愛情虛無主義」在我們身邊泛濫成災。許多人逐漸習慣了接受沒有愛情的生活，換言之，也就是沒有幸福感的生活。這是怎樣的悲哀與無奈呢？

每當這個時候，我就想：以前的人們，是否過著跟今天的人們不一樣的生活？以前的人們，是否暢飲過愛情那無比甜美的瓊漿？

眞正的愛情，乃是被一個獨一無二的人所吸引：一個身體加上一個靈魂。它是那麼刻骨銘心，那麼牽腸掛肚，那麼一詠三嘆。小山此首《訴衷情》寫的正是對美好姻緣的渴望。

故鄉的溪水無語東流。當小山看到落在溪水中的桐葉時，便想起了紅葉題詩的故事。

唐宣宗大中年間，詩人盧渥赴長安趕考。考前漫遊到皇宮外的後牆邊小憩。宮中牆下的護城河水流湍湍，水面有片片紅葉隨波逐流。

忽然，盧渥發現一片紅葉上面居然有寫字跡，遂將其從水中撈出。見其上有詩一首：「流水何太急，深宮盡日閒。殷勤謝紅葉，好去到人間。」字跡娟秀，一看便知道出於女子之手。

細細品味，情眞意切，愁腸萬千。那題詩的人，一定是名寂寞的宮女。也許，這是她與外部世界所通的唯一的訊息。可惜，沒有倒流回宮中的水，否則的話，盧渥定會應和一首，也寫在紅葉上，讓流水傳送給對方。

一路嘆息著，盧渥回到居處，遂將紅葉晾乾，收藏在箱內。

幾年之後，盧渥成爲一名文官，娶韓氏爲妻。夫妻生活平淡而恩愛。

有一日，韓氏爲丈夫整理舊時的衣物，忽然在箱中發現了一片紅葉，不禁發出驚呼。

想不到，天下竟有這樣巧的姻緣！

原來，韓氏就是那名題寫紅葉詩的宮女。唐宣宗厲行節儉，遣散數千宮女，韓氏得以出宮，離開了那賈元春所說的「不得見人的地方」，以自由之身嫁給了才子盧渥。回想當年宮中的淒苦，韓氏喜盈盈地對丈夫說：「當時我偶然在紅葉上題詩，讓它隨水流去，想不到竟被夫君拾到，並收藏在這裡。」

此後，夫妻恩愛更勝往日。

紅葉詩的故事，俗是俗了一點，卻點燃了那些在庸常生活中掙扎的人們的希望，讓被生活的壓力壓得擡不起頭來的人們，也擡頭望望高而遠的天空：或許我也能遇到如此良緣？

宮廷之慘刻，無復人心。千萬人中，韓氏無疑是幸運的，她遇到了一位傾心對她的良人。「白頭宮女在，閒話說玄宗」，她們的命運被雨打風吹去。

紅葉題詩堪稱中國歷史上最傳奇的情書之一。在宮廷那爾虞我詐的絕境中，才色絕佳的女子產生了一種賭徒般的心理：不管拾到題有我詩句的紅葉的是誰，我就愛他好了！

有些孩子氣，也許正是這種孩子氣打動了小山。小山本人不也是一個長不大的孩子嗎？小山詞中屢屢用及此典，如：「一聲長笛倚樓時，應恨不題紅葉，寄相思」，「涼月送歸思往事，落英飄去起新愁。可堪題葉寄東樓」，「惜別漫成良夜醉，解愁時有翠箋還，欲尋雙葉寄情難」，「碧水東流，漫題涼葉津頭寄」等等。

人生如流水，抽刀斷水水更流。在沒有收到情書的日子裡，只好登上高樓眺望遠方。遠方的愛人，你是否也在向著我的方向眺望？

也許，最動人的詩歌都書寫在紅葉之上。由此，我想起了民國時代石評梅與高君宇的傳奇愛情，其中也有一片紅葉的細節。他們的生死之戀使短暫的生命趨於永恆，而他們的情深意切的文字又定格了這段驚心動魄的愛情。

評梅是五四時代有名的才女，她的詩歌和散文淒婉眞切，與冰心、盧隱等齊名；高君宇則是五四時期北大的學生代表，既是學生運動中熱情澎湃的急先鋒，也是在文壇上才華橫溢的新人。高君宇曾是石評梅父親的得意門生，那時候，老師身邊那個羞怯的小女孩，並沒有引起這名驕傲少年的注意。

若干年以後，在一次老鄉聚會上，高君宇再次見到了小師妹——沒想到，小師妹已長成一位落落大方的姑娘。在滿山遍野的西山紅葉之中，白衣黑裙、眸子閃亮的評梅，讓高君宇差點認不出來了。

那天，他們熾熱的眼光相遇了。

那天，他們敏感的心靈相遇了。

愛情以一種兩人都意想不到的方式發生了。一九二三年秋天，石評梅接到正在西山養病的高君宇寫來的一封信。剛剛拆開，一片纖毫畢露的香山紅葉悄然飄落床頭。她拿起來對著窗口的陽光仔細一看，上面有兩行題詩：

滿山秋色關不住，一片紅葉寄相思。

紅葉的涵義很清晰。評梅寂靜的心弦被拔動了。此時，她剛從一次失敗的愛情中解脫出來。她孤身在北京求學，父親輾轉託一吳姓青年照顧。兩人很快由友誼發展成愛情，評梅把涉世未深的、純潔的心交給了對方。不久後，她才發現對方居然是一名謊言連篇的有婦之夫。

少女的心被撕碎。她還能相信愛情嗎？

雙星舊約年年在，笑盡人情改。

評梅將這封情書放在枕下，她會接受這份突如其來的感情嗎？

在信中，高君宇坦率說明了自身的處境：第一，他在鄉下有一個父母包辦婚姻的妻子；第二，他是中共最早的五十多名黨員之一，且當選為中央委員，這是一條危險的政治道路；第三，他身患當時很難治癒的、且具有傳染性的肺病。

評梅心裡很喜歡高君宇，她不在乎後面兩個處境。但是，鑒於自己慘痛的經歷，她首先考慮到的是高君宇在鄉下的妻子的命運，她在回信中說：「寧願犧牲個人的幸福，而不願侵犯別人的利益，更不願拿別人的幸福當作自己的幸福。」愛情不是自私的代名詞。

在當代若干文學作品中，「革命者」通常被描繪成不食人間煙火、毫無兒女私情的「鋼鐵戰士」。這些「高大全」的人物形象，可敬而不可愛、可畏而不可近，就像《西遊記》中的齊天大聖孫悟空，是從石頭裡蹦出來的。

我想，革命者也是活生生的、有血有肉的人。他們有七情六慾，會操心柴米油鹽。他們忍受愛情的煎熬，也懂得享受愛情的滋潤。革命者改變這個世界的激情，來自於對這個世界最深切的愛。否則，不會愛的革命者，通常都會迅速蛻變為暴君和獨裁者，如希特勒和史達林。

高君宇是一名懂得如何去愛的革命者。假如不是英年早逝，他也許會進入開國元勛的行列——當然，以其直率坦誠的性格，以其知識分子的固執和理想主義的情懷，更大的可能性是：他會像陳獨秀和瞿秋白那樣，難以熬過若干次猛烈而殘酷的政治風暴。

高君宇不是翻雲覆雨的政客，也不會讓雙手沾滿鮮血。那麼，他只好像《九三年》的主角郭文那樣，走上革命派為自己人所設置的斷頭臺。

這是「小資產階級」的「軟弱性」嗎？

對於高君宇而言，愛情永遠比革命更加重要。雖然初次求愛即遭到拒絕，他仍痴心不改。

一九二四年，高君宇回到家鄉，與妻子離婚，獲得了自由之身。對那個被遺棄的鄉下女子來說，這不是公平的命運。這也是新舊交替時代知識分子共同的痛苦：無論是胡適對結髮妻子江冬秀忍耐一生，還是魯迅與朱安之間「有名無實」的婚姻，以及高君宇與前妻之間的「一刀兩斷」，都不容易。

高君宇從廣州給石評梅寄去一枚象牙戒指。這一次，評梅終於打開心扉，把戒指戴在手上。峰迴路轉之後，他們終於結合在一起。然而，上天留給他們的時間只有最後的幾個月了。為促成國民會議的召開，高君宇提前出院，與李大釗一起入選三十人的大會主席團。會議結束之後，他突發急性盲腸炎，被送進協和醫院。

石評梅匆匆趕到病床前，陪伴愛人度過了人生的最後時光。

一九二五年三月五日，高君宇因病不治，永遠離開了剛剛攜手的愛人。評梅將丈夫葬在陶然亭，親手在墓碑上寫下這幾句碑文：

我是寶劍，我是火花，
我願生如閃電之耀亮，
我願死如彗星之迅忽。

紅葉還在，情書還在，寫信的人卻已經去了另一個世界。哀慟的評梅這樣寫道：「君宇！我無力挽住你迅忽如彗星之生命，我只有把剩下的淚流到你的墳頭，直到我不能來看你的時候。」失去愛人的石評梅，思如泉湧，寫下無數催人淚下的愛情詩篇。

短短三年以後，石評梅也因患腦膜炎而離開了這個愛恨交加的世界。我能夠想像這三年裡她的淒苦與孤獨。她是毫無留戀地離開這個世界的。因爲，她知道，在彼岸，有一個心愛的人在等待著她。

與蕭紅一樣，評梅一生命運多舛。最有才華的女作家，往往都是英年早逝，她們無法完成更加絢爛的文學樂章。「生前未能相依共生，願死後得並葬荒丘」，這是評梅生前的心願。朋友們將她葬在了高君宇墓旁。

這對苦命鴛鴦，終於得以在天國裡不受時間與空間的限制而相親相愛。

你不要忽視你內心深處愛的潛能。毛喻原在《愛情論》中說：「愛即是生命的原慧和存在的完型，它通過蔑視一切混亂與破碎的斷裂，散發無數自然的純眞，而這純眞即是人類倫理生活的本質與精髓。愛的凝視在太虛中往返，最後落實在塵世中的生活，產生最偉大的心理事實和人文景觀。愛不僅讓人體察膚肌的灼熱，而且更讓人目睹自己內心絢麗的風景。」小山經常嘆息說，悵恨不逢如意酒，尋思難值有情人。是的，遇總比不遇要幸福。如果喪失了感受愛情與付出愛情的能力，人類便會陷入一種自己覺察不到的、行屍走肉般的狀態中。

這個時代還會有小山那樣的痴情人嗎？這個時代還會有像高君宇和石評梅那樣超越生死的愛情嗎？誰會像他們那樣痴心不改、「愛人如己」呢？

我無比懷念那些逝去的愛情，如螢火蟲，在暗夜裡放出微弱的光。而那種至高的人生體驗，正如希臘哲學家狄俄提瑪所說：「那些遵循正確順序沿著愛的引導道路前進的人，在到達盡頭時，會突然看見一個絕妙的美，這美是一切努力的源頭。」✻

衣上酒痕詩裡字

蝶戀花・醉別西樓醒不記

醉別西樓醒不記，春夢秋雲，聚散真容易。斜月半窗還少睡，畫屏閒展吳山翠。
衣上酒痕詩裡字，點點行行，總是淒涼意。紅燭自憐無好計，夜寒空替人垂淚。

當我認爲在回憶時
我只要一點鹽
再認識自己並重上征途。

——埃德蒙・旺代卡芒《沒有記憶的門》

人類與其他動物之間最大的差別，並不是人類會使用工具、會勞動，而是人類會記憶、會愛。換言之，人類是靠記憶和愛而生存的動物，而不是單單靠食物。

當愛殘缺、當記憶流失的時候，文學與藝術便誕生了。紀伯倫追問說：世上有不曾痛苦過的詩人、未把淚水移到畫面上的畫家嗎？

沒有。詩人和畫家們爲夢想而活。他們飽受折磨而初衷不改，他們求之不得而依舊仰望。加斯東·巴什拉在《夢想的詩學》中說：「詩人在尋覓最遙遠的回憶時，他要求一種旅途食糧，一種首要的價值標準，比對他的某一歷史事件的單純回憶更宏大的價值。」這種價值只存在於個人之中，存在於個體的獨一無二性之中。

愛得愈深，便記得愈苦。昔日歡情易逝，今日幽懷難抒，來日重逢無期。在這首《蝶戀花》中，小山的情感往復低徊，沉鬱悲涼。

離別的感傷，對於小山這顆纖細敏感的心靈來說，或許是生命中最不可承受之重。不然，試想如他一樣詩酒風流的王孫公子，又怎麼會將一段已經淡去的情感，在記憶深處凝成不可磨滅的傷疤呢？

花開花謝蝶應知，春去春來鶯能問。以情眞意切而言，小山詞遠勝於晏殊的珠玉詞和歐陽修的六一詞。晏殊珠玉詞的輕柔嫻雅、歐陽修六一詞的清新疏朗，在婉妙純眞的小山詞面前，亦不免黯然失色。小山詞確如玉樹臨風，又如醇酒留香。當你倘徉於亂花漸欲迷人眼的小山詞之中時，你不得不感嘆：世上居然還有這麼美麗的漢語！

即便記憶是一把銳利的刀，也雕刻不出與過去一模一樣的時光。

此詞開篇憶昔，寫往日醉別西樓，醒後卻渾然不記。這似乎是追憶往日某一幕具體的醉別，又像是泛指所有的前歡舊夢，實虛莫辨，筆意殊妙。近人沈祖棻在《宋詞賞析》中評論說：「極言當日情事『如幻、如電，如昨夢、前塵』，不可復得」，「撫今追昔，渾如一夢，所以一概付之『不記』。」不過，所謂的「不記」，其實也是騙人的氣話。或者說，是姑且騙騙自己的氣話。倘若什麼都記不得了，小山又怎麼能夠寫得出此首摧肝裂膽的《蝶戀花》來呢？

接著的二、三句，小山襲用其父晏殊《木蘭花》中「長於春夢幾多時，散似秋雲無覓處」的詞意。小山常常化用父親的佳句，既是向父親致敬，也使之更上層樓。這兩句，用「春夢」和「秋雲」作比喻，抒發了聚散離合、人生無常之感。

春夢旖旎溫馨而虛幻短暫，秋雲高潔明淨而縹緲易逝，用它們來象徵美好而不久長的情事，最爲眞切形象而動人遐想。「聚散」一詞，偏義於「散」，再綴以「眞容易」三字，說的是「散」的容易，而「聚」其實無比困難。揮揮手，不帶走一片雲彩，是那樣瀟灑通脫。然而，你何時才能乘風而來呢？

上片的最後兩句，轉而寫眼前的實境。斜月已低至半窗，夜已經深了。由於追憶前塵，感嘆聚散，情緒波動，致使今宵輾轉反側、無法入睡。床前的畫屏，在燭光照映下，悠閒平靜地展示著吳山的青翠之色。這一句似閒淡的飛白，卻反襯出此時幽曲而顫動的心境。在心情不安、輾轉難寐的主角看來，那畫屏上的景色似乎顯得是那麼的平靜悠閒，這一個「閒」字卻透露出主角內心的鬱悶與傷感。

下片前三句承接上片「醉別」的場景：「衣上酒痕」，是西樓歡宴時留下的印跡；「詩裡字」，是筵席上提筆寫下的詞章。它們原本是昔日歡遊生活的表徵，如今舊侶已經風流雲散，回視舊歡陳跡，反倒引起無限淒涼的意緒。衣上，有酒痕，也有淚痕，酒喝多了必流淚，酒痕與淚痕已經分不清了。類似的懷舊之作，小山還有一首《浣溪沙》：

日日雙眉鬥畫長，行雲飛絮共輕狂。不將心嫁冶遊郎。
濺酒滴殘羅扇字，弄花薰得舞衣香。一春彈淚說淒涼。

詞中的那個她，已經消逝在無邊的行雲和漫天的飛絮之中。此處寫酒痕，寫淚痕，寫花香，寫衣香，可謂睹物思人、摧心裂膽。扇上的酒痕非含情脈脈之慧眼不能看出，衣上的薰香非「聞香識美人」的鼻子不能嗅出，而這兩個細節又非一往情深之妙筆不能寫出。故而《皺水軒詞荃》中評論說：「詞家須使讀者如身履其地，親見其人，方爲蓬萊山上。……晏幾道『濺酒滴殘羅扇字，弄花熏得舞衣香』，自覺儼然如在目前，疑於化工之筆。」

醉酒之後的小山，像誰呢？

像電影《傷城》裡的金城武，在女友割腕自殺之後，他每天都到女友最後一晚待過的那間酒吧裡喝酒。喝的通常是烈酒，喝得酩酊大醉。

直到有一天，他遇到了賣啤酒的、沒心沒肺的女孩舒淇。這個傷心的城市，需要這樣的女孩子來安慰。

我想像中的小山，便是金城武的模樣。濯濯如春月柳，軒軒如朝霞舉。那眉心與嘴角的一點憂鬱，足以起死人而肉白骨。沒有人描繪過小山究竟長得什麼模樣，後人只能依靠一部小山詞來盡情地想像。

人們說，小山是神仙中人。金城武的豐姿容貌，亦如神仙中人，他既有典雅從容的貴族氣派，像是俊朗純潔的白馬王子，卻又帶著一絲剪不斷、理還亂的惆悵，以及除卻巫山不是雲的滄桑。

林肯說，男人在四十歲之後的容貌，便不是天生的了，不能繼續責怪爹娘，而與自己關係甚大。他的意思是說，比天生的美醜更重要的，乃是內在的氣質與修爲。《世說新語》中說，裴令公有雋容儀，脫冠冕，粗服亂頭皆好。時人以爲「玉人」。見者曰：「見裴叔則如玉山上行，光映照人。」小山大約也是如此吧？

那驚鴻一瞥，讓你斷魂。

傷心人別有懷抱。他人無法與你完全「同心」地體驗此種「傷心」。唯有蠟燭，陪你流淚。結拍兩句，主角突然由「她」變成了床頭的那支將殘的蠟燭。此句化用杜牧《贈別》之「蠟燭有心還惜別，替人垂淚到天明」，又遠溯李商隱《無題》之「春蠶到死絲方盡，蠟燭成灰淚始乾」。

一個「自憐」，一個「空替」，將人的無情與蠟燭的有情對照得驚心動魄。張愛玲晚年最後的一篇文字名曰《對照記》，是悲歡離合的對照，是有情無情的對照。不經過此種「對照」，哪裡知道這一生一世流過眼淚的重量？

以蠟燭襯托寫人心，以人心映射蠟燭，便有一種戲劇化的效果。如莊周夢蝶，人蝶不分，這裡的

「我」，眞的是願意化身爲蠟燭，即便一夜便燃盡，也不後悔。如此以物擬人，便有了一種飄忽變幻之感。換言之，蠟燭也成了此場景中一名會說話的、有心有肺的人物。

小詞雖然受篇幅限制，但在此首小詞內部，居然井井有條地安排了人物對話、人稱轉換以及人與物的情感交融。小山手中有一支如同象牙微雕一般纖毫畢現的妙筆。

一春彈淚說淒涼。眞正的淒涼是不能說的，只能輕輕地撫摸。

如果說小山是一支燃燒的蠟燭，那麼張愛玲便是一支不願燃燒的蠟燭。

同是貴冑後裔，同樣是由盛而衰，小山說：「恨如去水空長，事與行雲漸遠。」張愛玲卻說：「他們只靜靜地躺在我的血液裡，等我死的時候再死一次。」小山是熱的，被美人們呵護著，生怕他就此冷去了；愛玲卻是冷的，偶爾也被那些卑微的人、那些執著的信仰而打動，便也熱了片刻，然後繼續冷去。

如論者所云：大家容易感動之處，比如兒女情長，乃至生老病死，張愛玲對此只是憐憫；她感動則在別人顧不上、達不到或不懂得，也許乾脆說就是麻木的地方。比如：「坐在自行車後面的，十有八九是風姿楚楚的年輕女人，再不然就是兒童，可是前天我看見一個綠衣的郵差騎著車，載著一個小老太太，多半是他的母親吧？此情此景，感人至深。」（《道路以目》）那是亂世中的一點同情，從石頭的夾縫中長出來的小草尖。

中國的戲劇比西洋的戲劇更接近引車賣漿者之流。西洋戲劇是給包廂裡的上等人看的，中國戲劇則是給鄉閭巷尾的下等人看的。因此，中國戲劇更有草根性。張愛玲說：「不知道人家看了《空城計》是否也像我似的只想掉眼淚。爲老軍們絕對信仰著的諸葛亮是古今中外罕見的一個完人。在這裡，他已經將鬍子忙白了。拋下臥龍岡的自在生涯出來幹大事，爲了『先帝爺』一點知己之恩的回報，便捨命忘身地替阿斗爭天下，他也背地裡覺得不值得嗎？鑼鼓喧天中，略有點淒寂的況味。」（《洋人看京劇及其他》）人生大半都是身不由己的，胸中有天下的諸葛亮如此，胸中只有柴米油鹽的小百姓們也是如此。

而老百姓們總是更多地憐憫那些沒路的英雄，老百姓的情感取向與官家成王敗寇的鐵律迥異。張國榮扮演的虞美人，還在那裡歌唱：勸君王飲酒聽虞歌，自古常言不欺我，成敗興亡一剎那。

有的時候，放棄也需要莫大的勇氣。

比堅持更難。

不點燃那盞紅燭，便不知道時間流逝如飛鳥。

詩人說，我那麼多的童年，我數也數不清了。

但是，愛情是在哪一天誕生的、又是在哪一天失去的呢？

衣上酒痕詩裡字，是否可以作爲永恆的證據？扇子上還有酒味，舞衣上還有香水。在西人當中，最像小山的大約便是愛爾蘭的葉慈了。國破山河在，葉慈是那樣想念他的茵尼斯弗利島，那碧藍的湖水正像情人深邃的眼睛。

那一年，二十三歲的葉慈遇到了從祖國輾轉來到倫敦的絕世佳人茉德·岡。那一刻，詩人的生命像一支蠟燭一樣被點燃了——「我從來沒有想過會在一個活生生的女人身上看到這樣超凡的美——這樣的美，我一直以爲只是屬於名畫、屬於詩歌、屬於古代的傳說。蘋果花一般的膚色，臉龐和身體正是布萊克所謂的最高貴的輪廓之美，因之從青春至暮年絕少改變，那分明是不屬於人間的美麗！」

她的美，在這一剎那間便照亮了過去那漫長的黑暗，那愛爾蘭風管聲裡的憂鬱。以往全部的歲月，其意義就在於爲了這短暫的幾天而等待；今後漫漫的生涯，將是爲這片刻的光陰而回味。

有了相視一笑，有了溫暖與安寧。

葉慈沉醉在她的音容笑貌裡。他經常盯著她的眼睛看，盯得她都不好意思吃飯了。女人總是怕吃飯的時候不美。而他卻生怕錯失一分一秒，他要把她的模樣牢牢地刻在心裡。

事隔多年，葉慈還時常回想起他們在倫敦伊伯里大街共度的那段短暫的時光，「一切都已模糊不清，只有那一刻除外：她走過窗前，穿一身白衣，去修整花瓶裡的花枝」。十二年後，葉慈仍然在詩裡回憶這一場景：

花已黯淡，她摘下黯淡的花
在飛蛾的時節，把它藏進懷裡

懷中的溫暖能夠拯救花凋謝的生命嗎？不能，即便是傾國傾城的她也不能。而他的詩歌卻可以做到。

那一刻的葉慈並沒有對她吐露出絲毫的愛意，雖然潛藏在心底裡的狂熱簡直要把他的身體燒成焦炭了。他覺得這一刻馬上就會成爲過去，成爲她生活中一個無足輕重的插曲，成爲自己一輩子刻骨銘心的思念。——但是，他的眼睛卻背叛了他。多年之後，茉德．岡回憶起一八八九年的倫敦，說「那是一座燃燒的城市，燃燒得像熱戀中人的眼睛」。

人的一生就是從此處到彼處，再到更遠的地方。

甚至沒有回頭的空隙。

倫敦，倫敦，雖然是敵國的首都，卻是愛情的搖籃。

那是葉慈的眼睛。

一雙藏不住任何秘密的詩人的眼睛。

那也是小山的眼睛。

一雙藏不住任何秘密的詩人的眼睛。＊

附錄／詞牌名索引

主流十周年
2007-2017

★歡迎您加入我們，請搜尋臉書粉絲團「主流出版」

★主流出版社線上購書，請掃描 QR Code

心靈勵志系列

信心，是一把梯子（平裝）／施以諾／定價 210 元

WIN TEN 穩得勝的 10 種態度／黃友玲著、林東生攝影／定價 230 元

「信心，是一把梯子」有聲書：輯 1／施以諾著、裴健智朗讀／定價 199 元

內在三圍（軟精裝）／施以諾／定價 220 元

屬靈雞湯：68 篇豐富靈性的精彩好文／王樵一／定價 220 元

信仰，是最好的金湯匙／施以諾／定價 220 元

詩歌，是一種抗憂鬱劑／施以諾／定價 210 元

一切從信心開始／黎詩彥／定價 240 元

打開天堂學校的密碼／張輝道／定價 230 元

品格，是一把鑰匙／施以諾／定價 250 元

喜樂，是一帖良藥／施以諾／定價 250 元

TOUCH 系列

靈感無限／黃友玲／定價 160 元

寫作驚豔／施以諾／定價 160 元

望梅小史／陳詠／定價 220 元

映像蘭嶼：謝震隆攝影作品集／謝震隆／定價 360 元

打開奇蹟的一扇窗（中英對照繪本）／楊偉珊／定價 350 元

在團契裡／謝宇棻／定價 300 元

將夕陽載在杯中給我／陳詠／定價 220 元

螢火蟲的反抗／余杰／定價 390 元

你為什麼不睡覺：「挪亞方舟」繪本／盧崇真（圖）、鄭欣挺（文）／定價 300 元

刀尖上的中國／余杰／定價 420 元

我也走你的路：台灣民主地圖第二卷／余杰／定價 420 元

起初，是黑夜／梁家瑜／定價 220 元

太陽長腳了嗎？給寶貝的第一本童詩繪本／黃友玲（文）、黃崑育（圖）／定價 320 元
拆下肋骨當火炬：台灣民主地圖第三卷／余杰／定價 450 元
時間小史／陳詠／定價 220 元
正義的追尋：臺灣民主地圖第四卷／余杰／定價 420 元

LOGOS 系列

耶穌門徒生平的省思／施達雄／定價 180 元
大信若盲／殷穎／定價 230 元
活出天國八福／施達雄／定價 160 元
邁向成熟／施達雄／定價 220 元
活出信仰／施達雄／定價 200 元
耶穌就是福音／盧雲／定價 280 元
基督教文明論／王志勇／定價 420 元

主流人物系列

以愛領導的實踐家（絕版）／王樵一／定價 200 元
李提摩太的雄心報紙膽／施以諾／定價 150 元
以愛領導的德蕾莎修女／王樵一／定價 250 元
以愛制暴的人權鬥士：馬丁路德金恩博士／王樵一／定價 250 元
廉能政治的實踐家：陳定南傳／黃增添／定價 320 元

生命記錄系列

新造的人：從流淚谷到喜樂泉／藍復春口述，何曉東整理／定價 200 元
鹿溪的部落格：如鹿切慕溪水／鹿溪／定價 190 元
人是被光照的微塵：基督與生命系列訪談錄／余杰、阿信／定價 300 元
幸福到老／鹿溪／定價 250 元
從今時直到永遠／余杰、阿信／定價 300 元

經典系列

天路歷程（平裝）／約翰・班揚／定價 180 元

生活叢書

陪孩子一起成長（絕版）／翁麗玉／定價 200 元

好好愛她：已婚男士的性親密指南／Penner 博士夫婦／定價 260 元

教子有方／Sam and Geri Laing／定價 300 元

情人知己：合神心意的愛情與婚姻／Sam and Geri Laing／定價 260 元

學院叢書

愛、希望、生命／鄒國英策劃／定價 250 元

論太陽花的向陽性／莊信德、謝木水等／定價 300 元

淡水文化地景重構與博物館的誕生／殷寶寧／定價 320 元

中國研究叢書

統一就是奴役／劉曉波／定價 350 元

從六四到零八：劉曉波的人權路／劉曉波／定價 400 元

混世魔王毛澤東／劉曉波／定價 350 元

鐵窗後的自由／劉曉波／定價 350 元

卑賤的中國人／余杰／定價 400 元

納粹中國／余杰／定價 450 元

公民社會系列

蒂瑪小姐咖啡館／蒂瑪小姐咖啡館小編著／定價 250 元

青年入陣：十二位政治工作者群像錄／楊盛安等著／定價 280 元

主流網路書店：http://store.pchome.com.tw/lordway

TOUCH 系列 17

宋朝最美的戀歌——晏小山和他的詞

作　　者：余杰
發 行 人：鄭超睿
編　　輯：李瑞娟
封面設計：楊啓巽
排　　版：張凌綺、旭豐數位排版有限公司

出版發行：主流出版有限公司 Lordway Publishing Co. Ltd.
出 版 部：臺北市南京東路五段 123 巷 4 弄 24 號 2 樓
電　　話：(0981) 302376
傳　　眞：(02) 2761-3113
電子信箱：lord.way@msa.hinet.net
郵撥帳號：50027271
網　　址：http://mypaper.pchome.com.tw/news/lordway/

經　　銷：

紅螞蟻圖書有限公司
臺北市內湖區舊宗路二段 121 巷 19 號
電話：(02) 2795-3656　傳眞：(02) 2795-4100

華宣出版有限公司
新北市中和區連城路 236 號 3 樓
電話：(02) 8228-1318　傳眞：(02) 2221-9445

2019 年 2 月　初版 1 刷
2019 年 6 月　初版 2 刷
著作權所有 翻印必究
書號：L1901
ISBN：978-986-96653-3-9（平裝）
Printed in Taiwan

國家圖書館出版品預行編目資料

宋朝最美的戀歌 : 晏小山和他的詞 / 余杰著. --
初版. -- 臺北市 : 主流, 2019.02
面；　公分. -- (TOUCH系列 ; 17)

ISBN 978-986-96653-3-9（平裝）

1. (宋)晏幾道　2.宋詞　3.詞論

852.4514　　108000267